新时代外国语言文学与文化研究系列丛书

杰克·凯鲁亚克"垮掉哲学"研究

Research on Jack Kerouac's Beat Philosophy

郁 敏 著

东南大学出版社
SOUTHEAST UNIVERSITY PRESS
·南京·

内 容 提 要

本书在全面研读杰克·凯鲁亚克代表作品的基础上，深度挖掘凯鲁亚克系列作品中的内在思想关联，从四个角度提炼出作品中所体现的"垮掉哲学"，即自由哲学、爱之哲学、救赎哲学与生态哲学，将其作品中丰富的精神内涵进行了系统地总结，同时将"垮掉哲学"的特质分析与中国当代青年文化发展特点相结合，厘清作品中的积极因素与消极因素，去芜存菁，为我所用，形成客观的文学评价和文化解读，推动杰克·凯鲁亚克及"垮掉的一代"的研究水平及高度更上层楼。

图书在版编目（CIP）数据

杰克·凯鲁亚克"垮掉哲学"研究 / 郁敏著. —— 南京：东南大学出版社，2022.12（2023.8 重印）
 ISBN 978-7-5766-0468-9

Ⅰ. ①杰… Ⅱ. ①郁… Ⅲ. ①凯鲁亚克（Kerouac, Jack 1922—1969)-小说研究 Ⅳ. ①I712.074

中国版本图书馆 CIP 数据核字（2022）第 231426 号

责任编辑：刘　坚（635353748@qq.com）　　　责任校对：子雪莲
封面设计：毕　真　　　责任印制：周荣虎

杰克·凯鲁亚克"垮掉哲学"研究
Jieke Kailuyake "Kuadiao Zhexue" Yanjiu

著　　者	郁　敏
出版发行	东南大学出版社
社　　址	南京市四牌楼 2 号（邮编：210096　电话：025-83793330）
经　　销	全国各地新华书店
印　　刷	广东虎彩云印刷有限公司
开　　本	787 mm×1092 mm　1/16
印　　张	12.5
字　　数	250 千字
版　　次	2022 年 12 月第 1 版
印　　次	2023 年 8 月第 2 次印刷
书　　号	ISBN 978-7-5766-0468-9
定　　价	78.00 元

本社图书若有印装质量问题，请直接与营销部调换。电话（传真）:025-83791830

总序
FOREWORD

淮阴工学院外国语学院前身是 1984 年成立的淮阴工业专科学校英语教研组,迄今已有近 40 年的办学历史,现设有英语、商务英语、翻译和俄语四个本科专业,其中英语专业为省一流专业建设点,外国语言文学为校一级重点建设学科。

淮阴工学院外国语学院目前在校本科生总数为 822 人,教职工 89 人,其中教授 5 人、副教授 33 人、硕士生导师 11 人、博士(生)29 人;拥有江苏省高校首批外语信息化教学示范基地、张纯如中外人文交流研究中心、语言文化研究中心、翻译研究中心、语音综合实验教学中心和外语语言培训中心等教学科研机构。

近 40 年来,淮阴工学院外国语学院教职工秉承"为中华之崛起而读书"的校训,弘扬"明德尚学、自强不息"的淮工精神,聚焦重点、突出特色、深化内涵,围绕英汉语言对比、翻译理论与实践、英美文学、二语习得、俄罗斯语言文学等方向开展深入研究,并取得了丰硕成果。近五年来,学院获批省一流课程 1 门、省在线课程 1 门,校在线课程 8 门;获省重点教材立项 4 部,校重点教材立项 6 部;教师共发表学术论文 184 篇,出版教材、著(译)作 15 部;先后承担教育部人文社科项目 1 项,省部级科研项目 12 项,市厅级项目 77 项,获市厅级科研教学奖励 12 项。

为全面贯彻党的二十大精神,完善学科布局,推出一批代表性学术成果,淮阴工学院外国语学院组织了一批学术骨干,撰写了"新时代外国语言文学与文化研究系列丛书",以在展现淮阴工学院外国语学院学术研究最新成果的同时,向学界汇报最新的研究发现,以通过交流互鉴而不断成长。

本套丛书呈现以下三个特点:

一是学科覆盖领域丰富多元。丛书的学科研究涉及文学、语言学、翻译学等研究领域。文学方面有:于敏博士的《互文重写:从中世纪浪漫传奇到哈利·波特》,尝试建构从经典文学到通俗文学的互文重写理论框架,以当代英国奇幻文学的经典作品为案例,讨论通俗文学中的文化传统承继与当下现实意义;郁敏副教授的《杰克·凯鲁亚克"垮掉哲学"研究》,从自由哲学、爱之哲学、救赎哲学与生态哲学四个方面探讨以凯鲁亚克为代表的美国"垮掉的一代"重精神生活轻物质主义、无所畏惧、勇于探索又心怀悲悯的"垮掉哲学"内涵。语言学方面有:裘莹莹博士等的《中美跨洋互动写作中的同伴互评研究》,以网络同伴互动语料为研究对象,探讨中美同伴互评类型、互动行为、互动模式及其影响因素;张晓雯博士的《英汉日动结式结构的比较研究》,探讨了英汉日三种语言的动结式结构特征,以及三者之间的差异。翻译学方面有:何霞博士的《基于中介真值程度度量的自然语言模糊语义翻译研究》用量化的方式研究中英语义的模糊性,为其翻译实践、翻译评价、翻译研究提供了新的视角;胡庭树副教授等的《翻译的不确定性:哲学内涵与译学价值》,围绕蒯因的翻译不确定性论题展开相关研究,通过分析翻译中的意义、指称等不确定性问题来探讨翻译是如何可能的哲学问题;孙建光教授、李梓副教授的《对话与融合:〈尤利西斯〉汉译研究》,以《尤利西斯》汉译本为研究对象,从宏观维度和微观维度对《尤利西斯》汉译进行描述性研究。这些作品既有理论探索也有案例分析,形成了学理与实践的有机融合。

二是注重地方文化传播与译介。习近平总书记对建设大运河文化带作出重要指示:大运河是祖先留给我们的宝贵遗产,是流动的文化,要统筹保护好、传承好、利用好。大运河淮安段不仅历史底蕴深厚,而且发挥着水利航运、南水北调、防灾排涝等综合功能,素有"南船北马、九省通衢"之誉。淮安得名于 1500 多年前,有淮水安澜之意,深厚的历史文化积淀造就了丰富的淮安文化,丛书中有《淮安名人》《淮扬美食文化》《淮安古建文化》《淮安戏剧文化》等具有淮安特色的文化读本,力求做好地方文化的传播与译介,将数千年来淮安大地形成的"城、人、事、景、食"等特色传统文化译介好、传播好,持续擦亮"伟人故里、运河之都、美食之都、文化名城"四张城市名片,做到文化薪火相传、代代守护,为淮安城市发展增添源源不断的文化动力。

三是国别与区域研究成效显著。国别与区域研究作为一门新兴的交叉学科,已成为交叉学科中的一级学科,将成为国家服务的重要领域,也为科学研究提供了全新的领域。外国语学院东南亚国家国情研究团队正积极开展菲律宾当代著名作家法兰西斯科·S.

何塞的作品译介与研究,将陆续出版《三个菲律宾女人》《法兰西斯科·S.何塞短篇小说集》《树》等作品,通过译介菲律宾文学作品向广大读者呈现菲律宾社会、经济、政治等全景式图景。俄语国家国情研究团队闫静博士的《新时代中俄关系对世界格局的影响》,聚焦百年未有之大变局的时代背景,分析探讨中俄关系的发展对维护两国在国际舞台上的国家利益以及维护世界和平的重要意义;刘星博士的《俄汉身势语对比研究》,以俄汉身势语为研究对象,在系统阐释身势语相关概念的基础上,从跨文化交际视角对俄汉语中具有代表性的不同类型身势语进行对比研究。外国语学院目前积极组织科研团队,聚焦东南亚和俄语区国家研究,紧扣新文科建设要求,关注学科交叉,力争在新的角度、新的内容、新的视野、新的思想方面不断外延外语人在新时代的新使命、新作为,产出更多新成果。

  术有专攻、学无止境。每位学者的研究难免有学术或者技术方面的不足,恳请同行不吝赐教。但是,我们始终坚信瑕不掩瑜,这正是每位学者在孜孜以求的学术生涯中留下的一个又一个脚印,有深有浅,需要不断臻于完善,实现凤凰涅槃。最后代表本套丛书的所有作者,向在背后默默付出的东南大学出版社的刘坚教授等编辑团队表示衷心的感谢,他们专业的编辑和出版水平,让本套丛书更加臻美,让丛书每位学者的学术观点呈现得更加流光溢彩!

2022 年 8 月于淮阴工学院品学楼

序
PREFACE

  2020年初,杰克·凯鲁亚克的小说《在路上》再次引起中国读者的广泛关注,近十个新版中译本陆续面世,也让中国学界再度将目光投向他,郁敏就是其中最具代表性的学者之一,其学术专著《杰克·凯鲁亚克"垮掉哲学"研究》无疑是当前凯鲁亚克研究的一个重要成果。该著作即将付梓出版,值得庆贺!

  郁敏长期从事美国"垮掉的一代"研究,对杰克·凯鲁亚克深耕多年,积聚了丰富的学养。这本著作是其多年研究心血的结晶,也是其凯鲁亚克研究的又一优秀的阶段性研究成果。

  "垮掉的一代"是盛行于20世纪五六十年代的重要美国文学流派之一,具有惊世骇俗的创作风格,产生了以杰克·凯鲁亚克的《在路上》、艾伦·金斯伯格的《嚎叫》以及威廉·巴勒斯的《裸露的午餐》等为代表的颇具争议的作品,席卷全国,引发了褒贬不一的热烈评价。在社会文化领域,"垮掉的一代"常被视为青年亚文化的代表,垮掉青年离经叛道的行为,一方面成为世界青年追捧的潮流,另一方面也是主流文化嘲讽打压的对象。正是因为如此两极的社会反响,让"垮掉的一代"的代表作家与作品成为文学与文化界经久不衰的研究热点,研究视角不一而足,研究成果汗牛充栋。而凯鲁亚克作为"垮掉之王",受到的关注与批评自然最为集中。但纵观国内外对于凯鲁亚克的相关研究,从"垮掉哲学"视角进行研究的成果甚少。美国"垮掉一代"文学值得反思。

  "垮掉哲学"一词较早见于"垮掉派"另一代表人物约翰·克列侬·

霍尔姆斯（John Clellon Holmes）于1958年发表的文章《"垮掉的一代"哲学》（The Philosophy of the Beat Generation）。其中，"垮掉的一代"哲学被认为一种精神上的追求，他们的"在路上"，是一种探索，而不是逃跑。他们在寻找信仰，在无意识中成为宗教的一代；他们真正的旅程是走向内心的，到处寻找的答案是"我们如何生活"？他们充满活力、不屈不挠；他们疯狂地生活、疯狂的表达，只是因为渴望被拯救。在"垮掉的一代"的世界里，凯鲁亚克们总是找到温柔、谦卑、喜悦甚至崇敬；他们拒绝失去自己，他们一直在寻找自己的答案。

  基于这样的基调，结合文本细读，作者深度挖掘凯鲁亚克系列作品中的内在思想关联，从四个角度提炼出其所体现的垮掉哲学，即自由哲学、爱之哲学、救赎哲学与生态哲学，将其作品中丰富的精神内涵进行了系统地总结，客观展现了凯鲁亚克及其"垮掉的一代"朋辈在放荡不羁的生活表象之下对于自然本真的生活状态的追寻，对于爱、信仰与救赎的希冀以及对于外部世界既抵触又热爱、既逃离又渴望改变的复杂情感。阅读后，不难感受到复杂但深蕴意象和情感的凯鲁亚克内心世界。可见，郁敏是在大量阅读凯鲁亚克的作品以及相关研究资料的基础上，将凯鲁亚克的文学思想与具体文本的哲学内涵结合起来，并加以深入透视，使思考渗入到论述的整个篇章结构与语言表达。该论著整体上兼具学术性与可读性，拓展了我国凯鲁亚克研究的深度与广度。期望郁敏在未来能够继续深耕杰克·凯鲁亚克研究，跟踪前沿，与国际学术界一道推动"垮掉一代"研究，不仅产出更多、更优秀的学术成果，而且在国际学术界发出中国学者的声音。

杨金才
2022年12月于南大和园

前 言
PREFACE

自《在路上》一书成功出版后,其作者——美国作家杰克·凯鲁亚克(Jack Kerouac,1922—1969)一度被视为"垮掉的一代"的精神偶像,并使他迅速成为当时最为知名也最具争议的作家之一。受其作品内容的影响,世界各地青年群体是其作品传播的主要受众。

对于凯鲁亚克的拥趸或研究者而言,2019年和2022年是两个较为特殊的年份。一则2019年恰逢凯鲁亚克逝世50周年,二来2022年则是凯鲁亚克诞辰100周年。2019至2022年,他的许多读者(尤其是青年受众)和研究者都以不同方式来表达对这位后现代主义作家的怀念。而凯鲁亚克的家乡——位于美国马萨诸塞州的洛威尔小镇也举行了凯鲁亚克百年诞辰系列纪念活动。

在与世界各国的联系和交流日趋密切的中国也没有例外,2020年初,七种新版《在路上》中译本集中面世,中国学者用不同版本的译文共同表达了对"垮掉的一代"文学流派,尤其是凯鲁亚克文学创作的研究兴趣,这也从侧面再次证明了凯鲁亚克的《在路上》一书作为美国"垮掉的一代"经典代表作品,其历史地位已牢不可撼,国际影响力也可见一斑。

时光荏苒,国内对于以凯鲁亚克为代表的"垮掉的一代"作家与作品的评价已悄然经历从完全否定、到部分接受、直到目前学界普遍接受和译介繁荣的演变过程。对于凯鲁亚克作品的研究也历经从单一的社会文化价值批判向关注作品内在文学价值、跨学科结合研究的多元化转向。目前国内研究主要还是集中在其几部最具代表性的作品上面,但研究视角、解读方式和评价体系在不断更新。本书力图通过研究凯鲁亚克系列作品，深度挖掘其作品内在思想关联，提炼分析作品文学元素和哲学内涵，以期补充、丰富和拓展国内学界对凯鲁亚克研究的纬度、广度与深度。

凯鲁亚克在短暂的一生中共创作了20余部小说，6本诗集。他原本打算效仿英国小说家约翰·高尔斯华绥的"福尔赛家族"系列作品，将自己14部小说中的人物名称进行统一，形成一个"杜洛兹传奇"系列，以记录他过往坎坷而悲凉的人生遭遇。只可惜天妒英才，他还未及完成"杜洛兹传奇"的整合与连接便英年早逝，但作品中时代背景、人物形象的相似和叙事内容的接续连贯，均体现了凯鲁亚克创作思想、哲学观念和内在逻辑的高度统一。这也为笔者从其系列作品中提炼发掘出普遍哲学内涵提供了充足的文本基础。

习近平总书记在党的二十大报告中指出，开辟马克思主义中国化时代化新境界，必须坚持胸怀天下。我们要拓展世界眼光，深刻洞察人类发展进步潮流，积极回应各国人民普遍关切，为解决人类面临的共同问题作出贡献，以海纳百川的宽阔胸襟借鉴吸收人类一切优秀文明成果，推动建设更加美好的世界。……构建人类命运共同体是世界各国人民前途所在。万物并育而不相害，道并行而不相悖。基于此，本书以对凯鲁亚克等"垮掉派"成员影响最大的存在主义哲学为理论基础，以凯鲁亚克系列小说为研究对象，结合国外多本凯鲁亚克传记、国内外相关研究著作等资料，全面分析考察凯鲁亚克作品的哲学内涵，从四个方面总结出以凯鲁亚克为代表的"垮掉的一代"作家及亚文化群体所主导的"垮掉哲学"，即自由哲学、爱之哲学、救赎哲学与生态哲学。希望通过对"垮掉哲学"所蕴含正面元素的发掘和解读，让更多的中国读者（尤其是当代青年）能够全面完整、立体多维和辩证地看待"垮掉的一代"文学流派，既能清醒厘清"垮掉派"所代表的亚文化的正、负面影响，也能在去其糟粕的基础上，批判吸收其中蕴藏的积极向上的一面，从而激发一往无前的"在路上"探索精神，积极构建新时期亲近自然、关注环保、勇于探索、守正创新的价值取向与文化导向，从而更好地服务于社会主义核心价值观所引领的文化建设。

郁敏

2022年12月

目 录
CONTENTS

绪论 …………………………………………………………………… 001

第一章　自由哲学 ………………………………………………… 009
　　第一节　自由之子的化身 ……………………………………… 011
　　第二节　自由苦行之旅 ………………………………………… 020
　　第三节　生而平等之自由精神 ………………………………… 028
　　第四节　自由纯粹的创作精神 ………………………………… 041

第二章　爱之哲学 ………………………………………………… 051
　　第一节　爱的源头 ……………………………………………… 053
　　第二节　并不垮掉的爱情 ……………………………………… 059
　　第三节　永远的友情 …………………………………………… 070

第三章　救赎哲学 ………………………………………………… 083
　　第一节　天主教救赎 …………………………………………… 086
　　第二节　佛教救赎 ……………………………………………… 092
　　第三节　自我救赎 ……………………………………………… 102

第四章　生态哲学 ……………………………………………………… 123
第一节　对征服自然的批判 ………………………………… 126
第二节　对敬畏自然的推崇 ………………………………… 140
第三节　生态哲学思想的局限性 …………………………… 150

第五章　"垮掉哲学"在中国的接受历程与中国当代青年的亚文化发展 …… 155
第一节　"垮掉哲学"在中国的接受历程 ………………… 157
第二节　"垮掉哲学"与中国当代青年的亚文化发展 …… 172

参考文献 …………………………………………………………………… 179

绪 论

> "杰克·凯鲁亚克无论从外形上还是行动上都堪称美国式英雄,在他的十几部著作中,他敢于将自己长久以来敏感而脆弱的神经衰弱的病症贯穿其中。他最出色的作品把法国印象派中令人愉悦的东西清晰地传递给美国文学界,同时把普鲁斯特那充满忧伤气质与深思情怀的综合句法传递过来。总之,他是一位温柔的作家,在他的所有作品中,都找不到一个恶意描写他人的词汇。"
>
> ——阿拉姆·萨洛扬[①]

"垮掉的一代"(the Beat Generation)发端于20世纪中叶的美国,是一个反传统、反主流的文学文化思潮和社会运动。同时,作为青年亚文化的代表流派,"垮掉的一代"以其特有的方式挑战、冲击和解构美国的主流社会和主流文化。广义地说,"'垮掉的一代'是指二十世纪中叶对美国社会生活厌倦,乃至愤慨、信奉'垮掉'哲学的一代年轻人。他们的嬉皮士生活方式可以被认为是对美国政治社会体制的一种反抗"[②]。狭义地说,"'垮掉的一代'是指上面所提及的一批诗人、作家,他们堪称垮掉运动的中坚"[③],代表作家与代表作品主要有艾伦·金斯伯格(Allen Ginsberg)的《嚎叫》(*Howl*,1956)、杰克·凯鲁亚克(Jack Kerouac)的《在路上》(*On The Road*,1957)、威廉·巴勒斯(William Burroughs)的《裸露的午餐》(*Naked Lunch*,1959)、加里·斯奈达(Gary Snyder)的《砌石与寒山诗》(*Riprap and Cold Mountain Poems*,1965)等。

杰克·凯鲁亚克,凭借其被认为是"垮掉的一代"的代表作《在路上》,被誉为"垮掉之王"。凯鲁亚克的一生既潇洒不羁,又痛苦不堪,既名声斐然,又饱受批评。正如

[①] 凯鲁亚克.大瑟尔[M].刘春芳,译.上海:上海译文出版社,2015:前言Ⅲ.
[②] 文楚安.近半个世纪的回声:"垮掉的一代"和金斯伯格[J].当代文坛,1997(4):48.
[③] 文楚安.近半个世纪的回声:"垮掉的一代"和金斯伯格[J].当代文坛,1997(4):48.

杰克·凯鲁亚克的朋友,也是凯鲁亚克早期所崇拜的作家威廉·萨洛扬(William Saroyan)之子,美国作家、诗人阿拉姆·萨洛扬(Aram Saroyan)所言,凯鲁亚克是一位温柔的、善良的,却又敏感的、脆弱的作家。他的一生虽然充满坎坷、境遇不佳,却深信自己有文学天赋,注定会成为一名作家,因此长期坚持利用所有可用的时间进行读书和写作。他随身总是带着一个小笔记本,随时记录下脑海中出现的灵感和语句。他的一生一直在路上,他的写作也一直在路上,最终,《在路上》一书让他成为美国五六十年代"垮掉的一代"的形象大使,与他创作的其他十几部重要的小说和诗歌一起,让凯鲁亚克成为美国文学史上一位重要的作家和诗人。虽然创作上的成功给他带来了一定的荣誉,但由于他敏感、脆弱、内向、不善交际的性格,也给他带来了生活和情感上的重负,让他在生命后期,沉迷于酗酒,难以自拔,最终在 47 岁时,因为腹腔出血而去世。

凯鲁亚克一生创作了二十余部作品,主要代表作有《镇与城》(*The Town and the City*,1950)、《在路上》、《达摩流浪者》(*The Dharma Bums*,1958)、《玛吉·卡西迪》(*Maggie Cassidy*,1959)、《荒凉天使》(*Desolation Angels*,1965)、《孤独旅者》(*Lonesome Traveler*,1960)、《杜洛兹的虚荣》(*Vanity of Duluoz*,1968)等。他开创的"自发式写作"手法,以张扬个性、表现自我和直抒情感为主导的写作方式真实记录了作者的羁旅生活,是对传统创作的突破和颠覆,也是"垮掉派"放荡不羁的生活方式的文学体现。凯鲁亚克运用这种独特的创作手法,对二战后冷战氛围笼罩的美国社会现实及个人生活进行不加掩饰的纵情书写,离经叛道、惊世骇俗的生活方式与独树一帜的文学实践给二十世纪五六十年代美国主流社会文化带来强烈的冲击力和震撼力。他的作品成为美国青年的必读书目:"尽管指定阅读书目有所不同,但任何一所有一定规模的学校的学生,无论是在安阿伯、切佩希尔,或是奥斯丁,以及坎布里奇(分别指美国著名的伊利诺伊大学、北卡罗来纳大学、得州大学和哈佛大学所在地),他们总会走出校园到大街上发现一大批凯鲁亚克小说的选本,往往是英国出版的平装本。这些书仍生命力盎然。"[1]

凯鲁亚克去世六年后的 1975 年,时年 34 岁的诺贝尔文学奖获得者鲍伯·迪伦(Bob Dylan)在秋天祭拜了凯鲁亚克的坟墓,与他同行的还有凯鲁亚克的密友艾伦·金斯伯格。一直以来,迪伦都宣称《在路上》是自己永恒的缪斯女神,而凯鲁亚克是指导他离开家乡前往纽约的精神兄长。在这位精神导师的墓碑前,鲍伯·迪伦对金斯伯格说:"《在路上》实际上是一段关于人生的旅程。"由此可见,公路精神中独属于年轻人的彷徨和疑

---

[1] 吉福德,李.垮掉的行路者:回忆杰克·凯鲁亚克[M].华明,韩曦,周晓阳,译.南京:译林出版社,2000:4.

惑已深深影响了鲍伯·迪伦和他的同时代人。鲍伯·迪伦对《在路上》的偏爱并非只是随口一提，他在1965年发行的专辑《重访61号公路》中，便展示出了对《在路上》无与伦比的喜爱。为了纪念凯鲁亚克，艾伦·金斯伯格和他的诗人伙伴们，在科罗拉多的佛学院那洛巴大学创立了"杰克·凯鲁亚克虚空诗歌学院"，金斯伯格给学院学生开设了以"垮掉的一代"文学主要人物为主题的系列讲座，生动解读了他与凯鲁亚克、巴勒斯、格雷戈里·科索（Gregory Corso）等"垮掉派"代表作家的生活经历、文学主张以及彼此之间的关系纠葛。金斯伯格一直认为凯鲁亚克是莎士比亚之后最伟大的作家。一些电影公司也非常重视凯鲁亚克的小说。1976年，一出基于其生平事迹的戏剧在纽约上演，次年又在洛杉矶演出。《在路上》也在巴西导演沃尔特·萨勒斯（Walter Salles）执导下，于2012年被搬上银幕。

由于时代的原因，国内二十世纪六七十年代的文学评论给"垮掉的一代"文学，尤其是给杰克·凯鲁亚克（Jack Kerouac）的《在路上》扣上了腐朽资产阶级文学的帽子，也在很大程度上给"垮掉（beat）"一词定性，并影响至今，"垮掉的一代"成了酗酒、滥交、堕落、吸毒、反叛的代名词。自从20世纪80年代起，"垮掉的一代"文学作品与其所代表的青年亚文化对于中国的青年一代产生了深远影响。由于大众媒介对于"垮掉的一代"的习惯认知及传播，"70后""80后"甚至"90后"的青年接触到的大多是垮掉派作品和其所代表的亚文化的表面特征，一定程度上促成了一些较为负面的中国青年亚文化现象。实际上，凯鲁亚克把自己和他路上的同辈们称为"Beat"，并非仅取用"挫败""垮掉"之意。正如他的朋友约翰·克列侬·霍尔姆斯（John Clellon Holmes）在《这就是"垮掉的一代"》一文中所说："Beat这个词……不只是令人厌倦、疲惫、困顿、不安，还意味着被驱使，用完、泄耗、利用、精疲力竭、一无所有；它还指心灵，也就是精神意义上的某种赤裸裸的直率和坦诚，一种回归到最原始自然的直觉或意识时的感觉……一个"垮掉"的人无论到什么地方都总是全力以赴、精神振奋，对任何事都很专注，像下赌注似的把命运孤注一掷。"①金斯伯格在"杰克·凯鲁亚克虚空诗歌学院"的讲座伊始，对"垮掉的一代"这一词语的来源和内涵进行了详尽梳理。他认为这个词诞生在凯鲁亚克与霍尔姆斯（John Clellon Holmes）之间于1950年至1951年的一次对话，至少有五种含义。第一种即为在街头的原始含义："筋疲力尽，在世界的低端，想找救命稻草，无眠，双眼圆睁，反应机敏，

---

① 凯鲁亚克.在路上[M].文楚安，译.桂林：漓江出版社，2001：332.

被社会抛弃,孤身一人,街头智慧"等①。第二种含义可以理解为"耗尽与衰竭的意思"。凯鲁亚克修订出这个词语的第三种解释,指出"BEAT"包含 Beatitude(八福)和 Beatific(安详)之意。随着"垮掉的一代"文学运动影响与日俱增,凯鲁亚克又将 BEAT 只作为 Beatific 来解释,"一如'灵魂的暗夜'或'未知的云雾',暗夜中的垮掉的内涵包含着向着光敞开胸怀的意味,抛去自我,为宗教式的启迪腾出空间"②。最后一种含义即第五种含义,金斯伯格认为是"作为文学运动本身的感染性"。"垮掉"文学运动影响了各种媒介的艺术工作者和年轻人的社会运动,也融入二十世纪五六十年代的大众文化中,成为亚文化的代名词。最终,金斯伯格以《在路上》中颇具哲学意味的一句话作为"垮掉的一代"的本质描述:"我拥有一切,因为我一无所有。"③

即使在"垮掉的一代"兴盛的二十世纪四五十年代的美国,人们对于"垮掉"这一词语以及凯鲁亚克等"垮掉派"人士也深有误解。凯鲁亚克曾在《"垮掉的一代"之缘起》一文中写道:"当出版商终于鼓起勇气在 1957 年出版《在路上》前后,垮掉派的名声忽然响了,影响如雨后春笋般蔓延,人们三句不离'垮掉派'。每到一处,人们都要问'我如何理解'这个事物。人们开始用'垮掉派'的不同变体来称呼自己。最后我被叫作这一思想的'化身'。"④但是,对于"垮掉派"所代表的含义,人们总是将其与暴力和犯罪挂钩。金斯伯格在"杰克·凯鲁亚克虚空诗歌学院"讲解这一篇文章的时候提道:"关于垮掉派的主要画面都是残忍的精神变态、少年犯、精通文学的凶手,一如文学批评家诺曼·波德霍雷兹在 1958 年《艺术评论》中的宣言对垮掉派进行的攻击,矛头特别对准了凯鲁亚克,说他是'脑袋空空如也的波西米亚一族'。"⑤凯鲁亚克对此进行了辩解,他认为无论是他的父亲,还是他自己,都是仁慈之人,对于小动物都不会加以伤害,和暴力、憎恨与残酷更是不沾边。"垮掉派"只是些"疯狂的家伙,眼睛闪亮好像会说话(他们通常天真无邪、开诚布公)"⑥。他在接受美国文学杂志《巴黎评论》采访时也提道:

> "垮掉的一代"只是我一九五一年在《在路上》的手稿中用过的一个短语,形容像莫里亚蒂那样开着车跑遍全国,找零活、找女朋友和寻开心的家伙们。后

---

① 金斯堡.我们这一代人:金斯堡文学讲稿[M].惠明,译.北京:人民文学出版社,2021:2.
② 金斯堡.我们这一代人:金斯堡文学讲稿[M].惠明,译.北京:人民文学出版社,2021:2.
③ 金斯堡.我们这一代人:金斯堡文学讲稿[M].惠明,译.北京:人民文学出版社,2021:4.
④ 金斯堡.我们这一代人:金斯堡文学讲稿[M].惠明,译.北京:人民文学出版社,2021:14.
⑤ 金斯堡.我们这一代人:金斯堡文学讲稿[M].惠明,译.北京:人民文学出版社,2021:15.
⑥ 金斯堡.我们这一代人:金斯堡文学讲稿[M].惠明,译.北京:人民文学出版社,2021:12-13.

来，西海岸的左派团体们借用了这个词，把它变成了"垮掉的一代的反叛"和"垮掉的一代的造反"诸如此类的胡说八道；他们只是为了自己的政治和社会目的，需要抓住某个青年运动。我和这些没有任何关系。我是一个足球运动员、一个拿奖学金上学的大学生、一个商船上的水手、一个火车上的铁路司闸、一个看稿件写概要的、一个秘书……莫里亚蒂·卡萨迪是戴夫·尤尔在科罗拉多新雷默的牧场里的一个牛仔……这是哪门子的"垮掉的一代"？①

凯鲁亚克用"伤心"一词来表达他被世人所误解的无奈以及对垮掉精神被无知曲解与表达的愤怒：

> 但还没完，还没完，伤心！我的伤心来自某些人把"垮掉一代"等同于犯罪、违法、没有道德、非道德……伤心啊，某些人攻击它仅仅因为他们不理解历史和人类灵魂的渴望。伤心啊，有些人并没有意识到美国正在经历改变，也没有意识到那是必然。伤心啊，有些人只相信原子弹，相信要憎恨父母，拒绝最重要的十诫。伤心啊，有些人竟然不懂得性爱难以置信的美妙。伤心啊，有些人是标准的掘墓人。伤心啊，有些人就相信冲突、恐怖和暴力，在我们的书本、银幕和起居室里塞满了废物。伤心啊，某些人拍摄关于垮掉派的邪恶影片，影片里，无辜的家庭主妇被垮掉派分子强暴。伤心啊，某些人是真正的罪人，甚至连上帝都很难找到理由宽恕。②

国内"垮掉的一代"研究的代表人物文楚安教授在接受时为南京大学中文系研究生的李亚萍女士采访时提到"BG 哲学"这一概念。为了避免"垮掉"这一词语本身所蕴含的负面含义，文楚安提议用"BG"代替"垮掉的一代"的译法。他认为 BG 哲学的内涵主要体现在"继承美国超验主义传统，崇尚思想行动自由，敢于向不合理的社会体制连同其意识形态提出挑战……重精神生活轻物质主义，藐视权威，无所畏惧，勇于探索和冒险等"③。

作为"垮掉的一代"之王，凯鲁亚克作品中所体现出的垮掉哲学尤具代表性。笔者通过大量阅读凯鲁亚克的作品及相关的研究资料，从四个角度总结出凯鲁亚克作品中所体现的垮掉哲学，即自由哲学、爱之哲学、救赎哲学与生态哲学。"垮掉的一代"的核心精神

---

① 美国《巴黎评论》编辑部.《巴黎评论》作家访谈:1[M].黄昱宁,等译.北京:人民文学出版社,2012:112.
② 金斯堡.我们这一代人:金斯堡文学讲稿[M].惠明,译.北京:人民文学出版社,2021:16.
③ 文楚安."垮掉一代"及其他[M].南昌:江西教育出版社,2010:174.

即为自由,"在路上"一词成为追求自由与挑战世俗的代名词,凯鲁亚克及其伙伴们对于自然本真的生活状态与精神世界的追寻,对于至今仍充斥于美国社会的种族歧视的厌恶,以及对于美国战后令人窒息的社会规则的反叛,是自由哲学精神的本质体现。而在他们愤世嫉俗、游戏人生的表象之下,流动着对于爱人、亲人与朋友的真挚情感以及对于人世间的大爱。凯鲁亚克在作品中对爱情、亲情、友情进行了着力描写,将其关于爱的理解融会其中,爱之哲学成为他所有作品的底色。凯鲁亚克的内心是柔情却又自卑的。法裔加拿大人的移民身份、拮据的家庭环境、对于死亡的过早感知、成长过程中的挫折,使得他形成内向、敏感、过于自我的性格特征。他认为自己必将成为一名伟大的作家,他的一生都在为之努力。笔耕不辍、行路不止成为他自我救赎的一个重要形式。终于,《在路上》的成功让他暂时得到心理上的满足与经济上的富足,但读者对于《在路上》精神的误读以及对于"垮掉"内涵的歪曲,让他苦恼不已,只能借助酒精来自我纾解。与东方佛教禅宗思想的结缘,让他在天主教信仰之外找到了另一个自我救赎的途径。佛教的核心概念"虚空"让他看清了世界的本质,得以超越世俗的痛苦,在冥想与山野中努力获得精神上的平静与超脱。但"垮掉的一代"并非只关注于自我情感的放纵与宣泄,他们同时也对美国社会投以关注的目光。他们反对战争,反对政治迫害,反对工业文明,提倡对于自然的热爱与保护。凯鲁亚克的作品中不乏对于美好自然的竭力渲染以及关于工业文明对世界所造成的破坏的无情抨击。他的生态哲学观虽然具有一定的局限性,但读者从他的作品中仍能整体感知其对于敬畏自然的推崇以及对于人类中心主义的批判。

第一章
自由哲学

> "哦,伙计,我像一只蜜蜂一样自由地在这个国家游走。"凯鲁亚克告诉我们关于他和尼尔·卡萨迪在一起的时光时说,"我们所拥有的快乐比五千名纽约美孚石油公司加油站工人能够拥有的还要多"。
>
> ——阿拉姆·萨洛扬[①]

存在主义哲学所秉持的"人是自由的,人就是自由"[②]的理念对于凯鲁亚克有很大影响。让-保罗·萨特(Jean-Paul Sartre,1905—1980)的格言"存在先于本质",即指人要对自己是怎样的人负责,除了人本身之外没有先天决定的道德或灵魂。道德和灵魂都是人在生存中创造的。人没有义务遵守某个道德标准或宗教信仰,却有选择的自由。"实际上,我们是进行选择的自由,但是我们并不选择是自由的:我们命定是自由。"[③]美国《独立宣言》也宣称人人生而平等,造物主赋予他们若干不可剥夺的权利,其中包括生命权、自由权和追求幸福的权利。每个人都有追求自由和幸福的权利是美国人信奉的真理,也是他们一生为之奋斗的"美国梦"。对杰克·凯鲁亚克早期创作有深刻影响的美国作家托马斯·沃尔夫(Thomas Wolfe,1900—1938)对美国梦的解释是:"任何人,不管他出身如何,也不管他有什么样的社会地位,更不管他有何种得天独厚的机遇……他有权生存,有权工作,有权活出自我,有权依自身先天和后天条件成为自己想成为的人。"[④]"有权活出自我,有权成为自己想成为的人",这就是凯鲁亚克和他所代表的"垮掉的一代"所奉为圭臬的信条。他们通过不受社会桎梏约束、离经叛道的行为,挑战中产阶级精致的繁文缛

[①] Saroyan, Aram. "Beat America: what did we learn from Ted Berrigan, Jack Kerouac, and Allen Ginsberg?"[EB/OL]. [2009-07-15]. https://www.poetryfoundation.org/articles/69330/beat-america.
[②] 萨特.存在是一种人道主义[M].周煦良,汤永宽,译.上海:上海译文出版社,2005:12.
[③] 萨特.存在与虚无[M].陈宣良,等译.2版.北京:生活·读书·新知三联书店,1997:604.
[④] 转引自张维为.中国超越:一个"文明型国家"的光荣与梦想[M].上海:上海人民出版社,2014:58.

节,游离于主流文化之外,书写属于自己的自由生活轨迹。

凯鲁亚克的人生目标是成为一名伟大的作家,他是一个将生命等同于写作的人,认为自己的前世,就是莎士比亚①。他的生存方式就是让自己在"安静的写作"和"疯狂的行走"中间来回游走。为了写作,他必须让自己行走在路上,去体验不同的生活,去接触不同的人群,去观察不同的人生,并将一切融入自己的作品之中。去"生活、行走、冒险、祈祷,并不为任何事感到内疚"②,同时用随身携带的笔记本记下路上遇到的人和事,用笔给生活画出素描。然后,找个安静的地方将这些素描汇总成一个个在路上的故事。写作的最佳时间和地址就是"房间里的一张桌子,靠近床,很好的灯光,从半夜到清晨,累了喝一杯酒,最好是在家,如果你没有家,就把旅馆房间或者汽车旅馆房间或者一张垫子当做你的家:和平。"③《萨克斯医生》(*Doctor Sax*)甚至是在墨西哥城的一个小厕所的马桶盖上写就的。这是凯鲁亚克追求自由的方式,实现成为一名作家的自由的方式。《在路上》《孤独旅者》和《荒凉天使》等在路上作品就充分体现了凯鲁亚克追求人的自由、关注自我的内心情感和探索自我存在价值。他和他的"垮掉派"朋友们在路上的足迹串起的是追求人生自然本真状态的作家们的诗意人生,绝不仅仅是对于流浪、堕落、无所事事的宣扬。凯鲁亚克最终成了一位著名作家,他的一系列"在路上"作品受到美国二十世纪五六十年代青年的热捧,凯鲁亚克的生活方式和自由精神已成为一种潮流,成为一种亚文化的特征,促使了一个时代的形成。

第一节 自由之子的化身

《在路上》通过描写一群年轻人荒诞不经的生活经历,反映了战后美国青年的精神空虚和浑浑噩噩的状态,被誉为"垮掉派"的《圣经》。这是凯鲁亚克写的最受欢迎的书,他对其中最为鲜明的人物形象迪安·莫里亚蒂的描写,用"垮掉派"诗人加里·斯奈德的话来说,令人信服地刻画了"西部原型的力量和流传至今的拓荒精神。卡萨迪就是横冲直撞的牛仔。就是这样。"④凯鲁亚克借第一人称叙述者萨尔·帕拉迪斯之口,描述了一个

---

① 美国《巴黎评论》编辑部.《巴黎评论》作家访谈:1[M].黄昱宁,等译.北京:人民文学出版社,2012:110.
② 凯鲁亚克.荒凉天使[M].娅子,译.重庆:重庆出版社,2006:序言6.
③ 美国《巴黎评论》编辑部.《巴黎评论》作家访谈:1[M].黄昱宁,等译.北京:人民文学出版社,2012:106.
④ 凯鲁亚克.在路上[M].王永年,译.上海:上海译文出版社,2006.

时而疯癫时而对生活充满无限热情、时而恶魔时而天使的典型人物形象,这一形象已然成为"垮掉的一代"象征。而在《科迪的幻象》(Visions of Cody,1972)中,迪安·莫里亚蒂则化身为科迪·波梅雷。《科迪的幻象》创作于1952年,是凯鲁亚克篇幅最长的作品,而前一年他刚完成《在路上》的创作。这本书用实验性的写作手法再现了20世纪40年代末杰克·杜洛兹和科迪·波梅雷对生活充满热情、对自由无限追逐的旅行经历,用录音带的形式实录记载了二人多次真实对话,并转换成文字,是读者了解他们的观点互相对抗、碰撞的第一手资料。相较于《在路上》,《科迪的幻象》的书写风格更为散文化,更为体现自发式的写作风格。无论是迪安·莫里亚蒂还是科迪·波梅雷,创作原型都是基于凯鲁亚克生活中的朋友尼尔·卡萨迪——一位名副其实的自由之子。

一、迪安·莫里亚蒂

正如《在路上》中萨尔·帕拉迪斯所言:"我喜欢交往的都是这类愤世嫉俗的狂人,他们因为疯狂而生活,因为疯狂而口若悬河,也唯有疯狂才能拯救他们自己。同时,他们渴望拥有生活中的一切。这类人从不迎合别人,他们谈吐非凡。相反,他们犹如传说中黄色的罗马蜡烛一样燃烧,燃烧……"[①]迪安就是这样的狂人,是萨尔心目中的民间英雄。作为一个反英雄的人物形象,迪安·莫里亚蒂的恶习不胜枚举,如乱性、偷车、飙车、酗酒、吸毒、疯癫等等,但就是这样一个魔鬼般的人物,却同时拥有着如天使般纯净而热情的心灵。美国学者奥马尔·斯沃茨(Omar Swartz)认为:"迪安是凯鲁亚克赞赏的内在自由和敏锐精神的代表。"[②]迪安因为童年曲折不幸的生活经历,幸免于现代文明和城市化的污染,也正因为这样的童年,让他敏锐地感知到社会的恶意和阴暗,通过毫无顾忌、随心所欲的生活方式,在社会的夹缝中左冲右突,活出自我,得以生存。

无论是现实中的凯鲁亚克还是书中的萨尔,都被迪安(尼尔·卡萨迪)身上的原始生命力所吸引,渴望进一步了解他,将他视作自己的哥哥,因为他身上有萨尔早年夭折的哥哥的影子,勾起了萨尔对童年生活的美妙记忆:

是啊,我之所以要进一步了解迪安,不仅仅是因为我身为作家需要新的生活经历,同时因为我在校园里闲荡的周期已经结束,再待下去毫无意义,还因为

---

① 凯鲁亚克.在路上[M].文楚安,译.桂林:漓江出版社,2001:8.
② Swartz O. The view from On the Road: the rhetorical vision of Jack Kerouac[M]. Carbondale: Southern Illinois University Press,1999:50.

> 尽管我们性格有差异,他给我的印象却仿佛是个失散多年的兄弟;我一看到他留着长鬓胡子的瘦削苦恼的脸和那肌肉紧张的汗津津的脖子,就想起我童年时期在帕特森和帕塞伊克的垃圾堆、游泳场以及河边玩耍的情况。肮脏的工作服穿在他身上特别的帅气,你从专门定制衣服的裁缝那儿都买不到比它更合身的,而迪安却能在艰难的条件下从自然裁缝那里取得自然的乐趣。从他兴高采烈的谈话方式中,我似乎又听到了老伙伴和老哥儿们的声音,他们在桥洞下,在摩托车中间,在居民小区的晾衣绳下,在令人昏昏欲睡的下午门口的台阶上,男孩们弹奏吉他,他们的兄长则在工厂干活。[①]

确实,现实生活中的凯鲁亚克和卡萨迪虽然个性不同,一个内向腼腆,一个外向奔放,但外形相似,都非常的高大英俊,像一对双胞胎。

与迪安见面之前,萨尔读到很多迪安从科罗拉多少年犯管教所写给他朋友的信,对他很感兴趣。迪安有一个酗酒的父亲,少年时期,以偷汽车兜风玩为乐,长大后却想成为一名作家。他具有非凡的个性魅力、过人的精力和出色的语言能力。这个21岁的"少年犯",在丹佛的廉租屋和弹子房里长大,不同于萨尔身边受过大学教育圈子里的任何人。迪安让萨尔想起他在家乡马萨诸塞州洛厄尔镇的工人阶级朋友——那是一座工业小镇,他在18岁那年离开家乡,凭着一份橄榄球奖学金来到纽约读大学预科。正是迪安激励着萨尔离开"衰老的东区",去"在路上"。在1947年到1950年之间,由迪安驾车,他们一起进行了一趟马拉松似的跨州之旅,萨尔发现了他的伟大主题:通过一个年轻人的目光去审视战后的美国。而这个年轻人已经丧失了他的美国梦;为了去了解"他的时代",他们失去了所有的安全保障,将自己暴露于危险、困难和生活的悲喜之中。

与萨尔其他所有整天处于"消极的、梦魇似的"状态的纽约朋友不同,迪安为了"面包和性爱"在社会上奋力拼搏。在他看来,性是生活中唯一头等重要且神圣的事。每当看到让人心跳的姑娘他都会使出浑身解数,让她们对他死心塌地、迷恋异常。但是大多数情况下,迪安在得到她们的身体和花光她们的积蓄后,都会毫无愧疚感地不告而别。他三次结婚,两次离婚,最终又投向他第二任妻子卡米尔的怀抱。迪安与卡洛·马克斯的同性之恋则从另一面展现了"垮掉的一代"追求灵肉之快感的极端行为。但正如刘艳华在她的一篇文中所言:"肉体裸露表达了一种抛弃虚伪,彼此开诚布公,袒露各自最隐秘、

---

① 凯鲁亚克.在路上[M].王永年,译.上海:上海译文出版社,2006:10-11.

最真情实感与灵魂的真诚和审美精神；肉体交会、大胆性爱是肉体与精神的融合，是这些没有目标的反叛者、没有口号的鼓励者、没有纲领的革命者在面对胆怯、沉闷、政治高压时的一种人生态度，具有嘲笑强权、反抗压制、唤醒美国公众个人意识的政治实质。"①

迪安对汽车的狂热与对女性的迷恋程度不相上下。从少年起，他就偷车、飙车成瘾，对他来说，偷车不是为了换钱，最大乐趣就在于可以体会不同的车给他带来的不同的飙车兜风的体验。"由于汽车这个中介，迪安跨越了自己的等级地位，他的成功掩盖了现实的不堪，迪安自己也承认他就是一个小流氓，但是，他能够通过汽车成功地消化掉这个略带耻辱的身份……汽车净化了迪安，把一个现实的人物变成了一个符号式的人物。通过汽车，迪安成功地成为有勇气、有力量、有智慧的美国人的代表。"②虽然他有偷车五百次的案底，有数次进出少教所的记录，有再犯一次案就会在监狱度过下半生的危险，他仍然恶习不改，偷车如偷菜。他会花光自己所有的积蓄去分期贷款买一辆新出的哈德逊牌豪车，置妻子和整个家庭于一穷二白的境地，最终却因为没有钱去还余下的贷款导致车子被没收。他会将一位富豪托他代驾的一辆崭新的凯迪拉克开到一百二十迈③，在车阵中蛇形，以体验疯狂的飙车激情，即使在泥泞的路面上也不减速。搭车的乘客无不认为他是一个疯子，但只有萨尔清楚，迪安与车为伍时的疯狂其实正是他最清醒的时刻。"他别无所求，只要手里握着方向盘，脚底下有四个轮子在转动，他就心满意足了。"④而这种疯狂与激情正是"垮掉的一代"他们追求精神层面超越的一种表现。"如果说他们似乎逾越了大部分法律和道德的界限，他们的出发点也仅仅是希望在另一侧找到信仰"。⑤

20世纪50年代，随着美国工业化和商业主义的发展以及中产阶级城郊生活方式的形成，美国社会日益自私起来，物质主义盛行。人与人之间缺少温情，充斥着冷漠与麻木。一些对美国生活、政治不满的年轻人开始用自己特有的个性以及表现方式来反叛外部世界，为"垮掉的一代"的形成和迅速传播奠定了社会基础。虽然"垮掉的一代"的行为特征与当时的道德和法律相左，但是对生活充满激情与热爱正是他们身上最可取之处。《在路上》中的迪安就是这样一个典型。虽然他是别人眼中的疯子和骗子，但是他对梦想

---

① 刘艳华,陈友艳."垮掉的一代"：二十世纪五六十年代美国社会的一面镜子：杰克·凯鲁亚克《在路上》解读[J].名作欣赏(文学研究),2006:95.
② 李英莉.寻找与救赎：消费社会理论语境下的凯鲁亚克"在路上"系列小说研究[D].长春：吉林大学,2016:80.
③ 1迈=1.609千米/时.
④ 凯鲁亚克.在路上[M].王永年,译.上海：上海译文出版社,2006.
⑤ 凯鲁亚克.在路上[M].王永年,译.上海：上海译文出版社,2006.

的热爱、对汽车的热爱、对爵士乐的热爱、对玛丽卢的爱、对父亲的爱、对朋友的爱,畅快淋漓,无遮无拦,是那些麻木的、戴着面具生活的"正派人"所不可能具有的。在萨尔看来,迪安的智力十分正常、完整,甚至"熠熠生辉",没有那种令人讨厌的知识分子腔调。他的犯罪行为不会惹人愠怒和嗤笑,而会引起一阵狂野的美国式喝彩;它有西部情调,是"来自平原的颂歌,某些早有预示、正在实现、含有新意的东西(他只为了乱兜风才偷汽车)"①。迪安身在监狱时,却在想着如何成为一名作家,成为一名真正的知识分子。他为了他的作家梦想而从西部来到东部,投奔他正在读大学的朋友查德·金,真心地向作家萨尔和卡洛请教。在流浪的路上他一直带着书本,甚而于躲在树上以逃避警察追捕时也在看书,可以说,对作家梦想的追求一路伴随着迪安。

  精神病般疯狂的迪安对他的父亲总是有一份难舍的牵挂。迪安在少年时就曾在法庭上为他酗酒成性的父亲求情,成年后又到处寻找他的父亲,"不管我的父亲在什么地方,我必须找到他,挽救他"②。而他对玛丽卢的爱也是真挚的,"我一再恳求玛丽卢,希望我们抛弃一切争吵,我们能够永远在平静甜蜜的理解氛围中达到一种纯净的爱情……"③但是玛丽卢不理解迪安的爱,在某种程度上,她毁掉了迪安。

  对于爵士乐,迪安如痴如醉,有着自己独特的感悟。在矮小的黑人高音小号手清脆嘹亮的音乐声中,迪安对"世上别的一切仿佛都不闻不问,一手握紧拳头抵着另一手的掌心,全身都在跳动,汗流如注,湿透了衬衫领子,毫不夸张地说,在他脚下汇成一摊"④。这样的音乐在迪安内心深处引起了强烈的共鸣:"他用我们生命的实质填补了空间,他内心深处的告白,往事的回忆,旧主题的变换,周而复始,他的曲调充满了无穷的感情和灵魂的探索,大家听了都明白,起作用的不是曲调而是灵感。"⑤这样的理解只有对音乐极度的热爱和了解才能为之。

  迪安性格中单纯之处还表现在:他会为萨尔而哭;他常用"纯净"这个词;当他谈论愤恨的事情时,他的大眼睛里会喷出狂怒;突然高兴起来的时候,取代狂怒的是灿烂的喜悦;他也有烦恼,但他什么都自己扛着,从不抱怨;会为了看一场棒球赛而疯狂,他的钱买了门票后一分不剩,来回路上没有钱买吃的,只得向在路上遇到的各式各样的神经兮兮

---

① 凯鲁亚克.在路上[M].王永年,译.上海:上海译文出版社,2006:11.
② 凯鲁亚克.在路上[M].王永年,译.上海:上海译文出版社,2006:237.
③ 凯鲁亚克.在路上[M].王永年,译.上海:上海译文出版社,2006:158.
④ 凯鲁亚克.在路上[M].王永年,译.上海:上海译文出版社,2006:258-259.
⑤ 凯鲁亚克.在路上[M].王永年,译.上海:上海译文出版社,2006:266.

的家伙乞讨,同时还向姑娘们混些吃的。正如他自己所说:"为了看球赛而费这么大劲,在美利坚合众国就我一个。"① 也正如萨尔所说,迪安是一个"神圣的傻瓜","他的疯狂开成了一朵怪诞的花"。我国学者肖明翰把萨尔追求的精神性自由归摄为对人本性的认识,如责任心和爱。"在路上"是主人公精神洗礼的过程,通过从压抑—疯狂—宁静的三连跳实现了回到精神伊甸园的目标②。

二、科迪·波梅雷

《在路上》中的迪安·莫里亚蒂在《科迪的幻象》中化名为科迪·波梅雷。但在《科迪的幻象》中,凯鲁亚克想表达的不是"对路上旅途的横向叙述,而是对科迪的性格及其与一般意义上'美国'之间关系的纵向的形而上学的研究"③。《科迪的幻象》实际上即为尼尔·卡萨迪的幻象,是一些启蒙时刻或认知的集合,是对一种剧烈的顿悟的记录。这本书的结构按照时间顺序将不同重要时刻进行了排列,在语言风格上,凯鲁亚克尝试以托马斯·沃尔夫风格或普鲁斯特风格的散文以及逻辑句法来实验这种写法,将其对美国的幻想与使用现代自发式写作方法流淌出来的文字合为一体,通篇基本没有正常的和谐有序的句子。这样的实验写法导致不仅没有出版社愿意出版这本书,就连他的好友艾伦·金斯伯格也感到"恐惧、沮丧、厌恶和愤怒,因为它看起来不像是小说。我花了一年的时间去适应它,可出版商永远也无法适应它"④。因此这本书直到凯鲁亚克逝世的三年后,即1972年才得以出版。

《科迪的幻象》共分三部。第一部通过对纽约与科迪·波梅雷发生过交集的空间、人物与事件的回忆与详细描述,引出杰克·杜洛兹,即凯鲁亚克对于科迪的想念,最后以一封给科迪的长信作为结尾,表达去美国西海岸与科迪相见的迫切心情,同时也让读者了解《在路上》成书的缘起。第二部的前半部分主要是科迪的成长故事,后半部分为杰克对成长经历的回顾以及他们的人生悲剧与美国社会的密切联系,通篇穿插着对于美国兼具爱与恨的复杂情感的倾诉。第三部包括四个部分:第一部分是杰克和科迪之间关于"垮掉派"生活方式的对话实录;第二部分是杰克以想象创作的二人对话,模仿前一部分的磁带录音部分,回忆了与科迪一起经历的故事;第三部分是以美国电影巨星琼·克劳馥

---

① 凯鲁亚克.在路上[M].王永年,译.上海:上海译文出版社,2006.
② 肖明翰.垮掉一代精神上的探索与《在路上》的意义[J].四川师范大学学报(社会科学版).2010(1):67.
③ 凯鲁亚克.科迪的幻象[M].岳峰,郑锦怀,译.上海:上海译文出版社,2014:Ⅰ.
④ 金斯堡.我们这一代人:金斯堡文学讲稿[M].惠明,译.北京:人民文学出版社,2021:77.

(Joan Crawford)为原型创作的故事《雾中的琼·罗尚克斯》,她出演的电影《惊惧骤起》(Sudden Fear)给了杰克创作的灵感;第四部分没有标题,但整个内容与《在路上》的故事基本相同,只不过主人公的名字不是迪安·莫里亚蒂,而是科迪·波梅雷。

科迪·波梅雷的故事是《在路上》中那个年轻的、充满野性与激情的莫里亚蒂的翔实版。科迪的正式出场是以一个"怪模怪样的男孩"形象,他是一个酒鬼的儿子,游荡于充满烟味与各色人等的丹佛台球房聚集区。生活的磨难赋予他坚毅而顽强的性格与外形:"他颧骨突出,脸庞像是曾经被压到铁条上,看上去像顽石一般,那神色既痛苦,又不屈不挠,而且当你最后靠得极近去看时,还可看到其中还有一丝正经、快乐与自信。"①这样的形象可以被视作"垮掉的一代"精神的典型代表,表面上看上去不甘、痛苦、愤世嫉俗、放荡不羁,但如果你仔细观察与体会,就可以感受到他们生命力的顽强、对于自由的执着追求、对于生活的充满激情以及对于国家深沉的爱。

因为母亲的早逝、父亲的酗酒,小科迪跟着老科迪·波梅雷开始进入流浪人生的漩涡。住廉价旅馆、在街上讨要五分镍币,然后老波梅雷拿着这五分镍币买酒,在路边与朋友喝得烂醉。可怜的小科迪内心充满悲哀,只能在连环漫画里体会漫画背后卑微却有趣的世界。当他透过廉价旅馆的窗户看到犹如漫画中一般色彩鲜明的云朵时,他暗下决心:"这可怜的世界必须有云彩来填补我失去的下午与草地。"②也许从这个时候起,科迪就埋下了在这个世界上纵横驰骋的自由意志,来弥补修复童年的缺失与创伤。凯鲁亚克对这时的小科迪充满了同情与心疼,他隔着时空安慰着彼时甚至买不上一颗巧克力糖的科迪:

> 哦,小科迪·波梅雷,如果那时有什么方法可以让你哭一哭那该多好啊!但是你当时还太小,不知道这个漆黑可悲的地球上人为什么要说话与哭泣。你充满恐惧,但在这个世界里,恐惧是如此有害,如此不合时宜。上天的所有侮辱都砸了下来,给你戴上了愤怒、痛苦、耻辱以及最糟糕的贫穷之冠。在这个时代,每扇破门内外,到处都是一穷二白。如果那时有谁跟你说话,让你去理解人生,那该多好啊!"对人生心存敬畏,但不能一死了之;你无依无靠,每个人都无依无靠。哦,科迪·波梅雷,你不会成功,你不会失败,一切都是转瞬即逝,一切

---

① 凯鲁亚克.科迪的幻象[M].岳峰,郑锦怀,译.上海:上海译文出版社,2014:84.
② 凯鲁亚克.科迪的幻象[M].岳峰,郑锦怀,译.上海:上海译文出版社,2014:92.

都是痛苦烦恼。"①

这段话饱含着对于生活在大萧条时代贫穷的以科迪为代表的美国普罗大众深深的同情,也有着对于处在那个时代的美国社会的愤慨与谴责。在这样的语境中,凯鲁亚克对于生与死的感悟,是对于一个孤苦孩子的安慰,更是一种存在主义哲学思想的表达。虽然每个人都无依无靠,无论成功与失败,一切都会消逝,每个人都注定要走向死亡,但仍应对生活抱有希望。因为自身同样是成长于一个经济拮据且充满悲伤的家庭,他对于苦难与死亡有着深刻的体会。科迪的悲惨童年让他产生共情。人生本苦,但无需恐惧,应该为自我与自由而活。这种情绪让他在后期所接触到的佛教思想中也找到了共鸣,让他这个在虔诚的西方天主教徒家庭成长起来的孩子,接纳了东方的佛教禅宗思想,在其中消解他自己与科迪生活中的苦难与不甘。

在这样的社会大环境与家庭小环境中,他必须掌握于生活夹缝里求生存的智慧。为了锻炼在停车场代客泊车的技术,可以去偷车进行练习。为了吃饱饭,可以与女佣交友。为了学习赌球技术,可以用高超的谈话技巧说服台球技艺高手、一位诗人对他刮目相看……但在苦难里野蛮生长的科迪,最大的爱好却是去图书馆看书,最大的志向是成为一名作家。在遇到作家凯鲁亚克和金斯伯格后,他们开启了疯狂的"在路上"之旅,实践他们为了自由而不顾一切的"垮掉精神"。

然而,再激情的旅程也有落幕之际,"在路上"之后的科迪安顿了下来,结了婚,生了三个孩子,在铁路上认真地工作,养家糊口。经历过苦难,经历过激情,经历过自由,经历过悲伤,一切不过如此,一切回归淡然,"一切都归我所有,因为我一无所有"②。如俄狄浦斯,逃不过命运的掌控,逃不过痛苦的折磨。但他并没有像俄狄浦斯一样放逐自己,而是选择平淡而平静的生活:

> 至今,一到周六晚上他就经常到这座美国城市的大街小巷上消磨时间,年纪更大以后也始终如此。他双目圆睁,就像俄狄浦斯一样,因其经历过的那种极端痛苦,既能看见一切,却也会什么也看不见。他现在仍然不懂得如何为这个可怜的世界与周围的人们想出一些颂词来赞美某种东西。这种东西会让他感激不尽,让他哭泣,却仍保持隐秘,冷漠,随心所欲,自鸣得意,虽算不上无情,

---

① 凯鲁亚克.科迪的幻象[M].岳峰,郑锦怀,译.上海:上海译文出版社,2014:94.
② 凯鲁亚克.科迪的幻象[M].岳峰,郑锦怀,译.上海:上海译文出版社,2014:59.

不置一词。①

凯鲁亚克以萨尔想念迪安、期待与之再相见作为《在路上》的结尾："我想起了迪安·莫里亚蒂,我甚至想起了我们永远没有找到的老迪安·莫里亚蒂。我真想迪安·莫里亚蒂。"②而在《科迪的幻象》的结尾,杰克则与科迪进行了彻底的告别:

> 再见,科迪！当你冷静地思考,当你重新挖掘出自己的责任感与善良本性,你总是紧闭双唇,沉默不语,不发出一丁点儿噪音。这让你的本性变得神秘莫测,就好像车灯恰在此时照射在人行道垃圾箱的闪亮银漆面,折射出道道光线；又好像小鸟穿过晨阳,前往远方的群山或城市之外陆地尽头的海洋,静寂如斯。
>
> 再见！你曾在铁道边,坐在我身旁,看着夕阳西下,面露微笑——
>
> 再见,国王！③

"垮掉的一代"的特质集中地体现在"他们怀疑、反叛美国现存政治体制、道德信仰体系,厌烦美国社会盛行的物质主义和思想封闭,追求自由、欢乐、性爱的极端生活方式"④,他们必然要通过多种多样的方式去重新寻找、发现自我,但是他们借助这种极端的方式所实现的自我有时又有着超乎常人的干净和单纯。对萨尔来说,迪安是"垮掉分子——是至福的道路和灵魂",是自由的化身,掌握着开启通向神秘的种种可能和多姿多彩的历练本身之门的钥匙⑤。但对于杰克而言,科迪是在尝遍人间疾苦、经历激情与疯狂、拼尽全力与命运抗争后却一无所获、茫然无措,一切"静寂如斯",最终选择回归平静的一个美国平民英雄。因为最终他们意识到,在美国,每个人的灵魂都是孤独的,无论"周六有多兴奋,是出去喝个酩酊大醉,还是试着亲热和上床,我们最终还是会变成孤独的废物"⑥。凯鲁亚克把他对美国孤独的印象集中在周六夜晚酒吧巷子里红砖砌的墙上。在这里,丹佛后街的红砖墙是美国孤独灵魂的象征,"酒吧关门后,所有年轻的、狂野的、孤独的漂泊者最后都会倚在那堵墙上呕吐……人们只是在烂醉如泥地呕吐,这便是路的尽头"⑦。这就是当时美国青年的现状,在放纵、反抗、热爱、自由、狂欢之后,转为空虚、无助、漠然,在

---

① 凯鲁亚克.科迪的幻象[M].岳峰,郑锦怀,译.上海:上海译文出版社,2014:143.
② 凯鲁亚克.在路上[M].王永年,译.上海:上海译文出版社,2006:394.
③ 凯鲁亚克.科迪的幻象[M].岳峰,郑锦怀,译.上海:上海译文出版社,2014:
④ 张国庆."垮掉的一代"与中国当代文学.武汉:武汉大学出版社,2006.
⑤ 凯鲁亚克.在路上[M].王永年,译.上海:上海译文出版社,2006.
⑥ 金斯堡.我们这一代人:金斯堡文学讲稿[M].惠明,译.北京:人民文学出版社,2021:89.
⑦ 金斯堡.我们这一代人:金斯堡文学讲稿[M].惠明,译.北京:人民文学出版社,2021:90.

战后的美国社会,个体的力量无法对抗国家意志,这也是"垮掉的一代"追求自由之路的尽头。

第二节 自由苦行之旅

如果说迪安·莫里亚蒂,即尼尔·卡萨迪是自由之子的化身,那么凯鲁亚克自己一直在旅途中不懈实现作家梦的行为就是对于追求自由最直接的注脚。除了《在路上》,凯鲁亚克在其他作品中也表现了"垮掉的一代"对于社会桎梏的挣脱与对于自由的追求,如《孤独旅者》和《荒凉天使》等。凯鲁亚克在《孤独旅者》的自序中写道:"十八岁读了杰克·伦敦的传记后,我决心也要成为一名冒险家,一个孤独的旅行者。"[1]于是他一直在路上,做过流浪汉和铁路工,做过山火瞭望员,走遍美国,浪迹墨西哥,游历欧洲。

一、流浪者之流浪

《孤独旅者》是关于铁路、海、山的作品的合集,拥有一个共同主题即旅行,是"一种由一个独立的受过教育的一无所有的随意流浪的放荡者所过的生活的大杂烩。"[2]书中的凯鲁亚克是一个通过自己的苦行之旅寻找希望、寻找自由的流浪汉形象,通过结合旅途上发生在不同时刻、不同城市的即时场景与他记忆中的过往以及实时的感悟,创造了一个记录文化记忆与自由足迹的文本世界。

二十世纪五六十年代的美国在社会异化、政治高压和保守文化三股力量的笼罩下,在"迷惘的一代"之后形成了"沉寂的十年",最先起来反抗的是"垮掉的一代"。以凯鲁亚克为代表的"垮掉分子们",看不惯现实社会中的那种世态人情,讨厌所谓的白人精英阶层的虚伪与桎梏,厌弃繁文缛节,通过衣着、行为举止、生活方式等方面的"出格"和"与众不同"来展示对于所谓的上层社会、精英传统的反叛与割裂。对于白人精英阶层的价值观,可以从拍摄于1957—1963年的美国系列家庭情景喜剧《天才小麻烦》(*Leave it to Beaver*)中窥见一斑。这部共有六季的电视剧对于美国中产阶层的生活有着真实的反映,主角是一个名叫西奥多·克里夫(Theodore Cleaver),昵称比弗的7岁小男孩,父亲

---

[1] 凯鲁亚克.孤独旅者[M].赵元,译.重庆:重庆出版社,2007:4.
[2] 凯鲁亚克.孤独旅者[M].赵元,译.重庆:重庆出版社,2007:6.

是一名公司白领,母亲是家庭主妇,还有一个13岁上初中的哥哥。一家四口住在梅尔菲德(Mayfield)一个虚拟的社区里,主要场景是比弗的家,典型的美国郊区家庭,一栋独立的漂亮房屋,上下两层,有个带花园的后院。妈妈美丽端庄,身材苗条,举止优雅,负责做饭、做家务、照顾孩子,永远都是一副精致的妆容和穿着一身精美的连衣裙;父亲英俊潇洒,彬彬有礼,负责养家、教育孩子,也永远是衣着整洁、正直理性的正面形象。家庭对于孩子的教育是典型的中产阶级的价值观和社交标准:优雅、诚实、有礼貌,出席社交场合要西装革履,吃饭要将胳膊放在桌子上,不好吃的也要吃掉,别弄脏领带,等等。对于孩子"如果这样我怎么会开心"的质疑,妈妈答道,这是为了他们将来成为一名绅士。孩子说:如果想成为流浪汉,干吗还需要这些礼仪?妈妈答:那你也要成为一个有魅力的流浪汉。

这样的价值观正是凯鲁亚克们所要反抗和逃离的。在《孤独旅者》的第五个故事"纽约场景"中,凯鲁亚克申明了他们的立场:"我和朋友们在纽约城有我们自己特殊的玩乐方式,不必花太多的钱,而最重要的是不必被讨厌的社交形式所纠缠,比如说,市长社交舞会上的那种时髦而自负的场合。我们不必握手,不必预约,我们感觉良好。我们各自像孩子一样四处漫步。我们走进派对,告诉每一个人我们做了什么,人们以为我们在自我卖弄。他们说:哦,瞧这些'垮掉的一代'!"①

对于流浪这一主题,凯鲁亚克也毫不避讳,他声称自己就是一名流浪汉,但他最终目的却不是仅仅成为一名流浪汉,不是那种毫无希望的流浪汉,他要成为一名作家,而不是成为一个别人想让他成为的人,流浪只是他实现自我梦想、追求绝对自由的一种生活方式。"我自己是一个流浪汉,但正如你所看到的,只是某种程度上而言,因为我知道有一天我在文学上的努力将从社会保护中得到回报。"②无论他流浪到哪里,他随身的破旧的大背包里一定有书本、他的手稿和随身携带的笔记本。他记下他所观察和亲身体验到的世事百态,美国纽约、旧金山、墨西哥、法国、英国、摩洛哥……警察、流浪汉、船员、铁路工人、妓女、店主、小孩……每个场景、每个人物,都与一段记忆相关,都是一种文化与文明的载体,凯鲁亚克通过自己的记录和思考,让读者了解到不同的文化印记,体味并包容不同的文明轨迹。

然而,随着经济社会的发展与繁荣,二十世纪五六十年代的美国已经不再容忍流浪

---

① 凯鲁亚克.孤独旅者[M].赵元,译.重庆:重庆出版社,2007:123.
② 凯鲁亚克.孤独旅者[M].赵元,译.重庆:重庆出版社,2007:199.

汉的存在。警察会随时逮捕看起来贫穷、邋遢、貌似影响社会安全的流浪汉,孩子们的母亲们也会在流浪汉经过时紧紧抓住孩子,因为主流社会的报纸上时常把他们描述成杀人犯和强奸犯等。

而今,美国的流浪汉进入一个艰难的流浪时刻,因为越来越多的警察开始监视出现在高速公路、铁路停车场、海滩、河床、堤坝和夜晚藏身的第一千零一个工业洞穴的流浪者。在加利福尼亚,"背包老鼠"、原来的旧式流浪汉,他们背着储备和被子从一座城镇走到另一座城镇,"无家的兄弟"、与昔日的淘金潮同时代的"沙漠老鼠",差不多都消失了,他们过去曾心怀希望地行走着,穿越西部城镇去奋斗,那些城镇现在已经太繁华了而不再需要旧式流浪汉。"这里人们根本不需要'背包老鼠',尽管是他们发现了加利福尼亚。"1955年,一位带着一罐豆子和印度火柴藏身在加利福尼亚瑞伍塞德郊外河床里的老人如是说[①]。

凯鲁亚克通过这段描述介绍了美国流浪汉曾经的光辉历史,也介绍了为社会所不容的现状。早期的流浪是一种浪漫的选择,正如《佛教圣经》的作者、曾将大乘佛教经文从中国介绍到美国的作家德怀特·戈达德(Dwight Goddard)在一首小诗中所展现的那样:

哦,为了这难得的经历,
我要欢喜地付出一万块黄金!
一顶帽子在我头上,一捆包裹在我背上,
还有我的拐杖,清新的微风和满月。[②]

《佛教圣经》曾经是凯鲁亚克、金斯伯格、菲利普·沃伦(Philip Whalen)等垮掉的禅疯子所推崇的必读书目之一,对于他们禅宗思想的形成影响很大。这首小诗中所展现的流浪者形象充满禅宗的特征,是那时备受推崇的中国唐代诗僧寒山、拾得形象的化身。凯鲁亚克在50年代后期的流浪之旅在原来追求"在路上"的快感基础上又增添了一分禅宗色彩,在追求刺激和兴奋之余又增加了浪漫、淡定、超然的成分。凯鲁亚克也列举了一些历史上伟大的流浪汉的例子,比如贝多芬、爱因斯坦、叶赛宁、李白,甚至基督与佛陀。他们不仅无害于他人、无害于社会,反而给人类历史留下了宝贵的文化财富。正因为美国早期的流浪汉通过他们的流浪和徒步旅行发现了加州,才有了现在繁荣的加州和西海

[①] 凯鲁亚克.孤独旅者[M].赵元,译.重庆:重庆出版社,2007:199.
[②] 凯鲁亚克.孤独旅者[M].赵元,译.重庆:重庆出版社,2007:200.

岸,而现在的美国已经忘记了他们的贡献,不给他们容身之所,要将他们清理干净。这也是白人社会主流价值观的一种体现,需要社会全体成员遵守约定俗成的白人中产阶级精致的生活标准和行为规范,不允许有影响发达国家社会风貌的异端现象存在,不管是真正影响治安的流浪汉,还是只是选择一种异于常规的生活方式的流浪汉。凯鲁亚克通过自己与警察的一次冲突,例证目前流浪汉所面临的窘境:

> 凌晨两点,当我为了红月亮沙漠里夜晚甜蜜的睡眠而背包步行时,我被三队警车包围了:
> "你去哪儿?"
> "睡觉。"
> "睡在哪?"
> "沙漠上。"
> "为什么?"
> "用上我的睡袋。"
> "为什么?"
> "领略伟大的户外风景。"
> "你是谁?让我们看看你的证件。"
> "我刚在林务局度过一个夏天。"
> "你有收入吗?"
> "有。"
> "那你为什么不住旅馆?"
> "我更喜欢在户外,这很自由。"
> "为什么?"
> "因为我在研究流浪汉。"
> "那有什么好处呢?"
> 他们要一个我对自己流浪行为的解释,然后走近拉扯我,但是我对他们很诚实,于是他们挠着他们的头结束了:"如果你非要这样,那就朝前面走吧。"他们没有让我搭车走出还有四公里的沙漠。①

---

① 凯鲁亚克.孤独旅者[M].赵元,译.重庆:重庆出版社,2007:209.

凯鲁亚克所代表的流浪汉群体与警察之间的冲突，正是主流文化与亚文化或者说反文化之间的冲突，是正统价值观与小众价值观之间的冲突，是上层阶级和下层民众的冲突。主流社会对于亚文化群体的不理解和不支持导致了两种文化的碰撞，也引发了以"垮掉的一代"为代表的亚文化群体的反抗。"垮掉的一代"的流浪汉们喜欢自由，喜欢旷野，他们宣称"自我是最伟大的流浪汉"①，在他们看来"流浪汉有两块手表，那是你在蒂凡尼珠宝店买不到的，一个手腕上是太阳，另一个手腕上是月亮，两只手组合成天空"②。天空是他们所向往的一切，自由是他们毕生的追求，这是任何财富和珠宝都买不到的。

二、荒凉峰之荒凉

《荒凉天使》是凯鲁亚克在1964年才创作完成的又一部不停地在路上探索的自传体小说。凯鲁亚克在荒凉峰上63天的孤绝世界里冥思沉吟，试图参悟生命的玄机，然而下山后他又不得不重新让自己淹没于生活的洪流。他用脚步丈量美利坚合众国的宽度和广度，并穿越不同的国度，然后再度出发。

《荒凉天使》一书分为上下两卷，每卷又包含若干部分。上卷题为"荒凉天使"，分为两个部分。第一部分"荒野中的荒凉"记录了杰克·杜洛兹，即凯鲁亚克本人在美国华盛顿州北部的霍佐敏山荒凉峰上担任山火瞭望员的63个日日夜夜里的所见、所闻、所思、所想。主要描写了山上的日常生活、山中景色、童年回忆、家乡记忆、自我梦境、与朋友的昔日过往以及禅宗冥想与感悟等。第二部分"人世间的荒凉"记录了杜洛兹从山野返回城市的经历与不同的体验。主要描述了下山路途的艰辛、西雅图声色犬马的夜生活、再次搭车在路上的不同感受、返回旧金山与科迪·波梅雷（尼尔·卡萨迪）、欧文·加登（艾伦·金斯伯格）、拉菲尔（格雷戈里·科索）等老友重逢的喜悦与狂欢等，在这部分的最后，凯鲁亚克再次启程，前往墨西哥。下卷题为"穿越"，接着上卷继续记录凯鲁亚克在路上的经历。共分为四个部分："穿越墨西哥"、"穿越纽约"、"穿越丹吉尔、法国和伦敦"以及"再次穿越美国"，分别记录了凯鲁亚克与欧文以及欧文的同性伴侣西蒙（彼得·奥洛夫斯基）在墨西哥的狂欢、穿越美国搭车回纽约联系出版作品以及与女性友人的纠葛、在摩洛哥的丹吉尔与布尔·哈巴德（威廉·巴勒斯）的相聚、在法国巴黎和英国伦敦的短暂逗留以及带着母亲从佛罗里达搬到加州、再从加州搬回佛罗里达的路途上与母亲的相依

---

① 凯鲁亚克.孤独旅者[M].赵元.译.重庆：重庆出版社，2007：203.
② 凯鲁亚克.孤独旅者[M].赵元.译.重庆：重庆出版社，2007：202.

为命。

《荒凉天使》中"垮掉的一代"的"精英"们跟随着自由的脚步,听从心灵的指引,从旧金山到纽约,从丹吉尔到墨西哥,在路上发生一些荒唐古怪的事——一路上他们狂喝滥饮,吸大麻,玩女人,疯狂听爵士乐,高谈东方禅宗。在他们看来,"唯有疯狂才能拯救他们自己"。所以,他们以为为了获得反文化意义上的自由,人就得有点堕落。作品所具有的热情,呈现出了多种社会观念、欲望、理想和无家可归的迷惘,就像是混合着各种感情,尤其是那种反抗虚无感和绝望感的 50 年代的美国模糊影像。他们的灵魂是自由的,不受束缚的,他们追求的是个性的释放、对于自己文学梦想的执着、对于一切能刺激他们创作的事物的尝试与体验。他们把自己最真切的感受诉诸笔端,形成小说、诗歌、创作理论和一封封充满热情、真诚和智慧的信件,给美国同时代的人指引了精神追求的另一种途径。

如果说《在路上》一书是一幅幅处于社会边缘、底层的主人公在"自由"国土上追逐个人精神自由和幸福的风俗画,也是个人在美国历史特定时期(1947—1950 年)追逐"美国梦"的一种体现①,那么《荒凉天使》就是这幅风俗画的延展,是对于个人和美国社会的更深层次的反省。

凯鲁亚克之所以选择在荒凉峰上过上与世隔绝的 63 天山火瞭望员的生活,一方面是想逃离《在路上》的成功给他带来的意料之外的烦扰,另一方面是想在一个孤独的环境中参禅悟道、摆脱痛苦,同时也想创造一个可以安静思考与写作的环境,积累新的写作素材。

小说的第一段就点出了整本书表达的主旨:"虚空"。这一主旨不仅贯穿小说始终,而且也贯穿凯鲁亚克旅途的始终。当凯鲁亚克坐在荒凉峰的草地上远眺四周百里绵延不绝的雪峰时,他突然顿悟:"是我在变化、在行动、在来去、在抱怨、在伤害、在欣喜、在喊叫,是我,而不是虚空。"②"我"之所以奔波,之所以痛苦,是我没有达到虚空的境界,因此困扰于精神上的痛苦,达不到自由的虚空。虚空是最高境界的自由,是精神自由的绝对体现。没有精神上的羁绊,一切苦痛、纷扰,一切存在统统为"空"。在这样的精神顿悟引领下,凯鲁亚克敏感细腻的神经、容易感伤的心灵以及从小备受死亡阴影折磨的灵魂都得以暂时的平静,虽然经过一段时间之后,他又会故态复萌,但他一直在努力地控制自

---

① 黄开红.于"自由"处见自由:论《在路上》的追梦精神[J].外国文学研究 2015(1):111-117.
② 凯鲁亚克.荒凉天使[M].娅子,译.重庆:重庆出版社,2006:5.

己,不断地在平静与躁动中游走,企图让自己达到一个禅师的境界。虽然到最后他还是放弃了禅宗,沉溺于酒精,以致英年早逝,但他在《荒凉天使》中却真实记录了其一直不懈追求精神自由的努力与尝试。

凯鲁亚克不仅注重对自己精神自由的追求,也为生活在世界其他角落里人们的自由而沉思。在荒凉峰上的小屋里,放着一本《失败的上帝》,这是他在山上仅有的一本读物。这本书收录了法国的安德烈·纪德(Andre Gide)、意大利的依纳齐奥·西隆尼(Ignazio Silone)、德国的阿瑟·凯斯特勒(Arthur Koestler)、美国的理查德·赖特(Richard Wright)和路易斯·费歇尔(Louis Fische)以及英国诗人斯蒂芬·斯彭德(Stephen Spender)这六位20世纪的重要作家针对苏联和冷战所发表的文章。这本书当时在世界范围内引起了强烈反响。且不论书中观点是否中肯,凯鲁亚克对于其中法国作家安德烈·纪德并无好感,认为书中所载纪德的文章沉闷乏味,但这本书却引发了他对于世界极权主义以及世界的残酷与荒谬的思考。"这个世界让我感到忧伤(这世界怎么了,友情可以消除心中的敌意,人们为着可以争斗的东西在斗争着,到处都是这样),一个遍布着秘密警察、间谍、独裁者、清除异己、午夜谋杀和发生在沙漠里的大麻革命,充斥着枪和暴徒的世界——忽然,把瞭望所的收音机调到美国的频率去听一群瞭望员在闲聊,我听到他们在谈论橄榄球。"[①]同样,在凯鲁亚克们享受着生活中偶尔的甜蜜时,如美食、歌谣、微风、咖啡和香烟,"而在世界的别处,人们正在用卡宾枪开火交战:他们的胸膛用弹药夹交叉成十字架,他们的腰带因为系着沉甸甸的手榴弹而下坠,他们口渴、疲惫、饥饿、害怕、疯狂……"[②]这样的世界,一边是别处的战争、饥饿、恐怖与血腥,一边是美国的享受、娱乐、甜蜜与美好,这样的对比与反差让他意识到自己生活在美国这样一个自由的世界是一种幸福:

  美国像山野的风一样自由,在远方,也一样的自由,自由得好像没有边界,似乎叫'加拿大'这个名字的边界并不存在……周五的晚上,无名的印第安人来了,斯卡吉特人来了,那边有一些圆木堡垒,下面还有一些小路,山野的风吹着自由的脚步,吹着自由的鹿角,还正在吹着自由的收音机电波,吹着电波里美国年轻人自由而狂野的言语,吹着大学校园里那些无畏的自由的男生们。这股风

---

① 凯鲁亚克.荒凉天使[M].娅子,译.重庆:重庆出版社,2006:20.
② 凯鲁亚克.荒凉天使[M].娅子,译.重庆:重庆出版社,2006:40.

第一章 自由哲学

从百万英里之外的西伯利亚吹到这里,美国还是一个不错的老国家——①

美国一直自我标榜为自由的国度,生于斯长于斯的凯鲁亚克自然秉承着这样的观点。西伯利亚的专制之风,吹到美国就变成了自由之风。这自由之风,吹过山野,吹过象征着印第安人家园的鹿角,吹到充满年轻灵魂的校园,吹拂着凯鲁亚克和他年轻的朋友们,滋养着他们自由的灵魂。凯鲁亚克也希望这股自由之风能够吹到世界的每一个角落,吹垮极权统治,吹散阴霾与血腥,吹来和平与自由。

凯鲁亚克一直醉心于"在路上"的行程计划,火车、车斗、睡袋、铁轨、烈酒,是他的流浪梦,是他的自由旅途,也是他创作的体验之旅。这是凯鲁亚克所有旅途的缩影,不管是在山野还是在城市、在西海岸还是东海岸、在墨西哥还是摩洛哥,只有自由自在,只有无拘无束,是肉体的彻底解放,是灵魂的彻底放飞。没钱了就去做铁路工人,做山火瞭望员。有了一点积蓄后继续上路,积累了一定的体验后,安静下来写作一段时间,然后继续打短工,继续上路,继续写作,如此循环。这样的生活方式也是美国五六十年代青年亚文化特征的一个重要体现,是对整天衣着光鲜、一本正经、按部就班生活的美国中产阶级生活方式的反拨,是对虚伪、冷漠、充满尔虞我诈的美国上层社会的一种讽刺,打破被一般人设定为标准的成功生活的界定,用放浪形骸、随心所欲但又不伤害他人、不触犯法律的行为来冲破社会桎梏,实现从外在到内在彻底的自由。这种自由也许会导向灭亡,但也有可能会导向成功。对于凯鲁亚克的作品而言,对于自由的追求让他得以成名。但是对于他的个性而言,自由但无法自控的放纵又导致了他思想上的绝望和身体上的毁灭。

《荒凉天使》的序言作者是乔伊斯·约翰逊,凯鲁亚克曾经的女友之一。她在序言中写道:"凯鲁亚克说:'我的生活就是一首自相矛盾的长篇史诗。'"②1956年的那个夏天,凯鲁亚克在荒凉峰顶对"虚空"的深思与对质揭示了这个男人的生存状态:他是一个无家之人,在不同的地方随处停歇,然后再度出发。也许他总是幻想在某个新的终点,能够在对新奇事物及友情的渴望和离群隐遁的个性之间找到某种平衡。正像凯鲁亚克所言:"'如果生活的要义在于追求幸福,那么,除却旅行,很少有别的行为能呈现这一追求过程中的热情和矛盾。'"③

---

① 凯鲁亚克.荒凉天使[M].娅子,译.重庆:重庆出版社,2006:20-21.
② 凯鲁亚克.荒凉天使[M].娅子,译.重庆:重庆出版社,2006:序言6.
③ 凯鲁亚克.荒凉天使[M].娅子,译.重庆:重庆出版社,2006:序言6.

第三节　生而平等之自由精神

凯鲁亚克等"垮掉的一代"所追求的自由还体现在人人生而平等的自由、没有种族歧视的自由,他们不认同"白人至上"的主流价值观,对自己的白人文化身份产生了怀疑,他们试图从黑人以及其他少数族裔身上找到文化归属,实现认同。他们愿意舍弃白人身份,"舍弃主流文化,主动走向边缘,变成边缘化的'他者',试图在边缘地带追寻新的文化身份,创造一个理想的精神家园。为此,他们走向少数族裔群体,在那里寻找天堂和乐园。他们希望自己变成黑人或墨西哥人,实现不同文化身份的融合和认同。"①在他的作品中可以经常读到他对于黑人的赞美、对于印第安人的同情以及对于墨西哥人和黄皮肤的亚洲人生活的客观描述。

一、"土地是印第安人的"

印第安人在美洲孕育出了丰富的文明,包括玛雅文明、阿兹特克文明和印加文明等,这些文明都是世界文明的重要组成部分,都曾有过辉煌的发展时期。但自从来自欧洲的殖民者登陆美洲后,他们就对美洲原住民印第安人进行压迫和剥削,印第安文明逐步受到了毁灭性的打击。为了占领他们的土地、掠夺他们的资源、消灭他们的文化,这些殖民者宣称印第安人是劣等民族,是野兽,征服印第安人,是在传播文明,将印第安人带入文明;同时鼓吹这些印第安人是异教徒,是魔鬼撒旦的子孙,对印第安人大肆进行奴役与屠杀。通过种种手段,殖民者甩掉了心理和道德负担,开始了残忍地屠杀印第安人之路。但在美国的史料中,却将绞杀镇压印第安人的欧洲殖民者称颂为爱国者,将反抗的印第安人抹黑成对白人、对欧洲移民的屠杀。印第安裔学者詹尼特·亨利在《教科书和美国印第安人》(1970)一书中写道:"印第安人杀白人,因为白人夺去了他们的土地、破坏了他们的狩猎场、毁掉了他们的森林、消灭了他们的野牛。白人把我们围圈在保留地中,然后又夺去我们的保留地。那些出来保护白人财产的人被称为爱国志士,而同样在保护自己

---

① 王海燕.从《在路上》看"垮掉派"的文化身份困境[J].当代外国文学,2008(1):148.

财产的印第安人却被叫做杀人者。"①

19世纪50年代以后,美国政府开始从教育和文化两个层面下手,完成对印第安人最后的围剿。美国各州相继宣布印第安人信仰非法,不允许印第安人举行任何形式的宗教仪式,强制印第安人改信基督教。美国政府通过阻断宗教仪式的传承,来开启灭绝印第安文化的第一步。1890年12月,伤膝谷之战爆发,压抑已久的印第安人在美国政府的步步紧逼中,进行了印第安人最后一次有组织的抵抗,但最终以失败而告终。1917年,美国加入第一次世界大战。这时的印第安人,没有公民的权利但是必须履行公民的义务。仅剩下20余万人口的印第安人,有1万余人被强征入伍开赴战场。此时的黑人已于1868年获得美国公民权,而作为这片土地最早的主人的印第安人,依旧没有公民权利的保障。直到一战结束之后的1924年,美国才赋予印第安人美国公民的权利。

在经历了一场种族屠杀和文化灭绝之后,原来北美最大的族群苏族人,数量急剧下降,减少到只有4万人。其他印第安部落也不容乐观,全美印第安人只有20多万人,不到30万人。从英国在北美建立第一个殖民地开始,将一个原有3000万人的种族屠杀到不足30万人,仅仅用了300多年。到了20世纪初,美国境内还有印第安人20余万人,二战之后印第安人口有所恢复,达到了80余万人。与美国毗邻的墨西哥,却还有着1000余万的印第安人。可见在美国,殖民者到来之后,给印第安原住民带来的巨大灾难。

"垮掉的一代"对于印第安人的态度是具有负罪感的,认为美国毁灭了一种文化,也毁灭了一个民族。而凯鲁亚克他们则是几个外表看起来自以为是、有点钱的美国人,他们知道他们的祖先给印第安人带来过灾难,他们也知道现在不可一世的美国人并不是地球上的主宰,印第安人古老的文明并不是"愚蠢至极"的美国人所能理解的:

> 毫无疑问,他们是印第安人。可文明的美国对他们的了解正像一个只会玩佩德罗牌的家伙那样愚蠢至极——这些印第安人颧骨突出,目光机灵,举止温和。他们可不是傻瓜,也不是任人耍弄的小丑。他们是具有自尊心、自豪感的印第安人;他们是人类的起源、人类的始祖,这可以追溯到中国人。印第安人居住的这片土地同样古老,正像荒漠上的岩石不可缺少。荒漠是他们世世代代赖

---

① 印第安人的灾难史:从主人沦落到奴隶,也不过才300多年![EB/OL].(2022-03-25)[2022-05-07]. https://mp.weixin.qq.com/s?__biz=MzI1NDIxMTI1MQ==&mid=2650023164&idx=1&sn=de67514efac9c5049a71e2bb02325069&chksm=f1c82120c6bfa836c486556cc5322334b1e61b2c8680a429c1919e6f70232cfa4b443001d339&scene=21#wechat_redirect.

以生存的大地。当我们的汽车从他们面前驶过时,他们明白这一切。他们知道外表上看起来自负、钱袋里有几个钱的美国人正在他们的土地上寻欢猎奇;他们知道古老的地球上谁是生活的主宰者,谁是承继者。因此才不置一词地望着我们。当一场灾难降临到古老的世界,非洲阿拉伯人的天启书如同以前曾有过的许多次那样,将会再次出现,人们将像从前那样,再次从墨西哥或巴厘岛的洞穴,以同样惊奇的目光抬头凝视。人类历史又将从那儿开始,亚当将会嗷嗷吸乳,从头开始生活的一课。在开着车进入热得像烤炉的格雷戈尼亚城时,这些思绪不断地向我袭来。①

一直被凯鲁亚克尊为伟大的人生导师的威廉·巴勒斯送给他两卷本《西方的没落》(The Decline of the West,1918),对其理解人类社会文明与文化的真实发展历程和兴衰交替背后的历史规律有着重要的作用。《西方的没落》是德国哲学家、文学家奥斯瓦尔德·斯宾格勒的历史哲学著作,全书分为两卷。斯宾格勒通过划分八大文化类型来建构无所不包的历史模式,这八种高度发达的文化类型是埃及文化、印度文化、巴比伦文化、中国文化、古典文化(希腊罗马文化)、伊斯兰文化、墨西哥文化和西方文化。每种文化作为一个独立的有机体,都有一个固定的生长、衰亡过程和几乎相同的发展模式,即经历前文化时期、文化时期和文明时期,并且毫无例外地出现危机。各个文化单元在时间上是平行的,因而是同时代的和可以比较的。同样,每一种文化都有作为它的灵魂的实践与创造模式,并在艺术思想和行为上得到体现。由于各个文化单元都有相同的和独立的生命周期和发展阶段,因而能够推知其过去和预言其未来。西方已经度过了文化的创造阶段,而进入了反省和物质享受的阶段,并最终将和其他七个高级文化一样不可避免地走向没落和灭亡②。巴勒斯在把这套书送给当时还很年轻的凯鲁亚克时说道:"让真正惊人的现实开启你的思想,我的年轻人。"③果然,《西方的没落》对于凯鲁亚克的思想形成和文学创作都起到了很大的影响作用,打破了他的认知局限,让他意识到在美国之外,世界上还有其他的文化空间,意识到美国的标准并不是唯一的标准。"这是'垮掉的一代'一个得以突破的领域。美国人惊讶地发现除了这里,世界上其他的地方各不相同。美国不是

---

① 凯鲁亚克.在路上[M].文楚安,译.桂林:漓江出版社,2001:294-295.
② 衷洁人.科学发展观百科辞典[M].上海:上海辞书出版社,2007:615.
③ 凯鲁亚克.杜洛兹的虚荣:杰克·杜洛兹历险教育记:1935—1946[M].黄勇民,译.上海:上海译文出版社,2014:260.

意识、话语、礼仪或排水系统的整个宇宙。"①比如上面所引用的这段关于印第安人的叙述就是从斯宾格勒的文章中借鉴而来,对印第安文明给予了作为一个美国人可能很难作出的客观评价。

在《地下人》(The Subterraneans,1958)一书中,凯鲁亚克同样借与女友玛多(一位黑人和印第安人混血儿)的交谈,给出了他对于印第安人的悲剧命运以及美国殖民者的残暴与虚伪的强烈抨击:

> 原来他们曾是这块土地的居住者,唯有他们才真正地与这块广袤天空下的土地有切身的联系,他们是帐篷搭起来的国家里的忧虑者、哀号者和妻子们的保护者——而现在,那些在埋着他们先人的身躯的土地上穿行的铁路却要把他们带向无边的远方,那些已逝去的人的鬼魂在地面上轻轻地游荡,他们的苦难融化了地面,你只要用脚在地上踩一下,就会找到一只婴儿的手。——那些轰鸣作响载人火车飞逝而过,轰隆轰隆,印第安人抬起头——我看见他们风一样地消失——②

印第安人曾是这块土地真正的主人,但现在的他们却成了殖民者后代眼中的异乡人。他们满脸皱纹,身上背着包袱,在夕阳映照下,踏着苦难的历史,心怀屈辱的无奈,穿过大地,穿过铁路,走向未知的远方,消失在路的尽头。

墨西哥也是美洲大陆的原住民"印第安人"的古文化中心之一,墨西哥孕育出了众多的古代文明,包括奥尔梅克文化、托尔特克文化、特奥蒂瓦坎文化、萨波特克文化、玛雅文化和阿兹特克文化等。位于墨西哥东南部的尤卡坦半岛中部地区,是玛雅文明古迹的集中分布区,庞大的建筑遗迹,彰显着墨西哥曾经灿烂的文明,其中高30米的呈阶梯状的"库库尔坎金字塔"是最典型的代表。

凯鲁亚克曾数次到过墨西哥。1950年,他和卡萨迪一起开车第一次到达墨西哥,被墨西哥的不同文化所吸引,这部分经历在《在路上》书中有详尽的记录。后来他和他的朋友又多次往返墨西哥城与美国加州等地之间,给他的创作带来了无数灵感。在墨西哥城,他完成了诗集《墨西哥城布鲁斯》、小说《特丽丝苔莎》《荒凉天使》等作品的完全与部分创作,他的挚友卡萨迪最终也是死于墨西哥。因此,他对于墨西哥有着深厚的情感,觉

---

① 金斯堡.我们这一代人:金斯堡文学讲稿[M].惠明,译.北京:人民文学出版社,2021:190-191.
② 凯鲁亚克.地下人·皮克[M].金衡山,译.上海:上海译文出版社,2015:26.

得跨过美国边境进入墨西哥之际,就是踏上了一片"净土",这片净土是"印第安人的土地"。《墨西哥农民》是《孤独旅者》中的第二篇文章,记录了他在墨西哥城切身感受墨西哥文明与文化的经历。一路上,他穿梭在墨西哥的大街小巷,与当地人交谈,从年轻人处购买大麻,观察年轻美丽的印第安女子。在一间茅屋前,他与主人深入地交谈:"我们谈论着革命。主人的观点是印第安人最初拥有北美洲以及南美洲,但随后又说道:'La tierraesta la notre'(大地是我们的)——他喋喋不休,带着一种熟悉内情的冷笑;耸着他疯狂的肩膀,让我们看到他对于任何理解他意思的人的怀疑和不信任,但是我就在那儿,我十分理解。"①凯鲁亚克在多部作品中提到这个说法,即"土地是印第安人的"。凯鲁亚克通过墨西哥当地农民之口,说出了他对于印第安人历史与文明的尊重以及对于欧洲殖民者以及美国政府对待印第安原住民种族灭绝暴行的控诉与讥讽。

墨西哥人或墨西哥裔美国人也并不是如其他美国人口中的那般不堪,而是热情、温和且美丽的。墨西哥也并非如美国文学作品或者电视、电影媒体带有种族偏见所宣传的那样充满暴力与打斗,美国人所宣扬的那种危险在墨西哥是不真实的,因为"墨西哥大体上说文明而美好"②。

    墨西哥没有"暴力"。那些好斗者都出自好莱坞作家或者另外那些想到墨西哥来"实现暴力"的作家们之手。我知道有的美国人到墨西哥就是为了在酒吧里寻衅闹事,因为在那里很少会因为不守秩序而被逮捕。天哪,我看见过有人在马路中间开玩笑地打斗,堵塞着交通,过路人都尖叫着大笑——墨西哥大体上说文明而美好,哪怕你像我一样,在那些危险人物身边旅行时也是如此——在某种意义上,"危险"是对我们在美国时的含义而言的——事实上,你离开边境越远,越深入内地,它就越雅致,文明的影响似乎就像一片云彩样挂在边境上。③

凯鲁亚克觉得墨西哥女孩也是美好与圣洁的象征。在《特丽丝苔莎》中,凯鲁亚克将他在墨西哥城遇到的女子特丽丝苔莎比作圣母玛利亚,虽然贫困潦倒,但是温柔、善良、拥有看破生死的大智慧。墨西哥的女子在凯鲁亚克眼中都是高大的、伟大的、圣洁的。黑人的世界和墨西哥人的世界在凯鲁亚克看来十分温馨和美妙,充满了自由、欢乐和激情。特丽丝苔莎在《在路上》中的角色是特丽,一个娇小可爱的墨西哥裔姑娘,他们在公

---

① 凯鲁亚克.孤独旅者[M].赵元,译.重庆:重庆出版社,2007:32.
② 凯鲁亚克.孤独旅者[M].赵元,译.重庆:重庆出版社,2007:32.
③ 凯鲁亚克.孤独旅者[M].赵元,译.重庆:重庆出版社,2007:32.

共汽车上相遇,叙述者萨尔(凯鲁亚克)被她的美貌所吸引:"她乳房坚挺、丰满,腰身苗条诱人,长长的黑发光泽可鉴,眸子又大又蓝。"① 尽管特丽还有个孩子和经常家暴她的丈夫,但是他们还是义无反顾地相爱了。他们为了在一起付出了很多努力,萨尔甚至愿意为了她来到墨西哥,通过在棉花地里摘棉花来挣钱维持生计。最终,虽然迫于贫穷,萨尔不得不让特丽又回到了她的家庭,但是他们的爱情是真挚的。凯鲁亚克真心赞美墨西哥的女性,对于墨西哥的农业文明也是一片向往之情。当萨尔跟着特丽来到她的家乡萨比纳尔时,他甚至快活地叫起来:"嘿,真是一片福地。"② 就连在墨西哥摘棉花,他都觉得这是他有生以来最为向往的活儿,因为累了就可以躺在棉花地松软的土地上,听着鸟儿的歌唱。"他们以为我是墨西哥人,当然,在某种意义上我确实是。"③

二、"我希望我是一个黑人"

美国黑人的历史可以追溯到16世纪美洲沦为欧洲殖民地的时期。16~19世纪,欧洲殖民者从非洲(主要是西非)劫运大批黑人奴隶到美洲,其中半数以上运入今美国境内,主要在南部诸州的棉花、甘蔗种植场和矿山当苦工,深受白人种族主义者的残酷剥削和虐待。美国黑人是在违反其自身意志的情况下被强行带到美国的唯一种族,1863年《解放黑人奴隶宣言》之前,已经有50万"自由黑人"生活在美国北方。随着人类文明的发展,追求平等的思想开始出现,先进的白人开始认识到祖先贩卖黑人当奴隶的罪恶。他们开始反省,认为同为上帝的子民,黑人不应该永远是奴隶,他们应该享有与白人一样的尊严。由此拉开了解放黑人运动的序幕。

1861年,美国南方种植园经济阶层与北方资本家矛盾不可调和,南北战争爆发。北方联军战线吃紧,急需大量兵源,于是1862年,北方总统林肯签署《解放黑人奴隶宣言》,联邦军史无前例地招募了黑人进入军队。尽管大多黑人士兵只被分配做一些低下的工作,林肯总统的这一举措仍然赢得了黑人奴隶的拥护,也成为南北战争胜利的因素之一。虽然结束了奴隶身份,但由于长期被奴役,黑人普遍缺乏教育机会,不能够读书看报,无法获得真正的平等与自由。因此在相当长的一段时间内,黑人无法获得与白人同样的经济与政治地位,在社会上仍然是被白人歧视的对象,仍需为生存与平等而抗争。直至今

---

① 凯鲁亚克.在路上[M].文楚安,译.桂林:漓江出版社,2001:85.
② 凯鲁亚克.在路上[M].文楚安,译.桂林:漓江出版社,2001:96.
③ 凯鲁亚克.在路上[M].文楚安,译.桂林:漓江出版社,2001:102.

日,黑人的社会地位与生存权还得不到完全的保障。2012年,美国迈阿密的一位17岁的非洲裔高中生特雷沃恩·马丁(Trayvon Martin)被一位白人无辜枪杀,而杀人者最终却在2013年被无罪释放。加州奥克兰居民艾丽西亚·加尔扎(Alicia Garza)在脸书上发布了一条消息,对杀害黑人少年的白人凶手被判无罪感到愤怒和悲伤。她的帖子中首次使用了"黑人的命也是命"(Black lives matter)的愤怒表达,这句话很快成了美国乃至全世界黑人的战斗口号和运动。2022年5月25日,手无寸铁的美国非裔男子乔治·弗洛伊德(George Floyd),在美国明尼苏达州明尼阿波利斯市被当地警察跪压致死。残暴的现场视频在网上公布后,引发了美国多个城市大规模的抗议浪潮,大批民众走上街头高呼口号,高举标语牌,强烈要求为弗洛伊德伸张正义,声讨美国的种族歧视,"黑人的命也是命"再次成为黑人战斗口号。不断宣扬平等和人权的美国,自身的人权状况却沉疴难愈。美国自建国两百多年以来,始终患有严重的种族歧视和践踏人权的"不治之症"。

这种白人至上主义也是部分有良知的白人一直以来所深恶痛绝的。凯鲁亚克就在《在路上》中通过萨尔之口道出他对于自己白人身份的厌弃和对于黑人身份的认同:"绛紫色的傍晚,我在丹佛黑人区第27街和威尔顿街踟蹰。华灯初上,我的每一块肌肉都痛得要命。我真希望我是个黑人,在我看来,在白人中间,没有什么能使我激动得心醉神迷。缺少活力、欢乐、神秘、音乐,甚至没有难以忘怀的夜晚……我希望我是个住在丹佛的黑人,甚至是个贫困的干重活的日本人,或其他什么国家的人也行,可偏偏我是个'白人',一个穷愁潦倒的绝望的'白人',白人的理想和追求一直主宰着我的生活……我情愿我不是白人,而成为这些快乐、诚挚、让人着迷的美国黑人中的一员。"①而以黑人为主体的爵士乐的群体更是凯鲁亚克所崇拜的对象。"垮掉派"成员都迷恋爵士乐,认为爵士乐无拘无束、自由发挥、激情澎湃、酣畅淋漓的即兴演奏特征正好与"垮掉派"的特质相符。他们推崇一些著名的爵士乐手,比如绰号"大鸟"的中音萨克斯演奏家查利·帕克(Charlie Parker),被认为是美国音乐史上的一位伟人的爵士乐钢琴家和作曲家塞隆尼斯·孟克(Thelonious Monk),爵士乐小号手、20世纪最有影响力的音乐人之一迈尔士·戴维斯(Miles Davis)、爵士乐高音萨克斯管演奏家沃戴尔·格雷(Wardell Gray)等都是黑人。《在路上》中的萨尔和迪安都很享受酒吧里的黑人爵士乐即兴演奏和黑人歌手即兴演唱的布鲁斯给他们带来听觉上和视觉上的享受,认为是神一般的音乐。

《地下人》讲述的是一个跨种族的爱情故事,女主人公是一位黑人女性玛多,原型是

---

① 凯鲁亚克.在路上[M].文楚安,译.桂林:漓江出版社,2001:189-190.

现实生活中凯鲁亚克曾经交往过的女性朋友艾琳·李。他们最初的相识颇具象征意义。在一帮朋友互相介绍时,玛多主动与其他人握手示好,但没有主动向凯鲁亚克伸手,于是凯鲁亚克只好把手伸给她,进行自我介绍。"她只对那些来自旧金山和伯克利的精瘦、诡异的苦行僧知识分子感兴趣,对像我这样的来自船上和火车上的只会写小说的流浪汉和幻想狂患者没有兴趣,我身上所有让人反感的东西对我自己而言太明显了对别人也一样。"①玛多并没有因为自己的黑人身份就自认为低凯鲁亚克一等,凯鲁亚克在玛多面前也丝毫没有优越感,而是很自卑地自我认知为让人反感之人。"就这样我向她伸出了手,而不是她向我伸手。"②这一句话恰恰表明了凯鲁亚克基于种族平等的态度立场,表达了对于黑人女性的尊重。尽管由于世俗力量和文化惯性,让他对于身边躺着一位黑皮肤的女性感到不适,但他勇于自我修正,认为自己有这样的想法"岂不如畜生一样"③。

玛多父亲的一半血统是印第安人,因此玛多兼具黑人与印第安人的文化特性。对于玛多自身悲剧经历的记录正可以同时体现凯鲁亚克对于美国黑人与印第安人文化的双重关注。黑人女孩玛多的出现对于当时处于自我否定与自我怀疑的精神状态中的流浪汉——"莱奥·佩瑟皮耶"(凯鲁亚克小说中替身)而言,无异于一种救赎。

> 从来没有一个女孩用她精神苦难的故事打动过我,她的心灵如此美丽,就像是闪耀着光辉的天使在地狱行走,我也曾在地狱、在同一条街上游荡过,四处张望,期望遇到一个像她那样的人,但从来没有梦想过能在这昏暗、神秘的氛围下最终在永恒中与她相遇,她的脸此刻像木头栅栏后侧海报上的老虎头,突然出现在雾气朦胧的院子里,出现在没有课的星期六早上,在雨中,美丽,疯狂,自在,——我们相拥,我们紧紧抱在一起——像是相爱了。④

玛多出生于旧金山,家庭贫困,父亲是一名采摘工,干过偷车等勾当。虽然成长于如此环境,但曾经的玛多想通过自己的努力成为一个独立的人,她去上夜校,做过一些工作,也很有艺术天赋,"学校里的艺术老师,那个老姑娘说我可以成为一个很好的女雕塑家"⑤。但是美国社会对于黑人与印第安人的敌意与歧视斩断了玛多想通过自身努力来

---

① 凯鲁亚克.地下人·皮克[M].金衡山,译.上海:上海译文出版社,2015:9.
② 凯鲁亚克.地下人·皮克[M].金衡山,译.上海:上海译文出版社,2015:9.
③ 凯鲁亚克.地下人·皮克[M].金衡山,译.上海:上海译文出版社,2015:22.
④ 凯鲁亚克.地下人·皮克[M].金衡山,译.上海:上海译文出版社,2015:43-44.
⑤ 凯鲁亚克.地下人·皮克[M].金衡山,译.上海:上海译文出版社,2015:29.

实现自我的途径,她不仅无家可归,食不果腹,而且还得应付周围好色者对她的觊觎。当她像一只被围困的小野兽一样对他们报以凶狠的眼神时,他们的反应同样是出于一种下意识的种族与性别区分:"这不是一个女人……这个可怕的印第安人,她会杀了你的。"①虽然受生活所迫,她不得不混迹于一群地下人之中,沾染上毒品,酗酒,闹街,时常被警察逮捕,但她仍然保持内心对于自由的向往,对于美丽的渴望。当她身上仅剩十美分时,她想为自己买一枚漂亮的胸针来装饰自己。但当她站到杂货店里时,却发现根本买不起胸针,即使是明信片,也只能够买两张。她逗留两个小时却仍不能下定决心购买,因为对于她而言,面包与牛奶比明信片更重要。而窘迫的她遭到了店员无情的鄙视:"在那儿两个小时,不穿袜子,肮脏的脚,只是盯着明信片看,这是第三街上哪个酒鬼家逃出来的老婆,来到白人开的店里,这些亮闪闪的明信片怕是她从来没见过——"②贫穷以及黑皮肤让她备受歧视,无法感受世界的温暖,只能用最后的十美分买一杯牛奶边喝边哭。在这样的社会环境之下,哭泣并不能解决基本的生活问题,她意识到:总是怨气十足,对社会不满,对种族问题不满,没有任何意义。她下定决心努力去生活,但现实的残酷又将她的勇气打入谷底。她的苦难不是个体的,身边的黑人同胞也遭受着同样的苦难。凯鲁亚克对于这种苦难是深表同情的,他心疼玛多所经历的种种遭遇,作为一名移民美国的法裔加拿大人,虽然他没有肤色上的困扰,但是家境的贫寒、文化上的冲突、性格上的自卑,让他对于玛多的痛苦体验感同身受。对于凯鲁亚克而言,他们的相遇与相爱,是一场相互救赎,没有尊卑,没有歧视,只有两个平等且惺惺相惜的心灵在相互慰藉。

虽然《在路上》一书中的最后,萨尔又无奈地回归到了他一直逃避的"白人梦想"中:坐着凯迪拉克轿车,带着女朋友劳拉去大都会歌剧院听音乐会,但是书中所传递的平等意识唤醒了人们对处于他者地位的黑人文化的关注,促使人们对种族问题和文化问题进行重新关注和深刻思考。正如芭芭拉·艾恩里奇(Barbara Ehrenreich)指出的:"'垮掉派'也许是美国白人中第一个认为'黑色是美的'。"③也许,"正是《在路上》对黑人的正面描写增强了黑人的自信,激发了他们对自我身份追寻的勇气和力量,为20世纪60年代波澜壮阔的黑人民权运动、新左派运动突破美国沉闷的主流文化的桎梏打开了缺口"④。

---

① 凯鲁亚克.地下人·皮克[M].金衡山,译.上海:上海译文出版社,2015:35.
② 凯鲁亚克.地下人·皮克[M].金衡山,译.上海:上海译文出版社,2015:35.
③ Ehrenreich B. The hearts of men:American dreams and the flight from commitment[M]. Garden City, N. Y.:Anchor Press/Doubleday, 1983:54.
④ 王海燕.从《在路上》看"垮掉派"的文化身份困境[J].当代外国文学,2008(1):151.

著名的"垮掉的一代"的研究学者文楚安也曾评价道:"四五十年代,美国的种族歧视仍是一个严重的社会问题。《在路上》所表达的这种对白人(实际上是白人统治者)优越性的鞭挞以及呼唤种族平等的呐喊无疑是进步的,具有极大的感召力。"①

三、"海浪是中国的"

19世纪中期美国的淘金热时期是中国华人劳工第一次移民美国的高峰。1848年,当时的中国正值鸦片战争和镇压太平天国的战乱期间,大批身处水深火热之中的老百姓,希望能找到一条救赎之路。恰在此时,美国的加利福尼亚州发现了黄金,短短的时间里,超过30万人蜂拥到加州,希望实现自己的黄金梦。而这个消息,也开启了华人向美国移民的第一波浪潮。与此同时,加州的其他大规模建设,包括1865年开建的中央太平洋大铁路工程,也需要从中国引入大量的劳工。于是,许多华工放下金矿里的工作,会合从祖国来的新同胞,投身到这条沟通美国东西两侧的交通大动脉的建设工作中去。但是,无数华工的血汗乃至生命,都献祭在美国的发展历史中。"每根枕木下面都有一具华工的尸骨"!但是,华人身上吃苦耐劳的优点,却也增加了当地人对华人的敌意。随着铁路的完工、华人迁入人数的增加,以及加州经济的持续低迷,在美国社会,悄然兴起了一股排华运动的浪潮。

1882年,美国通过了《排华法案》,宣布禁止中国移民。这一举措更是将充斥于美国社会中的排华、反华情绪推到高潮。这种排华运动,不仅是一场针对华人的政治迫害,也有着深刻的文化和社会基础。究其根源,完全在于美国社会的种族主义和白人至上主义等社会负面思潮。就像托马斯在《美国种族简史》中所写的那样:美国人对待中国移民的态度是苛刻的,有时甚至是粗暴的。华人既不是白种人,又不是基督教徒。而在当时,这两者缺一不可,无论哪一条都足以构成致命的弱点。华人遵循着对美国人来说完全陌生的习俗。无论是从文化上或生理上,他们都被视为不能够被同化的种族。1943年通过的《麦诺森法案》废除了《排华法案》。1948年,关于禁止华人和白人结婚的法律也被废除。而直至1965年《入境移民与国籍服务法案》通过后,才再次开启华人移民美国的新浪潮。

在这样的历史背景下长大的凯鲁亚克及其"垮掉"伙伴对于中国的认识离不开华人劳工、洗衣店、贫穷、瘦弱、矮小、长辫子、吸鸦片等负面词汇与信息,写作《在路上》时的凯鲁亚克还没有更多的机会了解中国的另一面。在《在路上》中,中国人偶尔被提及,所涉

---

① 文楚安."垮掉一代"及其他[M].南昌:江西教育出版社,2010.

及的场景和含义比较负面,比如其中一处,老布尔,也就是凯鲁亚克现实中的朋友威廉·巴勒斯,在回顾美国历史时说道,在1910年的时候,"在美国的中国人一到晚上就临窗抽鸦片过瘾"①。据金斯伯格介绍,巴勒斯热衷于精神分析,具有多重人格,而其中的一层人格就是"中国佬"。

> 人格再往下层,是个中国佬,住在长江边的泥地里,半人半泥半原始,可能是个瘾君子,甚至还抱着鸦片烟枪。他住在长江边,和文明或其他什么没半点关系,几乎不开口说话,但有着一种中国式的泰然自若,眼神空洞,对所有事情都容忍包容。在《裸体午餐》里,他化身为一个中国人,在书里说了最后一句话,一个中国洗衣工,"没货,周五再来"。没有答案的回答。没有上帝,没有答案,没货,我不能令您满意。这个中国人话不多,冷漠,用乏味暗淡的眼神注视着周围。处在观察的平均线之下,或许已经瘫在底部了。我猜这大概是终极的"垮掉"人物。经济和社会阶梯的底端,人类阶梯的底端。削减到只剩最终的本质,只是和长江、泥土打交道。②

中国人在这里与"垮掉派"人物发生了共鸣。巴勒斯对于中国人的认知是经过美国媒介用种族有色眼镜过滤过的形象,这种偏见甚至到了"中国人"与文明无关的程度。但金斯伯格本身作为一名犹太裔美国人,对于这种偏见感同身受,因此他在表象的认知之下,是对于中国人精神层面的洞察。"泰然自若""对任何事情都能包容",这是中国老庄哲学智慧的体现,是中国人血脉里的一种文化基因。而这种从容淡定与包容,是物欲横流的美国社会所缺乏的,也是"垮掉的一代"所向往的,因此,金斯伯格认为这样的中国人才是"终极的垮掉人物"。

金斯伯格对于中国的情感是友好的。在埃兹拉·庞德(Ezra Pound)、威廉·卡罗斯·威廉斯(William Carlos Williams)、肯尼斯·雷克斯罗斯(Kenneth Rexroth)等人的影响下,他对于中国古代诗歌与诗人很是热爱。他于1984年首次访问中国,与不少中国诗人和学者保持联系,其中就包括文楚安教授。他在访问中国期间写下了《中国组诗》,其中《一天早晨,我在中国漫步》(One Morning I Took a Walk in China)和《读白居易抒怀》(Reading Bai Juyi——Ⅰ)直接描写了他所见到的真实的中国普通人民生活的日常以

---

① 凯鲁亚克.在路上[M].文楚安,译.桂林:漓江出版社,2001:152.
② 金斯堡.我们这一代人:金斯堡文学讲稿[M].惠明,译.北京:人民文学出版社,2021:115.

及对于中国古代诗人笔下所体现的东方精神的深刻体悟。巴勒斯出身白人上层阶级，家庭富裕，有着天生的白人精英的优越感，只能也只愿看到其他世界贫穷落后的一面。而金斯伯格与凯鲁亚克则不同：一个是出身一般的犹太男孩，母亲还因被怀疑是共产党人而受到麦卡锡主义的迫害，最终在精神病院度过余生；一个是加拿大法裔移民的孩子，父母为普通工人，家庭经济状况拮据，曾经也因吃不饱饭而晕倒，对于其他不如美国社会发达的国家和人民有着深深的共情能力。而在50年代开始接触中国禅宗后，垮掉的一代深受其影响，中国的禅宗哲学和老庄智慧给予他们认识中国的另一个渠道，也在很大程度上改变了凯鲁亚克对于中国人的印象。因此，总体而言，凯鲁亚克在作品中所提及的中国元素基本上是客观的、正面的。

在《荒凉天使》一书中，提及与中国相关的信息多达五十余处，尤其是中国菜。旧金山的唐人街是他寻找美食的必到之处，他也会在心情低落的时候自己做一顿中餐来寻求心灵的平静。

> "'中式晚餐总是那么棒！'我突然想起了在洛厄尔镇，仿佛看到了我父亲和李陈、餐馆窗户外的红砖墙以及香气四溢的雨水。那里的雨水将带着红砖墙和中国大餐，穿过平原和山峦上空那些孤独的雨层，来到旧金山。我又想起了雨衣和那些微笑的唇齿，那些不确定的回忆、模糊的手势、回廊、城市、雪茄烟、付账的柜台，中国厨子从大锅里铲出一大勺米饭，把勺一翻，米饭就盛到中国小瓷碗里。这碗圆乎乎的冒着热气的米饭很快端到你面前，还有各种香气扑鼻的调料——没错，'中式晚餐总是那么棒'。①

香味缭绕的中餐让他想起了故乡，想起了父亲和当地的中餐馆，想起了过去与现在美好的一切。美食有治愈功能，一碗冒着热气的中式米饭能让凯鲁亚克痛苦的灵魂得以片刻休憩，产生与美好事物并存的幸福感。米饭、蒸汽以及木材燃烧产生的香气都氤氲成缭绕的雾气，幻化成云朵，飘渺、宁静、生机勃勃。

书中的杰里有中国妻子，中国古代诗人寒山是他们的偶像，中国孩子在公园里玩耍然后跟着父亲回家，这些描写都很自然、中肯，视角平等，就像描写其他族裔的人物一样，没有多少种族色彩，虽然因为历史的原因，不可避免地还是会涉及一些关于鸦片、洗衣店的描述，但都一带而过，没有以白人的俯视视角进行过多渲染。

---

① 凯鲁亚克.荒凉天使[M].娅子，译.重庆：重庆出版社，2006：45.

《达摩流浪者》则是直接致敬中国唐代诗僧寒山，扉页上一行"谨以此书献给寒山子"表达了凯鲁亚克对于中国禅宗文化以及诗人的推崇之情。

在《大瑟尔》(Big Sur)中，凯鲁亚克专门用了一个章节（第20章）描写了一个中国朋友：画家亚瑟。亚瑟和他们一样是"垮掉分子"，和他们打成一片。亚瑟热情、友善，看起来很年轻、招人喜爱，家境显赫。他们心灵相通，像寒山和拾得一样玩一问一答的游戏。"他流露的忠诚气质对我而言就像某种遥远而熟悉的东西，让我怀疑我前世是否曾在中国生活过，抑或他前世曾是个西方人，在中国以外的地方与我的前世纠结交织。"①

在《杜洛兹的虚荣》中，凯鲁亚克完整引用了陶渊明的《咏贫士·其二》的英文译文，认为陶渊明是中国伟大的诗人：

> 凄厉岁云暮，拥褐曝前轩。
> 南圃无遗秀，枯条盈北园。
> 倾壶绝馀沥，窥灶不见烟。
> 诗书塞座外，日昃不遑研。
> 闲居非陈厄，窃有愠见言。
> 何以慰吾怀，赖古多此贤。
> （陶渊明，365—427年）②

陶渊明这首诗歌表现的不是平淡清远、与世无争的情怀，而是描写自己晚年贫困萧索之状和不平怀抱，并向古代寻求知音，以安慰自己的精神，描绘出了一位贫士索漠的形象。这一意境与凯鲁亚克作品中所表现的上下文有契合之处。文中所记录的是凯鲁亚克对于当时卢西安误杀追求他的同性恋者大卫·卡默勒（David Kammerer）后自己被牵连进监狱时的回忆。文中的杜洛兹被警察带去确认卡默勒的尸体，回到监狱后，隔窗听着监狱外传来的棒球比赛场上的欢呼声，不免心生感慨。写作时的凯鲁亚克已近生命的后期，生活上的拮据、身体上的羸弱、创作上的挫折，让他在陶渊明的自咏诗中找到了共鸣，由此也可看出凯鲁亚克对中国的诗歌意境与文化内涵的理解颇为深刻。

随着《排华法案》的废除，中国移民的再次剧增，以及中国人的智慧和能力在美国社会各个行业的显现，中国人的地位得到了提升。同时由于禅宗佛教等东方文化在美国的

---

① 凯鲁亚克.大瑟尔[M].刘春芳，译.上海：上海译文出版社，2015：91.
② 凯鲁亚克.杜洛兹的虚荣：杰克·杜洛兹历险教育记：1935—1946[M].黄勇民，译.上海：上海译文出版社，2014：299-300.

盛行，对于与主流价值观背离、推崇自由平等的"垮掉"作家而言，在作品中对中国及中国人进行客观、平等的描述也是一种文学趋势。肯尼斯·雷克斯罗斯（Kenneth Rexroth）、加里·斯奈德（Gary Snyder）等对于中国古代诗歌的热爱、翻译以及仿写都对凯鲁亚克有着深刻的影响。因此，可以说创作于1956年的《荒凉天使》第一部、1961年的《大瑟尔》和《荒凉天使》第二部以及1967年的《杜洛兹的虚荣》等作品中对于中国文化的描写也反映了时代的印记和朋辈的影响，同时也反映了凯鲁亚克对种族主义的摈弃和对"人人生而平等"的自由精神的真正追求。

第四节　自由纯粹的创作精神

　　除了作品所体现的"追求自由"主题外，凯鲁亚克独创的"自发式写作"创作方法也体现了这位"垮掉之王"对于写作自由的终极追求。"自发式写作"这一概念是由凯鲁亚克提出的。1949年夏天，凯鲁亚克在给伦洛夫的信中表达了他想要打破传统写作方式的想法，他认为那些传统的知识已经让他的大脑不堪重负，"一个人总应该找到自己的家而不是让一堆二手合成的东西围绕在自己周围"①。1950年12月，他从卡萨迪的一封来信中得到启发，认识到只有抛弃作家口吻，用平常说话的方式，像给朋友写信那样进行写作，才能写出好作品。为倡导这一写作理念，凯鲁亚克写了一份名为《现代散文的信仰与技巧》的清单，副标题为"基本要素清单"，发表在他的诗集《天堂与其他诗歌》（*heaven and other poems*）中。

　　清单中列出了写作的三十条原则，艾伦·金斯伯格曾在那洛巴大学杰克·凯鲁亚克虚空诗歌学院里给学生做讲座时对这些原则进行了详细解读，其中有：第一条为"自己开心最重要，放开了写，在秘密笔记本上或者在打字机上"。（"只为你自己和你的诸神写作。"）②第二条为"顺从于一切，开放，倾听"。（"让自己服从于自己思想时的样子……在脑海中或一张纸上画一个大纲，他想要涵盖的主要话题。然后就像一个爵士演奏家那样即兴发挥。"）③第十条为"没有时间去进行诗化，准确说出你的想法"。（"你真正看到的，

---

① Lenrow E, Burkman H. Kerouac ascending: memorabilia of the decade of On the Road[M]. Newcastle upon Tyne: Cambridge Scholars Publishing, 2010: 36
② 金斯堡. 我们这一代人：金斯堡文学讲稿[M]. 惠明, 译. 北京：人民文学出版社, 2021: 341.
③ 金斯堡. 我们这一代人：金斯堡文学讲稿[M]. 惠明, 译. 北京：人民文学出版社, 2021: 342.

你真正想到的,来自你个人的头脑。")①第十三条为"去除文学、语法和章法的限制"。("你可以开始一个新的想法而不用担心怎么完成旧的。")②第二十一条为"努力原封不动地素描出脑海中业已存在的流动"。("你不可能把脑子里所有的事情都记下来,只有你的笔能很快记下来你的脑子在思绪的洪流中回忆起的东西。写下任何自然浮现的东西,写下无论以什么顺序冒出的任何思想,写得越快越简洁越好。")③第二十二条为"当你提笔时不要去想措辞,而是把图景想得更完善"。("这是非常非常重要的一点。这对作家来说是真正实用的技术建议。如果你想象或重新想象你的记忆,看画面,那么词汇就很容易从画面中出来。")④第二十八条为"狂乱无章地、纯粹发自内心地写,越疯狂越好"。第二十九条为"你时刻都是天才"。("相信你自己的想法。")⑤以上原则毫无例外地论证了"自发式写作"的典型特征。凯鲁亚克独特的这一创作方法是他在经历了许多次失败之后的尝试,通过归纳、整理、总结经验而最终得出的一种能够将他内心的真实想法和感受通过流畅的文字如实传达给读者的创作方法。

一、自发式写作与意识流

正如英国诗人威廉·布莱克以及美国诗人沃尔特·惠特曼对艾伦·金斯伯格的影响以及美国"意象派"诗人埃兹拉·庞德对加里·斯奈德的影响一样,詹姆斯·乔伊斯"意识流"的创作手法对于凯鲁亚克来说,同样影响甚大。在文学创作中,凯鲁亚克认为自己遵循的是普鲁斯特、乔伊斯等人开创的现代派文学传统,写的是一种"未来的散文"。他独创的"自发式写作"创作方法与"意识流"之间有颇深的渊源。而一些文学研究者则将凯鲁亚克作品归类于美国自然主义作品,一方面是因为两者都排斥浪漫主义的想象、夸张、抒情等主观因素,推崇用自然的语言描绘自己眼中的世界,另一方面是因为两者都轻视现实主义对现实生活的典型概括,而追求艺术的客观与真实。

事实上,凯鲁亚克尝试过用"事实主义"或者"自然主义"的处理素材的方法来写《在路上》的最早版本,最终以失败告终。但这次失败却说明了自然主义文学创作与凯鲁亚克创作方法最根本的区别:自然主义让作家只发挥记录员的作用,而否定了创作过程中

---

① 金斯堡.我们这一代人:金斯堡文学讲稿[M].惠明,译.北京:人民文学出版社,2021:343.
② 金斯堡.我们这一代人:金斯堡文学讲稿[M].惠明,译.北京:人民文学出版社,2021:344.
③ 金斯堡.我们这一代人:金斯堡文学讲稿[M].惠明,译.北京:人民文学出版社,2021:345.
④ 金斯堡.我们这一代人:金斯堡文学讲稿[M].惠明,译.北京:人民文学出版社,2021:345-346.
⑤ 金斯堡.我们这一代人:金斯堡文学讲稿[M].惠明,译.北京:人民文学出版社,2021:347.

作家的主观选择与情感表现;凯鲁亚克则"把文学视为个人经历的艺术表现,是由真实情感激发的艺术创造,并通过文字将情感和认识传达给读者"。不可否认,自然主义对于凯鲁亚克的创作方法有一定影响,但"自发式写作"这一创作方法的形成更得益于"意识流"的创作手法和乔伊斯艺术作品的影响。有资料显示,法国意识流作家马塞尔·普鲁斯特的《追忆似水年华》曾在"垮掉派"作家中广泛流传,而詹姆斯·乔伊斯的意识流巨著《尤利西斯》更是让凯鲁亚克极为尊崇。凯鲁亚克的另一部作品《荒凉天使》则被认为是"美国文学史上最接近《芬尼根守灵夜》的作品"[①]。

内心独白是意识流小说的主要表现手段之一,是人物处于活跃状态心灵的直接流露,是用无声的语言道出人物在特定情景中的思想、情感、感觉和意绪。内心独白可以分为两种:一种是直接内心独白;另一种是间接内心独白。间接内心独白,即一位无所不知的作者在其间展示一些未及于言表的素材,好像它们是直接从人物的意识中流出来一样,这种写作手法是乔伊斯年轻时的作品《青年艺术家的画像》(以下简称《画像》)中使用较多的表现手法。《画像》中少年时代的斯蒂芬在偷吃禁果后,痛苦地意识到"无路可逃了,他只得忏悔,用语言坦白自己怕做和所想的一切,将罪恶一桩一桩地说出来"[②]。斯蒂芬无法继续忍受精神折磨,于是决心去教堂忏悔。"上帝会看见他现在很后悔。他将坦白自己的一切罪过。"[③]作者站在一个全知全觉的叙述角度,通过这一系列的间接内心独白展示了斯蒂芬痛苦、矛盾与挣扎的内心状态。这种手法表现的意识显得更为自然和率真,增加了人物情感与意识的层次感与立体感,从而使得人物形象更加丰满。

这种内心独白的表现手法在凯鲁亚克的"自发式写作"技巧中演变成一种自白式的表现方式。自白式的语言是凯鲁亚克写作技巧中的特征之一,强调真实、自发、不加修饰。他指出:"最好的文章正如从摇篮般温暖的、受保护的内心中绞出来的最痛苦的隐私——用自身敲打出属于你的节奏,吹奏出来吧!——就现在!——你自己的方式就是你唯一的方式——'好'——或'坏'——一直做到诚实的……自发的、自白的、有趣的,因为(它们)不是'做出来的'。做出来的太做作。"[④]

自白式的表现手法一方面表现在叙述语言中。《在路上》中的叙述语言多为平白朴素的词语,如在表现"我"——叙述者萨尔·帕拉迪斯在路上的经历时,语气平淡直白,跟

---

① Hemmer K. Encyclopedia of beat literature[M]. New York: Facts on File, 2007: 244.
② 乔伊斯. 青年艺术家的画像[M]. 黄雨石,译. 北京:外国文学出版社,1998:381.
③ 乔伊斯. 青年艺术家的画像[M]. 黄雨石,译. 北京:外国文学出版社,1998:400.
④ Kerouac J. Essentials of spontaneous prose[M]//Chaters A. The portable beat reader. New York: Viking, 1992.

随着意识的流动,如记流水账一般,直接表现自己"那一刻"的感受、体会以及情绪。"我到公共汽车站,坐在那儿思考这件事。我又吃了苹果馅饼和冰激凌;我一路上只吃这两种东西,当然,我知道它们很有营养,味道也不错。"①另一方面也表现在内心情感的披露中。当萨尔在旅途中的一家小旅馆醒来时的内心独白展示了"垮掉的一代"的精神迷茫与自我归属感的缺失:"我不知道自己究竟是谁了——我远离家乡,旅途劳顿、疲惫不堪,寄身在一个从未见过的旅馆房间……我并不惊恐;只觉得自己仿佛是另一个人,一个陌生人,我一生困顿,过着幽灵般的生活。"②

除了自白式的叙述,自由联想的技巧也是"自发式写作"的另一种表现方式。

根据弗洛伊德的观点,作家的创作活动是潜意识活动,即自由联想。意识流小说所探讨的正是人的意识活动,特别是潜意识的活动,所以自由联想被意识流小说家们视为创作的基本方法之一。就文体特征而言,由于意识流小说以人物意识活动为结构中心来展示人物持续流动的感觉和思想,而且通常借助自由联想来完成叙事内容的转换,因此,它们往往打破传统小说正常的时空次序,人物心理飘忽变幻,现实情景、感觉印象以及回忆、向往等的交织叠合,象征性意象及心理独白的多重展示,往往使叙事显得扑朔迷离。

凯鲁亚克的"自发式写作"法所要求的通过自白式叙述语言来达到作家与读者的诚实交流、使话题不受束缚地自由转换,很接近于弗洛伊德"自由而随意"的谈话、"把所有的想法都说出来"的心理分析方法。布莱希特在其《未了的决断》中提道:"凯鲁亚克基本的写作原则是写下最先进入脑里的东西,在'没有意识'的情况下写作,就像一个弗洛伊德式的精神分析专家指导病人进行自由联想。没有任何计划,处于半昏迷状态。"③事实上,《在路上》中的萨尔和迪安等人一直在路上的旅途轨迹就是一种自由联想,从一个城市到另一个城市(从美国丹佛到旧金山、洛杉矶、堪萨斯,以及墨西哥),从一个友人到另一个友人(这些伙伴的身世、背景、个性各不相同,但他们的追求却极为一致)。他们想到什么就去做什么,想到哪儿就立即启程前往。汽车、酒、毒品、写作、女人、爵士乐,无一不是文中人物意识自由流淌所必然经过的礁石。同样,这也是一种合乎现实的自然与真实,与"垮掉的一代"的思想现状和他们所处的社会现实密切相关,是"垮掉的一代"的生存方式。

---

① 凯鲁亚克.在路上[M].王永年,译.上海:上海译文出版社,2006:19.
② 凯鲁亚克.在路上[M].王永年,译.上海:上海译文出版社,2006:21.
③ 转引自刘玉兰."垮掉的一代"之"在路上"情结[D].青岛:青岛大学,2008:8.

故事情节的淡化作为意识流手法的特征之一，对于自发式写作的影响也是显而易见。英国女作家弗吉尼亚·伍尔芙在题为《现代小说》的论文中，不仅具体指出了传统小说对表现生活的缺陷和不足，同时还颇有说服力地谈到了意识流作为对传统小说方法革新的根据及必然性。她认为过于看重故事情节，追求表面逼真，工笔描画人们的物质生活环境，恪守悲剧、喜剧、爱情穿插的小说模式，其结果是"让生活跑掉了"，"把我们寻求的东西真正抓住的时候少，放跑错过的时候多"①。同样，乔伊斯在小说中有意淡化传统的情节观念，因为他认为"在一个日趋异化和多元化的时代，如果采用完整、合理的情节去表现混乱无序的社会生活和骚动不安的精神世界显然不合时宜，且无法唤起读者的真实感受"②。

"垮掉的一代"在二战后所经历的社会混乱和精神饥荒与当时乔伊斯所处的到处都充斥着"道德瘫痪"的爱尔兰社会现状有相同之处，这也例证了凯鲁亚克无意于构造完整故事情节的时代因素。凯鲁亚克的小说通常也被认为缺乏情节，抛弃了诸如主题筛选、谋篇布局等传统创作规范，以故事和人物本身吸引读者而非设置出来的情节元素。自白式的叙述语言使小说的故事性强过情节，事件与事件之间随作家心情任意切换衔接从而弱化了情节的因果关系，使得情节淡化，凸显了故事本身的真实与存在。

《在路上》共分五部分。第一部分：1947年，萨尔同迪安在纽约相识，第一次开始从东到西横越美国大陆的旅行。第二部分：萨尔回到纽约姑妈家中。1948年圣诞节，迪安开着破车带着女友玛丽露突然来访。然后他们一伙人再次到西部，又返回纽约。第三部分：1949年，萨尔再次到达丹佛，同迪安的友情到达高潮，对他的疯狂行为更为了解，然后又一同横越大陆回到西部。第四部分：记叙迪安和萨尔前往旅途终点墨西哥的伟大旅程。第五部分：萨尔回忆与迪安的最后一次见面，以一段感伤怀旧的话语结束整部小说。以上是对《在路上》故事情节的粗略概括。但由于作者采用"自发式写作"的创作手法，"读者若是试图在小说中寻求完整意义上的情节，只会徒劳无益。小说中的'故事'抑或'情节'、'事件'可以被认为是超越时空的自发性思绪的拼接或混合"。

塑造独特的意象并赋予意象深刻的象征意义，也是意识流小说中通常使用的表现手法之一。而凯鲁亚克的"自发性写作"理论可以归纳为两条主要的基本原则："其一，在高度亢奋的情感驱使下以快速的写作来捕捉头脑中转瞬即逝的意象。其二，避开写作过程

---

① 吴亮,章平,宗仁发.意识流小说[M].长春：时代文艺出版社,1988:3.
② 李维屏.乔伊斯的美学思想和小说艺术[M].上海：上海外语教育出版社,2000:119.

中大脑的任何分析判断,以免阻断思维自由流动,无法完整真实地表达,同时反对一切形式的作品修改。"①凯鲁亚克在《自发式散文体的要点》中多次提到"意象"一词,这里它不是单纯指客观形象与主观心灵融合成的带有某种意蕴与情调的东西,更重要的是指在作家心中建立起的由精神力量创造出来的意象体系之一。它可能是描写一个人物、一个事件、一个场景,甚至是三者融合而成的一个独立整体。

书名《在路上》本身就是一个富有象征意义的意象,象征着"垮掉的一代"精神上的"寻求"。虽然他们一有借口就横越全国来回奔波,沿途寻找刺激,他们真正的旅途却在精神层面。如果说他们在路上所经历的一系列事情和他们放荡不羁的行为"似乎逾越了大部分法律和道德的界限,他们的出发点也仅仅是希望在另一侧找到信仰"。那条没完没了的路,是"乖孩子的路,疯子的路,五彩的路,浪荡子的路,任何路",是属于一切怀有梦想的人们的路②。

此外,"笑"是《在路上》中一个贯穿全书的意象,象征着凯鲁亚克以及所有"垮掉的一代"在愤世嫉俗的外表下,对于单纯、热情、美好、至福的人生状态的一种追求。叙述者萨尔在路上搭上了一位牛仔的车,当牛仔去补一个备胎的时候,"我忽然听到一阵世间少有的响亮的笑声……你可以听到他的刺耳的叫喊声响彻平原,响彻他们整个灰蒙蒙的世界。别的人都跟他一起大笑。世界上什么事都不会让他烦心,他对每个人都非常关心"③。萨尔认为这样的人"真有劲"。萨尔"生平最精彩的搭车旅行"是搭乘了两个金发的年轻农民的卡车。"那一对是你希望见到的最和气、最愉快、最漂亮的乡下人,两人都是虎背熊腰,穿着棉布衬衫和工装裤,遇到任何人和任何事物都笑脸相迎。""他们喜爱一切。老是满脸笑容。"④对于萨尔来说,他们就像婴儿一样纯净。此外,替他打奶昔的姑娘的满脸笑容让他十分感激;"笑得比世界上任何人都爽朗"的朋友雷米让他预见到他们在旧金山肯定十分有趣。而最具典型意义的"笑"是迪安的"傻笑",这也是迪安这一经典"垮掉"形象的一个重要侧面:"我听到他疯狂的笑声传遍整个轮渡——'嘻—嘻—嘻—嘻!'。"⑤小说描绘了他各式各样的"傻笑"——快活的傻笑、神经质的傻笑、疯狂的傻笑等等。但这些看似负面的描写并没有丑化迪安的形象,反而表明了"他只是一个极其热

---

① 刘玉兰."垮掉的一代"之"在路上"情结[D].青岛:青岛大学,2008:8.
② 凯鲁亚克.在路上[M].王永年,译.上海:上海译文出版社,2006:321.
③ 凯鲁亚克.在路上[M].王永年,译.上海:上海译文出版社,2006:25.
④ 凯鲁亚克.在路上[M].王永年,译.上海:上海译文出版社,2006:29.
⑤ 凯鲁亚克.在路上[M].王永年,译.上海:上海译文出版社,2006:32.

爱生活的青年人",是一个追求生存的狂喜、追求纯净的生命状态的单纯的人。这就是迪安,一个"神圣的傻瓜",一个"至福的道路和灵魂"①。在萨尔的眼中,正是迪安的"笑"和迪安对于任何一个人、任何一件事的热爱和狂喜所折射出的人性的单纯与灵魂的纯净,让他看到冷漠麻木的社会外衣下生活的美好,也让以凯鲁亚克为代表的"垮掉的一代"看到了二十世纪五六十年代美国社会所幸存的纯洁的一面。

"我欣赏乔伊斯。"②凯鲁亚克曾如是说。詹姆斯·乔伊斯以意识流闻名,而杰克·凯鲁亚克以独创的"自发式写作"著称。意识流小说中通常用到的表现手法有内心独白、自由联想、淡化故事情节、时空交叉、象征暗示等,而"自发式写作"理论的核心是追求真实、自白式的叙述、自由联想的技巧、即兴发挥、淡化故事情节、意象体系的构造等,两种理论的交叉部分亦显而易见,可以说,自发式写作是对意识流写法的继承与发展。当然,这是两种不同的写作手法,最大差别在于意识流小说家主张将人物主观感受到的"真实"客观地、自发地再现于纸面上,随着意识连绵不绝地流动从一个意象联想到下一个意象,从一个主题到另一个主题,而自发式写作是围绕一个主题进行自由联想,即兴发挥,所有的联想都是围绕这个主题开展的。

二、自发式写作与爵士乐

爵士乐演奏"即兴发挥"的特点与"自发式写作"同样有着密切的关系。凯鲁亚克在纽约的霍勒斯·曼预科学校学习法语课程时,他的同学,也是他最好的朋友西摩·威斯(Seymour Wyse)成为他音乐上的引路人,让他接触到了真正的爵士乐,带领他欣赏了很多乐队的现场演奏。威斯是英国爵士乐迷,20世纪30年代末,他们一起去哈莱姆区听查利·帕克(Charlie Parker)等人的爵士现场,听莱斯特·杨(Lester Willis Young)的新专辑,将凯鲁亚克带到这些音乐家家里学习波普音乐,跟着音像店里播放的曲子,唱一些凯鲁亚克自己写的词儿。"现在回头看,无论是凯鲁亚克的一生与音乐,尤其是波普音乐的关系,到凯鲁亚克的散文中他对查利·帕克音乐节奏和呼吸沾染,再到凯鲁亚克的散文风格由音乐的衍生,都可以看出最大的影响是西摩·威斯。"③那时,时年十八岁的凯鲁亚克就写过关于爵士乐的专题评论在霍勒斯·曼预科学校的校刊《霍勒斯·曼大事记》

---

① 凯鲁亚克.在路上[M].王永年,译.上海:上海译文出版社,2006:182.
② Begnal M. "I dig Joyce":Jack Kerouac and Finnegans Wake[M]// Philological quarterly. Michigan:University of Lowa,1998:1.
③ 金斯堡.我们这一代人:金斯堡文学讲稿[M].惠明,译.北京:人民文学出版社,2021:23-24.

(*Horace Mann Record*)上发表,文中他把"真正的爵士乐"定义为:"是一种没有事先编排好的音乐,完全的即兴发挥。是音乐家激情的迸发,音乐家把自己全部的精力倾注到乐器里,追求灵魂的表达和超强的即兴演奏……独奏者为了表现自己的独创性和个性而围绕一首歌曲的旋律进行即兴表演。"①这是凯鲁亚克"自发式写作"理论核心原则的早期表述:当艺术家自由而深情地演奏时,会让你心花怒放②。

凯鲁亚克在他后来创作的《自发式写作的要旨》一文中写道:"不要用句号断开句子结构,句子已经被过多的错用的冒号和不必要的逗号削弱了——但是可以用破折号在需要进行修辞的呼吸处断开,这样可以使句子充满活力(就像爵士演奏家在连绵不断的乐句之间换气一样)。"③凯鲁亚克也这样形容他的新的写作方法,"好比是一个男高音深深吸了一口气,在他的萨克斯风上吹入一个乐句,直至他气耗完,一喘气,他的句子,他的话就说完了……那就是我的断句的方法,按照心中的换气规律来办"④。爵士乐演奏中的一种表演方式叫"即兴发挥",即演奏者在表演现场随着自己的情绪和感受自由地改变乐曲的节奏和曲调。前文提到过的美国萨克管演奏家和作曲家、现代爵士乐酷派(Bebop)风格的始祖、爵士音乐史上最杰出的即兴演奏家之一查利·帕克(绰号"大鸟")是"最接近凯鲁亚克深沉的灵魂和声音的,从某种意义上说,他把这种变化的节奏基础、呼气、呼吸的灵感融入高度想象的飞翔节奏中……在凯鲁亚克的巅峰时期,他希望自己的节奏是一个长而轻盈的句子,听起来像是帕克的《鸟类学》或吉莱斯皮的《突尼斯之夜》"⑤。凯鲁亚克对帕克及其波普音乐和萨克斯演奏崇拜之至,在《墨西哥城布鲁斯》诗歌集中收录了他写给帕克的一首诗歌,以此向帕克致敬:

第 239 首合唱

查利·帕克有佛相

查利·帕克,最近被电视中的杂耍逗死的家伙

承受了数周的压力和病痛,最后被冠以"完美的音乐家"称号。

---

① Kerouac J. Real solid drop beat riffs[J]. Horace Mann Record,1940(3):4.
② Clark T. Jack Kerouac:a biography[M]. New York:Marlowe & Company,1984:41.
③ Ginsberg A, Morgan B. The best minds of my generation:a literary history of the beats[M]. New York,Grove Press, 2017.
④ 弗拉戈普洛斯.重写美国:凯鲁亚克的"地下怪兽"王国[M]//凯鲁亚克.在路上:原稿本.上海:上海译文出版社,2012:76.
⑤ 金斯堡.我们这一代人:金斯堡文学讲稿[M].惠明,译.北京:人民文学出版社,2021:26.

他脸上的表情

是那样安详、美丽与深邃

就像是东方

佛祖的模样,闭着眼睛

表达着"一切都很好"

——这就是查利·帕克演出时所表达的,一切都很好。

你在早上起来也有这种感觉

像是隐士的愉悦,或是

狂野的乐队即兴演奏时

完美的呼号

"哇哦,嘿"—— 查利从他的肺

迸发出速度者想要的速度而他们想要的

是让他下一秒慢一点。一个伟大的音乐家与形式缔造者

最终在习俗中找到了表达而你

又发现了什么①

　　诗中的帕克被凯鲁亚克与东方的佛祖相提并论,爵士乐即兴演奏中闭着眼睛尽情与音乐融为一体的帕克与佛祖有着同样安详、美丽与深邃的面庞。在这样的表演中,凯鲁亚克不仅感受到了波普音乐的速度与激情,同时收获了文学创新的灵感,为他的"自发式写作"注入了新的元素。凯鲁亚克认为,与爵士乐乐曲恣意流淌无停顿的即兴演奏相似,在文学创作中停笔思考用词用句就会妨碍灵感的自然产生,只要持续忠实于自己情感,笔触紧紧跟随自己的意识流动,坚持即兴发挥,自由联想,表现出的内心深处的意识与情感就能为人所理解与接受。

　　《在路上》中,在萨尔要离开纽约时,迪安问萨尔:"你的道路是什么,老兄?——乖孩子的路,疯子的路,五彩的路,浪荡子的路,任何路。那是一条在任何地方、给任何人走的任何道路。到底在什么地方,给什么人,怎么走呢?"②这也是萨尔,即凯鲁亚克对自己的发问:路在哪里? 通向哪里? 凯鲁亚克自己在 1948 年 8 月 23 日的日记中写道:"这部小说我一直在构思:[是]关于两个人一路搭车到了加利福尼亚寻找他们最终没有真正找到

---

① 金斯堡.我们这一代人:金斯堡文学讲稿[M].惠明,译.北京:人民文学出版社,2021:26-27.
② 凯鲁亚克.在路上[M].王永年,译.上海:上海译文出版社,2012:321.

的东西,在途中迷了路,又一路觅迹寻踪回来,希望能找到别的东西。"①凯鲁亚克和他的伙伴们一直在寻找一条给他们以希望的路,最终,他在迪安的身上赋予了这一条路的方向,即自由的方向。无论是迪安身上天使的一面还是魔鬼的一面,无论是哪一种肤色的人,凯鲁亚克用自发式写作手法,让他所想表现的人物、所想表达的情感、所追求的自由的元素,在打字机上自然流淌,自由延伸。自由的灵魂与自由的形式完美融合,彻底释放了凯鲁亚克心中对于自由的无限向往与不懈寻找,一直在向往,一直在寻找,一直在路上。

---

① 转引自卡纳尔.这一次快了:杰克·凯鲁亚克与《在路上》的创作[M]//凯鲁亚克.在路上:原稿本.上海:上海译文出版社,2012:5-6.

第二章

爱之哲学

> 他（凯鲁亚克）以一种史诗观念来训练我们……你永远不要把它理解为只是在俄亥俄的狄普斯蒂克。凯鲁亚克让我从那里出发,走向自己的道路。
>
> ——托马斯·麦克古安①

萨特认为,爱从根本上是趋向他人的自由的,它是两个相异的意识的融合谋划。生命一定会终结,而爱却不会。亲情是温暖的,爱情是神圣的,友情是纯洁的,三者互相交融又互相独立。一个人,不可能只在生活中扮演一个角色,每个角色都与情感相关,每种情感都是生活中不可或缺的元素。刘心武曾言:"人生一世,亲情、友情、爱情三者缺一,已为遗憾;三者缺二,实为可怜;三者皆缺,活而如亡!"

"垮掉的一代"的激进思想和言行是对主流文化的一种公开的挑战,在某种意义上他们已经成为西方文化的"他者"。"垮掉的一代"的文学创作的基本特征体现在文化上的反叛性、文学上的先锋性和思想上的他者性(the otherness)。但是大多数读者更多关注的是垮掉派代表作品表面上的反叛性与先锋性,而没能更深层次地感悟"垮掉的"青年一代对于爱的渴望与对于温情的期待。作为"垮掉的一代"的代表人物之一,除了在书中所体现出的流浪与"垮掉",杰克·凯鲁亚克也有对于亲情、爱情和友情的着力描写,并没有让读者感觉到多少"垮掉"的色彩。这些关于爱的主题的描写在小说《在路上》(*On the Road*,1957)、《玛吉·卡西迪》(*Maggie Cassidy*,1959)、《特丽丝苔莎》(*Tristessa*,1960)、《吉拉德的幻象》(*Visions of Gerard*,1963)、《地下人》(*The Subterraneans*,1958)、《皮克》(*Pic*,1971)等作品之中都有精彩呈现。

---

① 吉福德,李.垮掉的行路者:回忆杰克·凯鲁亚克[M].华明,韩曦,周晓阳,译.南京:译林出版社,2000:3.

第一节 爱的源头

在凯鲁亚克的家庭中,父亲对于他而言,是一个暴躁易怒的形象,但仍饱含深沉的父爱。母亲是虔诚的天主教徒,笃信爱是生活的信条。凯鲁亚克兄妹三人,感情深厚,尤其是哥哥吉拉德,是一个如天使般美好的存在。吉拉德不幸在幼年早夭,给凯鲁亚克的情感留下了很深的创伤。父母之爱、兄弟情深在他的心中埋下了爱的种子,植根于凯鲁亚克的心中,无论成年后的凯鲁亚克如何"垮掉",这颗爱的种子却已蓬然勃发,在他每部作品"垮掉"的表象之下,静静地散发着对于自由、对于生命、对于尘世的爱的光芒。

一、父母之爱

杰克·凯鲁亚克的父母亲是来自加拿大魁北克的法国移民。父亲利奥·凯鲁亚克开了一家印刷厂,生活无忧。1936 年,杰克·凯鲁亚克父亲的印刷厂遭受水灾,损失严重。父亲不得不卖掉印刷厂,家庭经济状况开始恶化。父亲把希望寄托在擅长跑步和橄榄球的杰克·凯鲁亚克身上,希望他能够上波士顿的大学,从而解决他在印刷厂的工作问题。但是杰克·凯鲁亚克在他母亲的支持下选择了到纽约进入哥伦比亚大学继续学业。父亲对此不以为然,加上后来杰克·凯鲁亚克的退学、吸毒、流浪等离经叛道的行为,父子关系恶化。凯鲁亚克二十四岁的时候,他的父亲因病去世。他对于父亲的情感是复杂的,但是他对母亲却一直怀有深厚的感情,母亲的家是他在路上流浪的驿站,累了,就回到母亲的身边栖息,写写小说,由母亲照料他的生活。凯鲁亚克在多部作品中展现了他对于平静幸福的家庭氛围与齐家共享天伦之乐的期待。

《玛吉·卡西迪》一书中,对于家庭成员之间快乐相处的描述时见于段落之中。在洛厄尔镇穆迪街七百三十六号凯鲁亚克阴湿的家里,母亲已经在餐桌上放满了菜肴,父亲带着微笑迎接他回家。父亲会调侃他与玛吉的恋情,也会与他的朋友一起玩游戏,会陪伴他去运动场训练,会去赛场为他加油,会为他的夺冠而自豪,也会因他与教练的矛盾而去找教练理论,会因为与儿子的交谈而热泪盈眶:"'唔孩子——唔儿子——我的小子——'他的眼睛难以理解地变得朦胧了,热泪盈眶,来自他生命的秘密大地,始终是黑暗的，未知的，自然流淌，就像河水的源头没有理由可说一样。"①父亲对于儿子的爱是天生的，任何阻碍都无法切断，就像自然流淌的河水，源源不断。

因为与玛吉的交往，妈妈教导"我"："爱吃醋的姑娘别理她，网球也别管它，只要你坚持自己的立场事情就好办，要像一个真正的法裔加拿大孩子，就像我教育你的那样堂堂正正——你听好了，蒂·让，要是你清清白白地做人，你绝不会后悔。信不信由你，你知道。"②《在路上》中姨妈形象的原型也是凯鲁亚克的母亲，这一形象是美国主流文化中母性形象的典范。她温柔、慈祥、节俭，她希望把萨尔培养成为品德高尚的人，因此，她很排斥萨尔同迪安这种不入流的朋友交往……同小说中的姨妈一样，无论是在生活上还是在写作上，这位纯朴的移民妇女都给予了自己儿子莫大的支持。

家庭经济的恶化、父亲破产后的长期患病、哥哥的夭折、母亲的辛苦持家，让小凯鲁亚克无法释怀。哥哥本是一个如天使般聪明与善良的孩子，与凯鲁亚克有着深厚的感情。哥哥的去世，不仅让凯鲁亚克蒙上了一生的死亡阴影与哀痛，也让母亲加布埃尔将母爱过多地倾注到了凯鲁亚克的身上，父亲走时嘱咐凯鲁亚克要照顾好母亲，这一点凯鲁亚克一生未忘，他的朋友说，凯鲁亚克总是牵挂着他的母亲。凯鲁亚克每次流浪够了就会回到母亲身边住一段时间。《在路上》出版后，母亲就跟着他流浪，并且管理他的财务，直到他再次结婚，结婚的原因也是因为母亲突然中风需要人照顾。这些因素导致凯鲁亚克和母亲的关系非常复杂，亲友们在其他方面各执一词，唯独在母子关系上非常一致。有的说，她对他生活的控制到了令人咂舌的地步，她不赞成他和金斯伯格来往，他认识的所有人她都不满意。她太难以捉摸，心思都在凯鲁亚克身上，你几乎没有办法看清她本来的样子。有的说，她非常严格非常挑剔，最不喜欢乱糟糟的，但是她本人又非常不理性。在感情关系中，凯鲁亚克就像个孩子，他需要母亲般的呵护，而且他在感情关系中非常不负责任。他无法从自己与母亲的关系中走出来，没有办法和一个女性建立良好的关系。也有人说，他需要母亲来稳定自己的方向感。在这种男人的感情关系里，母亲永远占据第一位，而其他女性会永远活在他母亲的阴影中，就连他自己也是。

凯鲁亚克的朋友认为他对母亲的依恋超出了一般的母子情感，这一点在《在路上》中都有所记录。在《地下人》一书中，女主人公玛多对书中的男主人公莱奥，也就是凯鲁亚克，含蓄地说起过他和他母亲在一起的时间过多。很多研究者对此也持有相同的观点。

---

① 凯鲁亚克.玛吉·卡西迪[M].金绍禹,译.上海:上海译文出版社,2014:87.
② 凯鲁亚克.玛吉·卡西迪[M].金绍禹,译.上海:上海译文出版社,2014:46.

但在《荒凉天使》一书的最后部分，凯鲁亚克对和母亲的亲密关系这一点做出了辩解。他认为母亲是书中最重要也是最好的角色，认为他身边那些看上去憎恨母亲和动不动扯上弗洛伊德理论的作家，只是为了将这种憎恨用作作品表现的一个主题。"我经常想他们是否有过这样的经历：睡到下午四点，醒来后看到他们的母亲在窗口忧伤的光亮中为他们缝补袜子，或者在周末经历过革命的恐怖后回到家中，看到母亲一直低着头在为他们缝补沾满血迹的衬衫上的裂缝，那姿势没有显现出怨恨或者自我牺牲，只是带着几乎是一种快乐的、坚决的庄严感，认真地沉迷于修补，修补痛苦，修补荒唐，修补所有的损失，修补你生命中的每一天。"①对于凯鲁亚克而已，母亲不仅是《荒凉天使》中最重要的角色，也是他生命中最重要的角色，是他生活的导师，是他生命的避风港。母亲在凯鲁亚克的心目中是智慧的、刚强的，不屈不挠、不知疲倦地与生活抗争了一生。只要是真正感受过母亲关爱的人，谁又不把母亲视为生命中最重要的人呢？这种爱与"恋母情节"无关，只关乎人感恩的美德和善良的天性。

凯鲁亚克是母亲眼中的天使，母亲更是凯鲁亚克生命的守护神。她对他永远放心不下，无论是小时候的莱奥，还是长大后的杰克，在母亲眼中，他都是她的天使。"可怜的小莱奥，可怜的小莱奥，你受苦了，人都是要受苦的，你一个人太孤单了，我会来照料你的，放心我会一直看着你的，我的天使。"②而在凯鲁亚克心中，母亲是他迷茫时的明灯，是疲倦时的港湾，是他身无分文时的求助对象，是他失恋时会想念的另一个女性。《地下人》中，当他与玛多闹别扭分手，坐在铁路旁痛苦时，母亲是他彼时想念的人。当他为自己愚蠢地离弃玛多而后悔哭泣时，他想到了母亲对他的爱："但是奇怪的是，就在我仰望天空，心中冥思知识，在月亮的表面，不，是在天空的某个地方，我看到了我母亲的面孔——我知道我是在想念我的母亲了。"③玛多曾告诫过他，他总是与他的母亲住在一起，这样对他不好，他的朋友也曾建议他暂时忘掉他的母亲，过他自己的生活，但是他总是认为如果他的母亲离开他就会活不下去，认为玛多对他的劝诫是对他母亲的嫉妒。当然，这样凌驾于爱情之上的母子亲情对凯鲁亚克与其他女性的交往产生了一定的负面影响，但正是这样的亲情让他养成了宅心仁厚的善良品性，使得他能够吸引诸多的朋友围绕在他的身边，和他一起义无反顾地打破陈规，突破社会桎梏，形成了影响深远的垮掉文化与文学

---

① Kerouac J. Desolation angels[M]. New York: The Berkeley Publishing Group, 1965, 373-374.
② 凯鲁亚克. 地下人·皮克[M]. 金衡山, 译. 上海：上海译文出版社, 2015: 120.
③ 凯鲁亚克. 地下人·皮克[M]. 金衡山, 译. 上海：上海译文出版社, 2015: 119.

成就。

正如一名评论者所言:"杰克·凯鲁亚克尽管有十年的时间在路上,其实也不过是在寻找孤独——在荒凉中孤独,在喧嚣中孤独,在一个地方待久了,便下意识地逃离它,寻找新的孤独。但孤独其实只在你的心里。尘埃落定时,我们所有人面临着共同的结局。《荒凉天使》里最感人的描写不是坐在荒凉峰顶上的虚妄澹想,也不是旧金山和墨西哥大街上的放浪形骸,而是杰克带着自己 62 岁的老母亲坐着灰狗长途汽车跋涉 3000 英里穿越美国,在凌晨三点摇摇晃晃的汽车上看着自己受苦受难的母亲蜷缩成一团打着盹,看她在飞扬的尘土中跟在自己身后穿过一条又一条马路,死心塌地跟着这个一文不名的儿子奔向远方。人生其实太过于简单。与你有关系的,其实只是几个人、几个地方。因此真正的自由,建立在"空"之上,我们每个人,都是荒凉世界中的天使。"[①]"垮掉的一代"小时候也是曾经的乖孩子,他们曾经都想成为英雄,都对朋友充满义气,但都深爱着自己的母亲。

二、兄弟情深

凯鲁亚克作品中的兄弟之情也不仅仅局限于《在路上》中的一群"狐朋狗友"之情,不仅仅只有流浪、飙车、狂欢、吸毒和姑娘,也有亲兄弟之间纯粹的亲情,也有真挚的互相关爱与互相牵挂。

受高尔斯华绥的《福赛特世家》的启发,杰克·凯鲁亚克计划以他的故乡马萨诸塞州的纺织工业城镇洛厄尔为故事的主要发生地,利用若干部互相关联的小说构建表现完整生命历程的"杜洛兹传奇"。杰克·杜洛兹是这部传奇的主人公,代表着凯鲁亚克自己。写于 1943 年的《大海是我的兄弟》(*The Sea is My Brother*)在写作时间上被视作"杜洛兹传奇"最早的一部作品,记录了时为水手的凯鲁亚克的漂泊生活与精神漫游,也被认为是《在路上》的前奏。但如果从"传奇"的主人公杜洛兹的人生经历的角度进行梳理,创作于 1956 年的《吉拉德的幻象》中三岁的蒂·让·杜洛兹则无疑是这一传奇人生的最初的文学开端。

杰克·凯鲁亚克是法裔加拿大人,父母都是天主教徒,这样的家庭宗教信仰培养了他、他的哥哥吉拉德·凯鲁亚克与姐姐浓厚的宗教情结。在小说中,年仅九岁的吉拉

[①] Jing. 人生其实太过于简单[EB/OL]. (2006-11-13)[2020-05-07]. https://book.douban.com/review/1087548/. 2006-11-03.

德·杜洛兹俨然是圣徒的化身。在他弥留之际,"法兰西圣路易斯教会学校的修女们特地赶来他的床边,以记录下他的临死遗言,因为她们曾听到过他惊人的显示上天启示的话语"①。在他短暂的生命中,吉拉德秉持"与人为善"的基督教义,为他的家人、他的故乡洛厄尔的所有居民以及世上一切的动物打开了通向上帝"普世之爱"的大门。凯鲁亚克也在他的另一部代表作《孤独旅者》的自序中写道:"我深受哥哥的影响,他是我童年时代伟大的画家(他的确是。修女们还说他会成为一个圣人)。"②

作为"垮掉之王"的凯鲁亚克,并非人们想象中的不羁与狂放。他具有双重的性格特征,既是一位"垮掉分子"(beatnik),又是一位生性腼腆、性格温和之人。美国社会战后的疯狂和冷漠使他成了一位垮掉人物的代表,而他性格中的温和与善良则应来自他的童年生活经历,来自"金色天使"般善良的哥哥的巨大影响。在现实生活中,吉拉德是杰克幼年生活的引领者,陪伴他玩耍,教给他爱与忍耐,杰克也总是环绕在吉拉德的病床左右③。在《吉拉德的幻象》中,对于当时年仅三岁的蒂·让·杜洛兹而言,哥哥吉拉德是他的保护者和精神偶像,给予他无尽的关爱与精神上的指引。吉拉德在他卧病在床时,会让"我"和妹妹去寻找自己的快乐,而不是陪伴处于病痛中的他。会在"我"没有玩伴时,忍痛满足"我"的愿望,为"我"画画,陪"我"玩耍,用虚弱的声音赞美"我"的可爱与强壮,将他对于未来的美好期待投注到"我"的身上,让"我"沐浴在他永恒的赞美和赐福之中。他会在"我"用剪刀穿过报纸上一个女杀人犯的画像的眼睛钉在地板上而获得放肆的快乐时,及时阻止"我",让"我"永远不要做这样的事,"我们一起抚平揉皱的报纸,贴补好那女人的眼睛,反思我们的罪,纠正可被黜去地狱的过失,为自己积聚好的命运,悔悟,做忏悔"④。这样及时的悔悟和忏悔贯穿了凯鲁亚克的一生,也体现在他的每一部作品之中,使得他在残酷的现实世界中保持着对于善和美的向往和对于爱与救赎的追求。

小说中九岁的吉拉德将每天只能吃到一顿晚饭的穷苦的邻居小男孩帕洛德领回家让妈妈给些食物,拖着孱弱的身子冒着风雪为发烧的妈妈出去买药,拯救被捕鼠夹子夹住的小老鼠,感受被铁夹子夹住的小老鼠的疼痛,分食面包给窗台上的小鸟并将它们称作他的"小天使们"……这一切的善行都在"我"与现实中的凯鲁亚克的心灵中种下了爱

---

① 凯鲁亚克.吉拉德的幻象[M].毛俊杰,译.上海:上海译文出版社,2014:1.
② 凯鲁亚克.孤独旅者[M].赵元,译.重庆:重庆出版社,2007:4.
③ Miles B. Jack Kerouac the king of beats:a portrait[M]. London:Virgin Publishing Ltd.,1998:12.
④ 凯鲁亚克.吉拉德的幻象[M].毛俊杰,译.上海:上海译文出版社,2014:21.

的种子。三十年后,在凯鲁亚克已厌倦自己的文章时,他之所以仍然笔耕不辍,就是因为吉拉德,因为他的理想主义,因为他是一位宗教英雄——"为他死亡的荣誉而写"①,为他的善良而写,为他的普世之爱而写,为他们共同的母亲而写。他在以放荡的生活与赤裸的文字来对抗这个虚伪的成人世界的同时,也在用文字深层所蕴含的爱与善来表达着对于荒唐世界中纯真信仰的渴求。"三十年后的今天,我的心治愈了,温暖了,也得救了——没有吉拉德,我蒂·让会变成什么样呢?"②无疑,吉拉德的形象是被凯鲁亚克神圣化了的,他对于这一形象的创造是基于他对于他哥哥的有限的记忆和母亲对于自己早逝的儿子的美好可以理解的、略微夸大的转述。为了表达心中的诉求,他融合了记忆与想象,创造了这样一位被神圣化了的天使,完美阐释了"beat"的双重含义,即他不仅以此慰藉自己"垮掉"的灵魂,同时也表达对于宗教"至福"(beatitude)的一种追求。

约翰·J.多纳休(James J. Donahue)将《吉拉德的幻象》看成是一部圣徒传记(hagiography),认为虽然吉拉德·杜洛兹是凯鲁亚克基于自身经历而创造的小说人物形象,并且只有九岁的吉拉德也没有像肯尼迪家族与马丁·路德·金那样在政治上和宗教上对美国民众产生过巨大的影响,但是凯鲁亚克将其塑造成一个道德上的圣人,就像他的家庭一直尊崇的圣女小德兰一样完美且神圣③。中世纪时的圣徒传记向读者所传递的天主教圣徒的思想,也正是凯鲁亚克想借吉拉德·杜洛兹向读者所传递的宗教教义及其对这些教义批判性的思考。吉拉德只是一个表面上的叙述对象,真正的叙述对象其实是凯鲁亚克对于宗教及生存意义的深刻反思。

凯鲁亚克还在另一部小说中表现了兄弟情义,即写于1951年发表于1971年的《皮克》。小说的主人公是黑皮肤小孩皮克,母亲去世了,父亲不见踪迹,从小与爷爷相依为命。在爷爷也不幸去世后,流浪人哥哥斯利姆出现并带领他一起从乡村奔赴纽约。小说以对爷爷叙说故事的口吻,讲述了小男孩皮克对于和爷爷一起度过的快乐时光的追忆、对于北卡罗来纳州惬意乡村生活的留恋以及和哥哥一路向北前往纽约的新奇,同时也记录了处于纽约底层的哥哥和嫂子的捉襟见肘但是充满爱意的生活。在皮克的眼中,纽约的摩天大楼比不上北卡罗来纳州乡村的破旧木屋,而虽然哥哥斯利姆与嫂子希拉生活贫

---

① 凯鲁亚克.吉拉德的幻象[M].毛俊杰,译.上海:上海译文出版社,2014:105.
② 凯鲁亚克.吉拉德的幻象[M].毛俊杰,译.上海:上海译文出版社,2014:5.
③ Donahue J. Visions of Gerald and Jack Kerouac's complicated hagiography[J]. The Midwest Quarterly,2009(1):28.

困,但是他们乐观且善良。哥哥是个天才的小号手,他想靠演奏小号来谋生,但是因为他的肤色与白人不同,他不能实现他的梦想,不得不靠在工厂打零工来养家糊口。"我走遍了这个国家,但是因为我的肤色不一样,那些人不喜欢我,他们爱管闲事,不希望我在这个国家出人头地,但是我的小号把我的心展露给他们看了。"①

凯鲁亚克心中一直住着一个大男孩,这个大男孩期望他的哥哥没有夭折,期望他的哥哥一直保护着他。《吉拉德的幻象》中的哥哥可以说是现实中哥哥的再现,《皮克》中的哥哥则是凯鲁亚克心目中长大了的哥哥应有的样子,和他一样喜欢流浪,喜欢爵士乐,有相爱的妻子,能给他一个温暖的栖息地。两本小说从不同的视角讲述了同样的兄弟之情,表现了凯鲁亚克心底对于哥哥的怀念与对于兄弟亲情的渴望。

第二节 并不垮掉的爱情

萨特说,爱情趋向于他人的自由。也就是一个人为了在他人的注视下收回自我的自由而力图使自己同化于他人的自由,那么这个人实际上是在追求着一个绝对的存在,即"作为他人的自我"和"作为自我的他人",萨特把这种追求称为"爱情的理想"。在萨特看来,这种理想是不能实现的,这是因为爱情远不只纯粹肉体占有的情欲,"恋爱远不像人们占有一个物件一样占有被爱者;他祈求一种特殊类型的化归己有。他想占有一个作为自由的自由。"即,"他想被一个自由所爱并祈求这个自由不再是自由的"②。由此看来,爱情就是一个自相矛盾的东西:恋爱者既要对方爱他,又要自己不成为被爱者;既要实现爱情,又要消除它。爱的过程就是这个矛盾的产生和消解,不断地产生和不断地消解,"爱情总是归于失败的"。深受萨特存在主义影响的凯鲁亚克所经历的爱情,正是这个哲学观点的生动写照。

德国哲学家叔本华与尼采都被认为是"反女性主义者"。现实生活中,叔本华会因为一个年老女裁缝在他门外说话打扰了他的清净而把女裁缝从楼上扔下去,造成她终身残疾。叔本华作品中对于女性也是极尽讥讽之能事:"少女们唯一热心的事便是恋爱,征服男人,她们所做的一切都和这些有关——穿衣服、跳舞等等。在女人心中,认为赚钱是男

---

① 凯鲁亚克.地下人·皮克[M].金衡山,译.上海:上海译文出版社,2015.
② 萨特.他人就是地狱:萨特自由选择论集[M].西安:陕西师范大学出版社,2003:225.

人的事情,而花钱则是她们的本分。女性的基本缺点,是没有正义感。"①而受其影响的尼采对于女性也有一些被世人所熟知的言论,比如最有名的那一句:"你要到女人身边吗?别忘了带鞭子!"②然而事实上,尼采批评女性的言论并不多,对于女性所带来的爱情的美好向往的语词时常散列于文字之间。尼采曾说过:"你们最好的爱情,也不过是狂喜的心境和痛苦的热情。它是一支火炬,照耀着你走向高处的路上。"③但在那个时代,处于父权制社会优越地位的男性,对于女性的贬低和物化是男性的普遍思想。凯鲁亚克阅读广泛,叔本华、尼采等哲学家的书籍自然也在他的阅读书单。他们对于女性的言论和看法不可避免地影响着他的女性观点的形成。但在二十世纪三四十年代,美国已经经历了轰轰烈烈的女权主义发展第一次浪潮,女性拥有了选举权与教育权,女性地位日益提高,社会中女性参与政治与进行独立工作的现象越来越普遍,女性也得到越来越多的尊重与自由。成长于美国三十年代、成熟于四十年代的凯鲁亚克自然不可避免地受到女性运动的影响。因此,在哲学书上的"反女性主义"与现实中的"女性主义"的双重影响之下,凯鲁亚克形成了复杂且矛盾的女性观与爱情观,既有对于女性以及爱情的美好幻想,也有对于婚姻的草率与对于除母亲之外女性的冷漠与不负责任。

一、玛吉·卡西迪

作为一名法裔加拿大人的后裔,凯鲁亚克生活在美国法裔加拿大人聚集区马萨诸塞州的洛厄尔,这一地区是他度过少年时期和留下美好记忆的地方,也是他在不同作品中不断提及的地方,是他灵魂的栖息地。在这里,他有一帮青春年少的好友,也是在这里,他遇到了他第一次真正的爱情,女孩叫玛丽·卡勒,小说《玛吉·卡西迪》就记录了这样一段感情,小说中的女孩被命名为玛吉·卡西迪。小说以1939年的新年前夜雪地里几个男孩的嬉戏打闹开篇,详细记录了高中时期的杰克·杜洛兹是如何与密友G.J.、斯科特、虱子、维尼、比利、萨萨等一路嬉戏、一路闲荡、一路争吵,一起逃课、一起学习、一起成长的深厚友谊和青春故事。同时小说更加详细地记录了杰克如何在男孩们的第一次舞会上,在莱克斯大舞厅与玛吉第一次见面,并与玛吉相恋相爱、尝遍恋爱时期的甜蜜与痛苦的经历。故事的发生地就设定在洛厄尔。因此,《玛吉·卡西迪》可以被称为一部记录

---

① 陈鼓应.悲剧哲学家尼采[M].北京:生活·读书·新知三联书店,1987:109.
② 陈鼓应.悲剧哲学家尼采[M].北京:生活·读书·新知三联书店,1987:108.
③ 陈鼓应.悲剧哲学家尼采[M].北京:生活·读书·新知三联书店,1987:115.

凯鲁亚克青春记忆的爱情小说。

凯鲁亚克擅长"以虚构的形式描写现实生活中实际发生的事件(只改变了人名和地名),这种叙事方法成了'垮掉'文学的特有标志"。① 十六岁的杰克·杜洛兹可以说就是十六岁的杰克·凯鲁亚克,"凯鲁亚克是一个害羞的、性格温和的人,极其不谙世故"②。小说中的杜洛兹也是一位有着"和睦相处、信任他人的好心肠"的邻家少年③,是人人称赞的乖孩子。他会与青春年少的朋友一起在雪夜里打闹,也会在早晨上学时亲亲妈妈的脸颊说再见,会因为逃学而内疚,也会因为在跑步比赛中战胜了"黑色飞人"而不敢相信自己,会因为自己喜欢的一个女生的夸奖而脸红,也会在寒冷的夜晚步行三英里去见心爱的姑娘……正如书中所描述:"我精力充沛,活力迸发,青春年少,正过着洋洋自得的日子,享受着十六岁的财富"④。青春时期的故事,与"垮掉"无关。

在莱克斯大舞厅与杰克第一次见面时的玛吉"可爱、深肤色、像桃子一样色彩艳丽","因为刚发育成熟,她裙子的肩带里面的肉鼓鼓的,很结实;她的嘴撅起,柔软、丰腴、红润,她的黑亮卷发装点了她有时像雪一样柔和的额头;她的两片嘴唇透露出玫瑰花似的香气,暗示着她一个十七岁姑娘的健康与快乐"⑤。杰克眼中的玛吉是美丽的、朦胧的、充满吸引力的,"我的心灵开始第一次深深地、陶醉地、迷茫地深入她这个人;就像沉浸在一种凯尔特式的、施行了妖术的、星星一样的巫婆煎药里"⑥。热恋中的少年少女,青春的爱情充满喜悦与甜蜜,同时也充满着若即若离的苦涩与相互折磨的痛苦。

这样的爱情游戏持续到了杰克去纽约上预备学校的那一年,时空的距离、眼界的不同、观点的相左、环境的改变终于把这段爱情带到了终点。但这是一段美好的爱情,是凯鲁亚克心中不可磨灭的记忆。《玛吉·卡西迪》写于 1953 年,发表于 1959 年。写作时的凯鲁亚克 31 岁,此时的他已是"垮掉的一代"的核心成员,正处于创造力爆发时期,已经著有多部作品,尽管许多尚未发表,比如《科迪的幻象》(*Vision of Cody*,写于 1951—1952 年,发表于 1960 年)、《萨克斯医生》(*Doctor Sax*,写于 1952 年,发表于 1959 年)、《在路上》(*On the Road*,写于 1948—1951 年,发表于 1957 年)等,他的作品也大都呈现

---

① 迪特曼."垮掉的一代"文学名著[M].北京:中国人民大学出版社,2007:13.
② 凯鲁亚克.地下人·皮克[M].金衡山,译.上海:上海译文出版社,2015:序言Ⅷ.
③ 凯鲁亚克.玛吉·卡西迪[M].金绍禹,译.上海:上海译文出版社,2014:27.
④ 凯鲁亚克.玛吉·卡西迪[M].金绍禹,译.上海:上海译文出版社,2014:71.
⑤ 凯鲁亚克.玛吉·卡西迪[M].金绍禹,译.上海:上海译文出版社,2014:25.
⑥ 凯鲁亚克.玛吉·卡西迪[M].金绍禹,译.上海:上海译文出版社,2014:26.

"垮掉"元素,但是《玛吉·卡西迪》所呈现的大部分是纯洁美好的友情与爱情,只是在最后两章将叙述人称从第一人称改为第三人称,叙述分手三年后再次重逢时的场景时才又有了"在路上"的味道。此时的杰克是一名汽车修理厂的工人,偷开了一辆客户的别克车去见玛吉,车中他的寥寥几句自白道尽了杰克三年在路上的流浪生涯,此时的他已不是当初的少年杰克·杜洛兹,而是"在路上"的杰克·杜洛兹,也是"在路上"的真实的杰克·凯鲁亚克。

二、特丽丝苔莎

《在路上》中还记录了一段与墨西哥姑娘特丽的浪漫爱情,这段爱情也在凯鲁亚克的另一部小说《特丽丝苔莎》以另一种方式呈现。

《特丽丝苔莎》写于1955—1956年,发表于1960年,为凯鲁亚克在《在路上》成功后出版的第一部小说,延续了"自发性写作"的风格。这部小说的主人公是"我"和一位"我"在墨西哥城遇到的阿兹特克印第安女孩特丽丝苔莎。

1952年的时候"我"即凯鲁亚克来到墨西哥城,遇到了特丽丝苔莎,她美丽且有韵味,"双颊风韵独特,眼睛颇似美国爵士乐歌手比莉·哈乐黛,颇具神秘韵味,说话语调极其忧郁,宛如露易丝·蕾娜般忧伤的维也纳女演员"[①]。她是凯鲁亚克老朋友戴夫的妻子,但是戴夫已去世。他们都是瘾君子,生活潦倒,住在贫困的妓女街区,房间里充斥着垃圾、粉红色的猫、小鸡和躺在床上的特丽丝苔莎的生病的姐姐,树枝和木板充当厨房的屋顶,不断地滴着雨滴,就像是被轰炸得千疮百孔的避难所的屋顶,"其悲剧气氛堪比艾迪被枪杀的俄罗斯街的雨夜"[②]。但就是在这样的环境中,特丽丝苔莎仍然在卧室的角落里保留着一幅巨大的圣母玛利亚的画像,她仍然是一个虔诚的信徒,依然有着对于宇宙本质的神圣性的信仰。美丽的她只能穿着穷困的印第安女性那种灰暗的服饰,但是如果她在纽约,穿上时尚的衣服,将是一个多么漂亮的女孩。她就是凯鲁亚克在墨西哥城所见到的印第安贫困女性中的一个,站在神秘莫测的黑暗门口的她们"看起来就像墙壁上的黑洞,而不是女人——她们的衣服——你再次定睛一看,就看到勇敢的、高贵的墨西哥女士、母亲、女人、圣母玛利亚"[③]。在凯鲁亚克眼中,她们虽然穷困潦倒,衣着灰暗,却是一

---

① 凯鲁亚克.特丽丝苔莎[M].陈广兴,译.上海:上海译文出版社,2014:4.
② 凯鲁亚克.特丽丝苔莎[M].陈广兴,译.上海:上海译文出版社,2014:5.
③ 凯鲁亚克.特丽丝苔莎[M].陈广兴,译.上海:上海译文出版社,2014:7.

点都不逊色于美国纽约任何一位女性,都是高贵的、勇敢的女性与母亲。

特丽丝苔莎不仅美丽而且智慧,虽然凯鲁亚克在那个时期是个禁欲主义者,但是他爱上了她。特丽丝苔莎并不像别的女人那样想把他的生活占为己有,而是让他有自己的生活。"一个聪明的女人,即使耶稣陀罗的时代,她也能够为一群比丘尼增光添彩,成为又一个圣洁的尼姑。她眼睑耷拉着,双手合十,俨然圣母玛利亚。"①她明白什么是因果,认为所做的就是收获;她也热爱死亡,认为死亡是一件神圣的事情,知道人生皆苦的道理,知道任何男人和女人都有错误和缺点,然后互相原谅,各自走上通向死亡的神圣之路。现实生活的苦让她不堪忍受,她并没有怨天尤人,只是寄希望于毒品让她不再痛苦。她的虔诚与豁达与当时正沉迷于佛教思想的凯鲁亚克不谋而合,凯鲁亚克相信万物皆可,人生苦短,"出生就注定要死亡,漂亮就是要变得丑陋,开心就是要变得忧伤,疯狂就是要变得糟糕"②。虽然他对毒品的危害有清醒的认识:"上瘾和痛苦。就像疯子的疾病一样,完全精神失常,你蓄意破坏掉你的健康,却是为了获得一种虚弱的化学的快乐,这种快乐没有任何实际基础,仅仅是思维的感受"③,但是为了化解生活带来的忧伤和烦恼,他还是接受了服用吗啡。凯鲁亚克与特丽丝苔莎有心灵共通之处,他们互相爱恋,但是凯鲁亚克不敢接受她的爱,因为他知道自己的宿命是在路上流浪,他不可能停留在中途,而如果仅仅把她当成玩伴,他就觉得自己是在犯罪,他不想伤害特丽丝苔莎,而且当时他抱有禁欲和独身的理念,于是他选择了没有告白的离别。"自没有开端的过去,到没有终点的未来,男人一直爱着女人,但没有告诉女人,上帝一直爱着世人,没有告诉世人,空虚其实并非空虚,因为空虚中本来就没有东西,也就没法掏空。"④

一年以后,当凯鲁亚克再次遇到特丽丝苔莎时,她已经被毒品折磨地濒临死亡,昔日美丽的姑娘已经变得瘦骨嶙峋、脸色惨白、步履缓慢,双臂上全是囊肿。他想拯救她,却为时已晚,或者说由于对于美国社会的不满而让自己一直在路上的凯鲁亚克连自己都无法拯救,何谈拯救由于整个国家的落后、混乱而与特丽丝苔莎一样深陷贫穷与毒品的墨西哥女性?但"我"对于特丽丝苔莎的爱是真挚的,是严肃的,对于以她为代表的墨西哥女性的同情、怜悯与赞美是发自肺腑的。

---

① 凯鲁亚克.特丽丝苔莎[M].陈广兴,译.上海:上海译文出版社,2014:17.
② 凯鲁亚克.特丽丝苔莎[M].陈广兴,译.上海:上海译文出版社,2014:27.
③ 凯鲁亚克.特丽丝苔莎[M].陈广兴,译.上海:上海译文出版社,2014:30.
④ 凯鲁亚克.特丽丝苔莎[M].陈广兴,译.上海:上海译文出版社,2014:52.

三、玛多·福克斯

在《地下人》中,凯鲁亚克讲述了一个跨种族的爱情故事,同样,故事来源于他自身真实的经历。据凯鲁亚克自己描述,《地下人》是出自他对自己"最可怜的最隐蔽的最深的痛苦的剖白"①。从这句话也可以看出,这个爱情故事的女主人公应该是凯鲁亚克用情最深、最为遗憾的一段感情。女主人公玛多·福克斯在生活中的原型叫作艾琳·李,是出入于垮掉派成员,即书中的"地下人"经常聚集的酒吧的一位美丽女子,她是他们的好友和玩伴,在交往中与凯鲁亚克(书中的莱奥·佩瑟皮耶)产生了深厚的感情。玛多的母亲是黑人,父亲是印第安人,在书中,她的非白人属性被刻意地强调,成为她与莱奥之间爱情走向失败的一个重要因素。但玛多是一个极具才情的女子,与莱奥有诸多兴趣上的相投之处,她的肤色、美貌、勇敢、叛逆以及对于文学与爵士乐的爱好深深吸引了莱奥。

首先,玛多的黑肤色和美貌是引起白人莱奥注意的第一个原因。"'我的上帝,我一定要和那个小女人搭上关系,'或许这也是因为她是一个黑人。"②她的身上有着一种慵懒迷人同时又嬉皮帅气的气质,让莱奥为之着迷。

> 因为她就在我眼前,站在那儿,身穿黑绒衬衫,手插在口袋里,身形消瘦,慵懒,香烟叼在嘴里,烟雾盘旋着冉冉上升,剪得很短的黑发梳理齐整,油光发亮,她嘴唇上抹了口红,淡褐色的肤色,黑幽幽的眼睛,阴影在她的颧骨上闪动,她的鼻子,从下巴到脖子那一段柔软的曲线,那小小的喉结,如此嬉皮,如此帅气,如此美丽,如此摩登,如此新潮,如此不可捉摸,让我惊叹不已心跳不止……③

其次,玛多爱好文学,有独到的文学见解。她能与莱奥一起阅读《袖珍本福克纳文集》,文笔也很出彩,她写给莱奥的信被大段地引用在小说中。莱奥认为她的文字很有韵律感,他钦佩她的才情,"我为我自己拥有这么一个有文字感觉的女孩感到自豪"④。信中的那句"我们就像两个动物逃向温暖黑暗的洞穴,孤独地咀嚼痛苦"让莱奥想起了英国第一位重要的浪漫主义诗人威廉·布莱克和他温顺的妻子的浪漫生活,引发了他对于远离城市生活的浪漫主义幻想,他想与玛多一起生活于密西西比河的森林中的小木屋里。他

---

① 凯鲁亚克.地下人·皮克[M].金衡山,译.上海:上海译文出版社,2015:导言XX.
② 凯鲁亚克.地下人·皮克[M].金衡山,译.上海:上海译文出版社,2015:4.
③ 凯鲁亚克.地下人·皮克[M].金衡山,译.上海:上海译文出版社,2015:58—59.
④ 凯鲁亚克.地下人·皮克[M].金衡山,译.上海:上海译文出版社,2015:70.

在给玛多的回信中写道:"我希望你那句'动物逃向温暖黑暗的洞穴'的意思是你要想做那样一个女人,一个真的能够和我居住在森林中的女人,万籁俱静,唯有你我,我同时像是光照万世的帕里斯,而你要和我一起变老,在我们的静谧的小木屋里。"①作为一个作家,莱奥(现实中的凯鲁亚克)发现了玛多身上与其他他所接触过的女性的不同之处,文字的力量让他与玛多之间有了心灵的共鸣,让他不在乎玛多是个黑人与印第安人的混血儿,只想与她一起共度余生。

最后,玛多对于莱奥所热爱的爵士乐也情有独钟。莱奥意识到一个事实:"她是我所知道的唯一一个真正听得懂博普爵士乐而且还会唱的女孩。"②玛多曾与莱奥分享过她聆听爵士乐的感受:"当我精神恍惚、思绪迷乱时,我听到了博普乐声,从自动唱机还有红鼓酒吧里传来的声音,不管我在什么地方听到,我都会有一种新的、异样的感觉,没法描述。"她与莱奥和他的朋友打成一片,不管在文学上还是在音乐上都有共同语言。当莱奥和亚当·穆拉德(即艾伦·金斯伯格)在街上兴奋地边走边唱的时候,玛多可以很协调地加入和声:"非常合拍而且很有点现代的味道(我还从没有在别的地方听到过这样的调子,有点巴托克音乐的味道,只是加进了爵士的调子),我还发出了爵士乐队里的低音提琴的声音(如同我在达文波特那个神奇的下午那样,唱出低沉轰鸣的声音,那个时候我是不期待会被人理解的),她则同样以和声相伴,就好像是奥西普·波珀的钢琴配以博普爵士,琴瑟相鸣(如此相配,让我想到了比利·埃克斯坦的博普乐)——我们两个手拉手一路从市场街飞奔而下——心中充满喜悦。"③

但美貌与才情兼具的玛多最终还是与莱奥分道扬镳,原因在于莱奥沉郁、烦躁、自傲且孤独的性格缺陷及由此而衍生的一系列让玛多难以忍受的行为。莱奥曾以自己在船上当水手的经历为例对自己性格进行了真实的披露:"因为和乘务员发生了矛盾而我又不善于做出友善的样子甚至连识相一点也做不到,我就这么一个人,我会常常很不礼貌地对待船上的机械师以及其他一些水手而且一次比一次严重,最后惹恼了他们,有一天早上他们要我说点道歉的话,哪怕只是哼哈几句,放下给他们的咖啡后,我不是蹑手蹑脚地来到他们面前,而是直接冲到他们眼前,没有半点微笑,如果有的话也只是狞笑,或者

---

① 凯鲁亚克.地下人·皮克[M].金衡山,译.上海:上海译文出版社,2015:71.
② 凯鲁亚克.地下人·皮克[M].金衡山,译.上海:上海译文出版社,2015:79.
③ 凯鲁亚克.地下人·皮克[M].金衡山,译.上海:上海译文出版社,2015:79.

是一副不屑的模样,就这么肩上栖着一个孤独的天使。"①在与玛多相处时,他会在约会时迟到三个小时,会因为玛多和朋友在聊天时没有立刻停下让他插嘴说出他急迫想表达的信息而暴怒,甩门而去,让所有人目瞪口呆,不知所措;会对玛多的朋友莫名发火,嫉妒他们的青春活力,对玛多与朋友尤里之间的关系心存怀疑与妒忌;会因为情绪失控而将身无分文的玛多数次抛弃在深夜的街上……性格决定命运,也注定了他们悲剧的结局。

四、三段现实婚姻

现实中的凯鲁亚克也是如此的性格特征,孤独且高傲,内向且固执。这样的性格让他在面临橄榄球教练的刁难时选择愤而退学,在成名后面对狂热读者时选择退避三舍,在面对外界对于其文学作品的批评时选择用酒精和安非他命来麻醉自己,最终毁掉了自己曾那么擅长于运动的健壮的身体,英年早逝。不可否认,现实生活中,凯鲁亚克的感情生活也很糟糕。他经历了三次婚姻,但是都维系了很短的时间,没有真正地融入一个家庭并承担起作为一位丈夫的责任,对他唯一的女儿而言,他也是一位糟糕的父亲。第一段婚姻开始于凯鲁亚克身陷囹圄之时。1944年8月,因他的好友卢西安·卡尔(Lucien Carr)失手杀死跟踪骚扰他的同性恋者一事的牵连,凯鲁亚克被关入布朗克斯(Bronx)监狱。由于他的父亲因气愤拒绝付100美元的保释金,他只能继续待在监狱里。在监狱一周的生活是他年轻时代最可怕的一段经历,因受不了这种折磨,他和他时任女朋友哥伦比亚大学艺术系女生伊迪·帕克(Edie Parker)做了一笔交易,如果她出了保释金把他保出监狱,他们就结婚。就这样,凯鲁亚克在22岁之际开始了他的第一段婚姻。然而,虽然他们相识于18岁之时,中间历经了感情的波折,但这段婚姻却只维系了数月。在这一年圣诞节之际,凯鲁亚克撞见帕克与他的一位朋友有染,但据这位朋友所称,凯鲁亚克并无所谓,显然他已经对他这个"年轻时代就熟识的妻子失去了兴趣"②。凯鲁亚克自己也认为他们的婚姻是一场"滑稽的婚姻"(a comic marriage)③,很快他们就分了手。

凯鲁亚克的挚友卢西安卡尔曾说过,伊迪·帕克是凯鲁亚克所遇到的最好的女人。伊迪的父亲是个汽车代理商,专卖别克汽车,在密歇根湖还有一条大船。杰克可以依靠伊迪家的财富生活,什么事也不用干。"可是任何束缚他的事物,无论是女人还是工作,

---

① 凯鲁亚克.地下人·皮克[M].金衡山,译.上海:上海译文出版社,2015:5.
② Clark T. Jack Kerouac:a biography[M]. New York:Marlowe & Company, 1984:68.
③ Clark T. Jack Kerouac:a biography[M]. New York:Marlowe & Company, 1984:68.

抑或铁窗牢狱——都是他不希望牵扯进去的。"①他和伊迪的婚姻如此短暂的原因,是他不愿意别人给他建造一个什么,然后把他束缚起来,因为那不是他要建造的,那不是他的兴趣所在。要是谁说"让我们结婚,搬到郊区去住吧",他就会萌生逃离与分手的念头。

1950年11月17日,20岁的少女琼·哈维蒂(Joan Harverty)成为凯鲁亚克的第二任妻子。哈维蒂是凯鲁亚克的朋友比尔·喀纳斯切(Bill Cannastra)的女友,但是1950年10月12日,与尼尔·卡萨迪同样疯狂的、有着自杀倾向的喀纳斯切在乘坐地铁时,把头伸出窗户,撞到地铁站的柱子上,当场毙命。在喀纳斯切死后,哈维蒂与凯鲁亚克在他的房子里相遇相识,很快,凯鲁亚克被美丽的哈维蒂吸引,他觉得"那双纯净天真的美丽眼睛是他一直以来所寻找的"②。

这段婚姻同样很快无疾而终,只存续了半年时间。1950年6月,哈维蒂怀孕了,凯鲁亚克不想留有这个孩子,坚决要求哈维蒂堕胎,但是哈维蒂坚决不从,两人大吵一架后,就此分居。1952年2月,哈维蒂诞下一女——简·凯鲁亚克(Jan Kerouac),可凯鲁亚克并不承认这个女儿,也拒绝提供女儿的赡养费。没有享受到父爱的简生活窘迫,沾染了饮酒恶习,不时辍学,12岁时便遭遇过性侵犯。1967年11月,凯鲁亚克由于长期酗酒,身体日益恶化。简此时已15岁,父女再次,也是最后一次见面。她此时已有身孕,正同男友打算去墨西哥。他们来到佛罗里达州圣彼得堡镇同父亲告别。杰克看见女儿站在门口,便让她进屋在沙发上坐下。简回忆道:"他边喝着威士忌,边看电视,可我明白他看见我非常高兴。"正要离去时,凯鲁亚克对简说:"嗯,对了,你要去墨西哥,你可用我的姓氏写一本书。"这也许是凯鲁亚克一辈子所给予过女儿的最大关爱了③。

1966年秋,凯鲁亚克的生活愈加苦恼。母亲中了一次风竟瘫痪在床。这一年11月,《时代》杂志一则消息说杰克娶了第三任妻子,其童年好友查理·桑帕斯(Charlie Sampas)的妹妹斯特拉·桑帕斯(Stella Sampas)。她比杰克年龄大,是一个生性稳重值得信赖依靠的女人,小时候与兄弟们一同上学时便认识杰克了,一直未婚。她总盼着杰克回洛厄尔向她求婚。杰克真的这样做了,他这时很需要有人照顾母亲。同桑帕斯家的人结婚对凯鲁亚克来说也是了却一个梦想。他一直把桑帕斯家看成是理想家庭的楷模,在其小说《镇与城》(The Town and the City)中就有所描述。这也许可以解释他这次婚姻的

---

① 吉福德,李.垮掉的行路者:回忆杰克·凯鲁亚克[M].华明,韩曦,周晓阳,译.南京:译林出版社,2000:45.
② Clark T. Jack Kerouac:a biography[M]. New York:Marlowe & Company, 1984:93.
③ 文楚安."垮掉一代"及其他[M].南昌:江西教育出版社,2009:82.

动机,也在某种程度上表明了他同斯特拉的关系。

　　第三次婚姻对于凯鲁亚克来说,只是一种需要的关系。他自己因为酗酒身体健康状况日渐糟糕,他担心他离去后没有人照顾他的母亲,他对斯特拉并没有很深的感情,这从他并没有将他的遗产留给斯特拉,而是全部留给他妈妈可以看出。他在写给他妹妹的儿子,其外甥小保尔·布莱克(Paul Blake Jr.)的信中写道:

> 我已经决定把我的全部遗产,不动产和动产等都留给妈妈。如果她死于我之前,我就将会留给你,在我死后所有一切都归属于你。……我只想将我的遗产留给与我的直系血统密切相连的人,那就是你妈妈我妹妹卡罗林,我不愿留下一分一文给我妻子方面的众多亲戚。我也打算离婚,或解除同她的婚姻。①

　　有人说这封信是伪造的,但从中也可以看出现实生活中的凯鲁亚克只对他的妈妈赋予了全部的感情,妈妈是他的精神支柱和生活港湾,他对于他的三任妻子和他的唯一的女儿是残忍的、不负责任的。但正如上文所述,他在作品中却塑造了不少美好的女性形象,展示了美好的情感经历。

五、多元女性形象

　　有学者认为:杰克·凯鲁亚克对于女性的态度是褒贬不一的,但是从整体来说,他对待女性的态度仍然是比较负面的……凯鲁亚克无法冷静地处理好自己的感情,也自然无法用客观的眼光来观察女性。这样的观点有其合理之处,但也失之偏颇。很多学者都只是根据对《在路上》这一部经典著作的分析而得出对于凯鲁亚克的种种判断,如果他们通读凯鲁亚克更多的作品,就可以发现,凯鲁亚克是多元的。从上述分析中所提到的与玛吉·卡西迪、特丽丝苔莎以及玛多·福克斯的情感纠葛来看,凯鲁亚克对待爱情、对待女性的态度也是多元的,但绝不是负面的。正如在《在路上》中,凯鲁亚克主要塑造了四个具有代表性的女性形象:萨尔的母亲、迪安的第一任妻子玛丽露、第二任妻子卡米尔和萨尔偶遇的墨西哥女孩特丽。

　　母亲代表着无私、高尚、为家庭牺牲的"房间里的天使"形象,她把一生都奉献给了家庭。在萨尔将要远行时,萨尔在兴奋地收拾背包,而母亲则在房间中默坐不语。虽不舍,但没有阻止。在萨尔风尘仆仆回归之时,她也只是带着嗔怪的喜悦将其紧紧搂入怀中。

---

① 文楚安.“垮掉一代”及其他[M].南昌:江西教育出版社,2009:85.

萨尔没有固定工作,依靠母亲生活,母亲是他物质与精神的港湾,是他心目中的天使,也是白人男性视野中的"完美女性",却是女性主义文化所批判的对象。

玛丽露则代表着追求自由、具有垮掉特质的反叛女性形象。只有十六岁的她不顾一切地与迪安结婚,与他一起流浪,一起疯狂。玛丽露年轻漂亮,但抽大麻、性解放、偷东西……她一样不落,用放荡不羁的行为来对抗保守的社会主流文化,寻求心灵的解脱与安慰。她的行为与男性无异,从这一层面来讲,玛丽露可以被视作"激进女性主义"的代表,追求与男性的同质化。

卡米尔是自信、独立、坚强的新生代女性代表。认识迪安时,她是一个舞台设计专业的女大学生,金发碧眼,意气风发,为尤金·奥尼尔创作的"美国第一部伟大的悲剧"《榆树下的欲望》做过舞台设计。她接受过高等教育,经济独立,在旧金山有着自己的房子。在迪安背叛她的时候,她有勇气和底气将其扫地出门。在迪安离开后,她独自抚养两个孩子。她的形象贴合"自由主义女性主义"的定义,这一类型的女性有主见,有自己的工作,有选择自己生活的权利,并不选择与男性同质,而是凸显自己作为与男性平等的另一性别的气质与魅力,她们不愿被男性"他者"化,也不把男性"他者"化。

而特丽则代表着受到双重边缘化的少数族裔女性。作为一位生活在加州的墨西哥女性,她早早地嫁人生子,面对丈夫的家暴不敢反抗,只能选择逃避。由于缺乏教育,加之有色人种的身份,只能从事摘棉花等体力劳动。一天的辛劳也只能从白人雇主手中换来微薄的薪水,晚上也只能住在简陋的帐篷里。与萨尔的"婚外情",是她反抗自己双重"他者"身份的一种方式。虽然不能剥离有色女性的身份,但她主导了一次自己的爱情,而这爱情的对象还是一名白人男性。虽然这样的反抗是短暂的,却体现了"第三世界女性主义"所倡导的女性精神,对于同为少数族裔的女性具有一定的激励作用。

这四位女性分别代表四种不同的女性形象,对应着女性主义文化中的不同侧面。但她们却落入了同样的悲剧性的结局:回归家庭,生儿育女,相夫教子,成为"房间里的天使"。母亲一直在纽约的家中等待着不知归期的儿子萨尔;玛丽露最终被迪安抛弃,嫁给了一个水手,过上了平淡的生活;卡米尔在迪安一次次的背叛中崩溃痛哭,失去自我,但最终却不得不以两个女儿的名义邀请迪安回归家庭;特丽也只能在短暂的激情后与萨尔分手,回到她丈夫的身边,在恐惧中等待下一次家暴的来临。凯鲁亚克对四个女性都倾注了真挚的情感,或尊重,或爱恋。他离不开母亲无微不至的照顾,也被玛丽露放荡不羁的自由精神所吸引,对高知的卡米尔和质朴的特丽充满同情。但在男性为主导的社会里,经过几百年的抗争,无论哪一种类型的女性基本难以摆脱父权制文化的控制,最终成为男性文化附属品与牺牲品。这样的命运似乎成为女性的一种宿命,即使在 21 世纪的现在也是如此。男性和女性在政治、教育、经济,尤其是形而上的文化意义上的真正平等,仍然在路上。

第三节 永远的友情

"他感动极了。他小时候就非常容易被感动。他从不忘记他的好朋友。"凯鲁亚克少年时期的朋友 G.J. 阿波斯托洛斯回忆说[①]。

凯鲁亚克法裔加拿大人善良、腼腆、内敛的天性让他在成长的路上吸引了很多知心的朋友,从洛厄尔小镇到大都市纽约,再到旧金山,他从来不缺朋友,他把他们视为自己的兄弟,多年的相处使得他们之间的友情俨然已经转化为一种亲情。这种亲情的体现还在于"这些好朋友最初吸引凯鲁亚克的地方在于他们与他天使般的哥哥吉拉德有外观上或者精神上相似之处"[②]。凯鲁亚克在他的系列作品中将他们都转化成为书中的人物,赋予他们文学的使命,用小说的方式记录他们一生的友情与亲情。

一、童年玩伴

凯鲁亚克在马萨诸塞州的小镇洛厄尔长大,这里是法裔加拿大人的聚集地,他的少年朋友大多是法裔加拿大人,当然,也有希腊人和英国人等。1932 年,他十岁的时候举家搬到一个新的社区,在那里他结识了一个新朋友扎普·普劳特(Zap Ploutte),成为很好的玩伴。可惜不久普劳特就因为一场车祸早逝,凯鲁亚克忍不住认为是自己的坏运气给普劳特带来了不幸。在《萨克斯医生》中,凯鲁亚克记叙道:当他晚上在家边的小公园走路时,会"看到扎普·普劳特的鬼魂混迹在其他鬼魂中间"[③]。对于普劳特悲剧命运的同情和自责从一个侧面反映了凯鲁亚克敏感、善良的性格特征。

G.J.、"虱子"阿尔贝、"吝啬鬼"斯科蒂是《玛吉·卡西迪》中凯鲁亚克怀着对少年时

---

① 吉福德,李.垮掉的行路者:回忆杰克·凯鲁亚克[M].华明,韩曦,周晓阳,译.南京:译林出版社,2000:19.
② Clark T. Jack Kerouac:a biography[M]. New York:Marlowe & Company,1984:18.
③ Kerouac J. Dr. Sax[M]. New York:Ballantine Books,1973:56.

代无限美好的回忆而描写的挚友。G.J.阿波斯托洛斯是一个希腊人,无论是在凯鲁亚克的书中,还是在实际生活中,他都是机敏、勇敢的"G.J."。他曾在接受采访时这样评论他多愁善感的朋友:"每一件事都会伤害这家伙,就连十一月份的毛毛细雨也会使他感到不安。我想,假如你读他的书,你就会在什么地方找到这个答案。"①

罗兰·萨尔瓦斯来自一个人口众多的法裔加拿大大家庭,他是《玛吉·卡西迪》中的"虱子"阿尔贝·劳颂,约瑟夫·亨利·斯科特·博厄利则是小说中的斯科蒂·博尔迪欧,绰号"吝啬鬼",凯鲁亚克在《萨克斯医生》中把他描写成"早晨看上去很有英雄气概的男孩"。他比杰克大一些,在体育上有过人之处。斯科特、凯鲁亚克,还有G.J.就像"三个火枪手",他们总是在一起,加上"虱子"、比利、他喜欢的爱尔兰姑娘玛吉·卡西迪,即现实中的玛丽·卡勒(Mary Carney)和喜欢他的女孩波林·科尔,即佩吉·科菲(Peggy Coffey)等一起构成了小说《玛吉·卡西迪》的主要人物。故事中的凯鲁亚克和他的少年朋友们在1939年新年前夜的雪地里一起打雪仗、在洛厄尔的莱克斯大舞厅一起参加男孩们的第一次舞会、一起上学、一起逃课、一起开始爱情的启蒙……从凯鲁亚克真诚而生动的描述中,读者可以身临其境般地体会到友情、爱情和亲情的美好。

斯科蒂和G.J.等朋友是他的玩乐戏耍的伙伴,而1937年在洛厄尔公共图书馆,十五岁的凯鲁亚克遇到的另一个希腊男孩萨米,即塞巴斯蒂安·桑帕斯(Sebastian Sampas)则是他文学追求道路上的密友。当时的桑帕斯是凯鲁亚克在洛厄尔高中的校友,也是一位有自我风格的诗人。他鼓励凯鲁亚克阅读托马斯·沃尔夫的作品和培养一种"拜伦式"的诗意生活方式,他们一起分享阅读,讨论读书感受,这对于凯鲁亚克早期写作意识的扩展和形成有很大的影响。众多学者的观点都认为凯鲁亚克的第一部完整意义上的小说《镇与城》(*The Town and The City*)就是对于托马斯·沃尔夫的小说《天使望故乡》写作风格的一种模仿。桑帕斯还与凯鲁亚克一起朗诵拜伦、威廉姆·萨洛扬(William Saroyan)、惠特曼,一起阅读哈代、卢梭、狄更斯和杰克·伦敦等等。与桑帕斯在一起进行的大量阅读和讨论对于成年后的凯鲁亚克生活和文学的方向都有很大的影响。凯鲁亚克在这位热情聪慧、天性纯良的希腊男孩身上发现了"我那圣洁的哥哥告知我的实实在在的人类理想主义"②。在凯鲁亚克到纽约上学以后,他们一直保持通信。1942年11月,凯鲁亚克用打字机给桑帕斯打印了一封信,末尾用铅笔签上自己的法文小名"让"

---

① 吉福德,李.垮掉的行路者:回忆杰克·凯鲁亚克[M].华明,韩曦,周晓阳,译.南京:译林出版社,2000:9.
② Clark T. Jack Kerouac: a biography[M]. New York: Marlowe & Company, 1984:32.

("Jean")。信中,凯鲁亚克向他抱怨在纽约糟糕的生活状态,劝说桑帕斯和他一起去商用船只上当水手,像他曾经做过的一样,而不是去参加海军,参加二战。"我在哥伦比亚浪费我的钱和消耗我的健康……这里太花天酒地了……我想回到海上。"[1]但是,桑帕斯没有接受他的邀请,还是参加了战争。不幸的是 1944 年 3 月,桑帕斯因在安齐奥登陆战役中受伤而牺牲。桑帕斯是曾经一边追赶着将凯鲁亚克带回纽约和贺拉斯·曼的火车,一边唱着《我将再次见到你》的亲兄弟一样的朋友,他的牺牲对于凯鲁亚克是非常大的打击,让他在失去挚爱的哥哥、童年时的好友扎普·普劳特后,又一次经历了死亡和失去的痛苦,加重了他对于自己注定拥有悲剧命运的宿命感。凯鲁亚克的第三任妻子就是桑帕斯的妹妹,他在《杜洛兹的虚荣》一书中专门用一个小节对桑帕斯的美好形象以及他们之间的真挚友谊进行了总结与回顾:

> 不管怎么说,老婆,我就是这样终于与你的兄弟开始交谈,他说他是克里特王子,也许他曾经是克里特王子,不过只是最近才是斯巴达或马尼阿蒂的后裔。
>
> 高大的个子,鬈鬈的头发,他认为自己是个诗人,我们成了好朋友之后,他开始教我对文学产生兴趣(在墨西哥,他们说 interesa)的技巧和仁慈的艺术。我(说我主要)把他放在有关哥伦比亚大学的这一章里叙述,因为他确实属于那个时期:预备学校青春期之后,严肃认真的学习开始了。
>
> 在上帝给我的礼物之中,有着与沙比·塞亚基斯的友谊。
>
> 我用简明的诗体文告诉你其中的缘由:不论我们在过桥,还是在酒吧,还是坐在我家门前的台阶上或者下高地他父亲家门前的台阶上,他都大声给我歌唱《重新再来》。他会对我高声朗诵拜伦的诗句:"那我们就不再游荡,夜已经这样深了……"这倒不是因为他战死疆场,在安齐奥登陆场受伤,在北非阿尔及尔一家医院里死于坏疽,或者也许伤心而死,因为许多其他朋友也死于第二次世界大战,包括我在本书已经提及过的一些人(卡扎拉基斯、戈尔德、汉普希尔,其他人我甚至不知道发生了什么事情),而是因为我所编织的值得纪念的回忆只在我夜间的思绪中编织骑士的形象。这是质朴的英语诗篇?因为,好吧,他是一个伟大的青年,骑士一般,也就是,崇高的,一位诗人,英俊,狂热,可爱,忧伤,具

---

[1] Kerouac J. Typed letter signed("Jean")in pencil, to Sebastian Sampas[EB/OL]. [2022-05-07]. https://www.jamescumminsbookseller. com/pages/books/312846/jack-kerouac/typed-letter-signed-jean-in-pencil-to-sebastian-sampas.

备人们希望结交的那种朋友的一切优点。①

二、青年挚友

在纽约,凯鲁亚克结交了更多与他志同道合、志趣相投的朋友,如尼尔·卡萨迪、艾伦·金斯伯格、威廉·巴勒斯等。他们保持密切的关系,不管是在生活上、精神上还是文学上,他们相互扶持,相互依存。他们改变了凯鲁亚克的人生,他们助他成为一名声名卓著的作家,但也在某种程度上促使他成为一个生活上的失败者,正如凯鲁亚克的父亲利奥所预言的那样:"他们总有一天会毁了他"。②

《在路上》记录了凯鲁亚克与垮掉一代的其他核心成员尼尔·卡萨迪、艾伦、金斯伯格、威廉、巴勒斯和卢西安·卡尔(Lucien Carr)等人深厚的友情。显然尼尔是《在路上》的主角迪安,也是《科迪的幻象》一书的主角科迪,也是《大瑟尔》《梦之书》《荒凉天使》和《达摩流浪者》中的科迪·波梅雷(Cody Pomeray)。同样,其他人也在凯鲁亚克的其他代表作如《荒凉天使》《大瑟尔》《杜洛兹的虚荣》等书中反复出现。金斯伯格以卡洛·马克斯(Carlo Marx)和欧文·加登(Irwin Garden)等名出现,巴勒斯则化身为老布尔·李(Old Bull Lee)、布尔·哈巴德(Bull Hubbard)等,卢西安则是以达米恩(Damion)、朱利安(Julian)、克劳德(Claude de Maubris)等名在书中与凯鲁亚克一起写作,一起流浪,一起疯狂,也一起成长。

尼尔·卡萨迪外表上与凯鲁亚克相像,都是丰神俊朗、身形高大强壮的美男子形象。但是他们的性格却截然不同,尼尔热情奔放、充满活力、激情洒脱,凯鲁亚克正相反,但正是这种差异让凯鲁亚克被尼尔身上的特性所深深吸引,将他视为他的灵魂伴侣,期望从尼尔身上得到他所渴望拥有却又害怕进入的精神领域的另一面。尼尔的疯狂与激情成就了凯鲁亚克的《在路上》,成就了他的作家之名,也塑造了"垮掉的一代"。如果说《在路上》是对有卡萨迪参与的疯狂青春的致敬,那么《科迪的幻象》就是凯鲁亚克把卡萨迪视为最不凡的平凡英雄的倾心表白。书中第二部分是一个完整的科迪小传,再现了一个从幼年起就不断与生活进行殊死搏斗的孤勇者形象。在凯鲁亚克的心目中,卡萨迪(科迪)是一个值得同情的、在苦难的环境中长大的孩子,对他充满爱怜。"他是一个很可怜的小

---

① 凯鲁亚克.杜洛兹的虚荣:杰克·杜洛兹历险教育记:1935—1946[M].黄勇民,译.上海:上海译文出版社,2014:70-71.

② Clark T. Jack Kerouac: a biography[M]. New York: Marlowe & Company, 1984: 69.

家伙,刚从青少年教养院出来,身无分文,也没有母亲可以依靠。"① 同时卡萨迪(科迪)又是一个充满力量与乐观精神的"伟大英雄":

> 他是那么疯癫,那么兴奋,充满着乐疯了的力量,跟那些长着粉刺的女孩在壁炉挡板与草丛后面傻笑着,直到某家职业学校吞没了他这虽然衣衫褴褛却幸福快乐的生活状态。那根奇怪的美制铁棒后来被用来塑造那张表情痛苦的人脸,现在却被用来责打他,以便矫正他那长期存在的荷尔蒙紊乱。尽管如此,那像是一个伟大英雄的脸庞——这张脸庞提醒你,少男来自一个属于男人的地方,亦即宽广的亚述荒地。不仅仅是一只眼睛,一只耳朵,或一个前额,而是整个脸庞——那张脸庞既像西蒙·玻利瓦尔,又像罗伯特·李,也像青年惠特曼与青年梅尔维尔,抑或像是公园里的一座雕像,面相粗糙却神情自若。②

西蒙·玻利瓦尔(Simon Bolivar,1783—1830)是拉美独立运动的重要领袖,而罗伯特·李(Robert Edward Lee,1807—1870)是美国军事家,美国内战中曾任南方联邦军队总司令,惠特曼和梅尔维尔则是美国著名的诗人与作家。凯鲁亚克将科迪与诸位名人相比,可见其对于卡萨迪的欣赏与推崇之情。他认为卡萨迪是他所认识的朋友中最棒的一个,是一个天使,既平凡又伟大。他是一个平凡的父亲,把他漂亮的孩子们的生活安排得很到位,同时他又是一个不平凡的个体,"因为我以前从来没有见过他这样的人"。凯鲁亚克把他视为兄弟,视为朋友,视为天使,也视为敌人,视为魔鬼、老巫师,"这是因为,他能读懂我的心思,还会故意打断我的思考,这样我就像他那样看待这个世界。我嫉妒他,无比嫉妒他"③。这样爱恨掺杂的感情深深吸引着凯鲁亚克,让他毫不吝啬、毫不掩饰地在诸多作品中展示他对于卡萨迪的欣赏与喜爱。这种爱与性爱无关,而是两个惺惺相惜的男人之间至纯至真的友谊。

卢西安是哥伦比亚大学的新生,同样是一位英俊的青年,谈吐之中有法国诗人兰波的气质。同为垮掉成员的约翰·霍姆斯(John Holmes)在他的日记(1948年10月10日)里有一段对于卢西安的描写,可以佐证他的俊美:

> 他是个富有吸引力的人,皮肤有些苍白却很光滑,像男孩子那样。薄薄的

---

① 凯鲁亚克.科迪的幻象[M].岳峰,郑锦怀,译.上海:上海译文出版社,2014:84.
② 凯鲁亚克.科迪的幻象[M].岳峰,郑锦怀,译.上海:上海译文出版社,2014:85-86.
③ 凯鲁亚克.科迪的幻象[M].岳峰,郑锦怀,译.上海:上海译文出版社,2014:518.

金发从来都不会梳得服服帖帖,杏仁形状的双眼微微收窄,嘴唇敏感忧郁,偶尔笑起来,却是我所见过最真挚的笑容。那收窄的双肩,瘦削的身体,他看起来就是个年轻男孩,而他面容上的表情又告诉你他比那更成熟。似乎他所做的事情就是工作和喝酒,这也是他感兴趣的。他的声音有一种奇异的良好教养,开始听起来似乎感情过分丰富,然而当多和他聊几句后,便觉得那声调一如往常了。①

当时 22 岁的凯鲁亚克与卢西安也是惺惺相惜:"我第一次跟朱利安(卢西安)相遇是在 1944 年,当时我觉得他是个不良少年。那是我唯一一次在他面前吸大麻兴奋了。我感觉他也不喜欢我。不过,从那以后,我们经常在一起醉酒……现在仍然如此。"②因为不断被曾经的童子军老师、同性恋者大卫·卡默勒(David Kammerer)跟踪骚扰,卢西安失手杀了大卫。年轻的凯鲁亚克没有意识到事情的严重性,而是出于朋友义气和刺激感,与卢西安一起处理凶器等物证,一起在城市中东游西荡了一天,想象自己是电影中的英雄。在后来卢西安去警局自首时,凯鲁亚克竟然径直回到他的住处去睡觉。最终卢西安被判刑,但凯鲁亚克也脱不了干系,作为重要证人被收监,最终还是他的时任女朋友,也是后来他的第一任妻子伊迪·帕克出了保释金把他保出监狱。能表明他们文人气质的是当卢西安被逮捕时,"腋下还夹着两本书,一本是兰波的《地狱之季》,一本是叶芝的《幻象》"③。凯鲁亚克曾在书中把朱利安,也就是卢西安当作最好的朋友,他们亲密无间的友谊一直持续到凯鲁亚克去世。后期的卢西安不再是一名不良少年,而是逐渐成熟,成家立业,在凯鲁亚克眼中成为一个涅槃的佛陀:"这时,朱利安已经是一名成功的商人了。打着领带,留着胡子,不再像早些年,跟我一起坐在水坑边上,不顾大雨瓢泼而下,朝墨西哥的醉鬼流氓大喊大叫——现在,他坐在摇篮前,坐在噼噼啪啪的火炉边,摸着他的胡子,一边说:'人生无非就是养孩子和养胡子。'朱利安告诉我,他就是新的佛陀,乘愿而来重入轮回的佛陀!——这个新佛陀的誓愿就是献身于被伤害!"④

---

① 阡陌花开. 从《杀死汝爱》说开去[EB/OL]. [2015 - 04 - 25]. http://qianmohuakai. lofter. com/post/35f48c_6b43f53.
② 凯鲁亚克. 荒凉天使[M]. 娅子,译. 重庆:重庆出版社,2006:308.
③ Clark T. Jack Kerouac:a biography[M]. New York:Marlowe & Company, 1984:84.
④ 凯鲁亚克. 荒凉天使[M]. 娅子,译. 重庆:重庆出版社,2006:306.

三、良师益友

通过卢西安的介绍,凯鲁亚克认识了金斯伯格和巴勒斯。当时的金斯伯格是一个只有十六七岁的犹太男孩,同样喜欢文学,喜欢写作。凯鲁亚克第一眼并不喜欢金斯伯格,但是金斯伯格却是对他"一见钟情"。根据金斯伯格的说法,"他与凯鲁亚克的友谊在1944年7月杰克帮助他将自己的东西搬离神学宿舍时就已经牢固地建立起来了"[①]。后来的交往让他们发现彼此是如此相似之人,都是那么的敏感、柔软、真挚、执着。金斯伯格回忆道:"我突然意识到我和他的灵魂是如此相似,如果我试着表达我灵魂中的隐秘之处,他会彻彻底底地明白我的意思。"[②]虽然评论家对于凯鲁亚克几经周折才出版的第一部小说《镇与城》(1950)的评价并不高,书的销量也很少,但是金斯伯格却是非常推崇这部长达一千多页的小说,他曾这样评价《镇与城》和凯鲁亚克对他的影响:

　　……我知道杰克是位天才的诗人,可我绝对没想到他有如此巨大的耐心,能够坐下来创作这么一本鸿篇巨制的长篇小说……我没料到他是如此富于变化,这般脆弱……当我读到这本小说时,我完全惊呆了,因为它看上去完全就是生活的真实再现。它是一个伟大的罗曼司和家族故事,从遥远的过去,来到战后的当前。像一部普通的小说,但是更多——其中有诗。所以我认为,一部伟大的作品问世了,这是一种在美国出现的诗与小说的了不起的结合。

　　他曾经时不时地给我念过一些片段,当时我对整个作品,对它的威慑力毫无感觉。可我真的兴奋起来了……我被深深地打动了,以至在《纽约城的荒地》上首次出现了我正式发表的最初几首诗歌,也就是《愤怒之门》中的前几首。它也使我成了一名艺术家……使我认真地把自己当做一名诗人……去完成什么,我想我意识到了写出流芳百世的东西是我们能力之内的事。[③]

在后期凯鲁亚克的作品发表不顺的时候,是金斯伯格一直在不遗余力地帮助他向各个出版社推荐,给他鼓劲打气,让他相信自己会成功。在《荒凉天使》中,化名为欧文的金斯伯格对觉得迷茫无措的凯鲁亚克说:"杰克,你已经在墨西哥和孤独峰拥有了你的全部

---

① Charters A. Kerouac:a Biography[M]. New York:The Phoenix Bookshop, 1973:54.
② Ginsberg A. Allen Verbatim[M]. New York:McGraw-Hill, 1974:103.
③ 吉福德,李. 垮掉的行路者:回忆杰克·凯鲁亚克[M]. 华明,韩曦,周晓阳,译,南京:译林出版社,2000:51.

宁静,现在为什么不跟我们一起回纽约呢?你的书最后肯定会出版,说不定还用不了一年……时候已到,你该这样做了!……出版你的书,跟每个人打交道,挣钱,成为一个全球知名的'行走作家',给流连在奥棕公园的那些老妇人签名……"①

《在路上》中,金斯伯格是那个戴着宽边眼镜,陪着萨尔一起去见迪安的卡洛·马克斯(Carlo Marx)(艾伦·金斯伯格),他们一起为迪安所着迷。凯鲁亚克写道:"迪安和卡洛·马克斯的相遇是一个伟大的事件。两颗敏感的心一碰撞便立刻相互吸引,两双敏锐的眸子一相遇便立即迸发出火花——一个是心胸坦然的神圣骗子迪安,一个是心灵幽暗带着悲观诗人气质的骗子卡洛·马克斯。"②但卡洛并没有像萨尔一样不顾一切地与迪安一起上路,一起疯狂,他更像是萨尔的人生诤友与救赎者,不停地把萨尔从疯狂的边缘中拉向现实的清醒。"我并不想妨碍你们寻欢作乐,但是,对我来说,必须考虑一下你们都是些什么样的人,要干些什么?"面对沉浸于大麻、爵士乐与在路上漫无目的流浪的迪安和萨尔,卡洛警告他们:"上帝惩罚我们的日子就要到了,幻想的气球不会支持太久的。何况,这只是个虚无缥缈的气球。你们会飞到西海岸,但是过后就得跌跌撞撞地回来寻找你们立足的土地。"③最终,正如卡洛所言,他们在历经美国西部、墨西哥的疯狂旅行后,在病痛与背叛中,迪安和萨尔各自回到旧金山与纽约,回到原先的生活轨道,开启新的人生。

1974年,为了纪念凯鲁亚克,艾伦·金斯伯格和安妮·瓦尔德曼(Anne Waldman)在位于美国科罗拉多州博尔德市的纳罗帕大学(Naropa University)成立了"杰克·凯鲁亚克无形诗学学院",讲授创造性写作与文学。除了金斯伯格,凯鲁亚克的生前好友,也是作家和诗人的格雷戈里·科索(Gregory Corso)等人也都在学院给学生上过课。凯鲁亚克与金斯伯格是如此的密切,他让金斯伯格成为出现在他的作品中次数最多的一位友人。据粗略统计,金斯伯格以化名的形式共出现在凯鲁亚克的九部主要小说作品中,包括以欧文·加登之名五次出现在《大瑟尔》《梦之书》《荒凉天使》《杜洛兹的虚荣》《科迪的幻象》中,以卡洛·马克斯之名出现于《在路上》,以阿尔瓦·戈德布鲁克(Alvah Goldbrook)之名出现于《达摩流浪者》,以亚当·莫拉德(Adam Moorad)之名出现于《地下人》,以及以莱昂·莱文斯基(Leon Levinsky)之名出现于《镇与城》等。

---

① 凯鲁亚克.荒凉天使[M].娅子,译.重庆:重庆出版社,2006:287.
② 凯鲁亚克.在路上[M].陶跃庆,何小丽,译.上海:上海人民出版社,2020:8-9.
③ 凯鲁亚克.在路上[M].陶跃庆,何小丽,译.上海:上海人民出版社,2020:180-181.

无论是现实中的金斯伯格还是书中的金斯伯格,都给予了凯鲁亚克生活上和精神上的支持与帮助,在文学上与凯鲁亚克相互提高、相互促进,是凯鲁亚克一生的挚友。金斯伯格曾这样评价凯鲁亚克:"凯鲁亚克的每本书都独一无二,充满心灵感应式的众声喧哗。他过人的天赋在20世纪下半叶可谓旷世无俦,他综合了作家普鲁斯特、塞利纳、托马斯·沃尔夫、海明威、热内、爵士钢琴大师芒克、小号手查利·帕克、日本诗人松尾芭蕉和他自己作为一个运动员的神圣视点。正如凯鲁亚克的伟大同侪威廉·S.巴勒斯所言,凯鲁亚克是一个'真正的作家'。"①凯鲁亚克对于金斯伯格创作风格也有着深刻的影响,即使在凯鲁亚克离开人世十年后,他的散文风格仍留存在金斯伯格所采用的某些形式中,金斯伯格采用了这些形式,变成了他今天这样一个世界诗歌的代言人。

威廉·巴勒斯是以凯鲁亚克、金斯伯格等为代表的二十世纪五六十年代垮掉作家群体的核心人物和精神领袖。"垮掉的一代"作为一个文学派别,在相当程度上就等同于凯鲁亚克和他的朋友威廉·巴勒斯与艾伦·金斯伯格。他们三人在生活和艺术上以一些牢固而复杂的方式互相依存。巴勒斯毕业于哈佛大学文学艺术学院,是一位世家子弟,家境优渥,生性内向、少言而敏感。依靠父母的补贴,他没有生存的压力,一直按照自己的意愿生活、探索,这给了他养成自己离经叛道、脱离社会主流文化和约束的土壤,也为他在艺术领域的成功奠定了基础。他对枪支、毒品和地下人的世界有着不可抑制的好奇心。正如一位豆瓣读者的评论:"威廉·巴勒斯有着良好的出身,却退守到社会边缘的荒凉街巷里,与西部小说中的罗宾汉和独行侠为伍,用一个地下西部世界去反射现实社会。他笔下的穷街陋巷就是瘾君子的世界,是一个与现实世界并置的镜像世界、一个黑暗天堂,里面充满了犯罪、颓废、病态、死亡,同时也饱含着对生活的渴望、热爱、自由和解脱。这个矛盾的结合体就像摇滚明星伊基波普的歌词一样:我是游走在原始丛林的汽油燃烧弹,同时我对生活充满了热爱。"②而凯鲁亚克在《荒凉天使》中用文学的方式对他外貌和传奇经历也进行了简明扼要的描述:六英尺高,蓝眼睛,戴着眼镜,浅黄棕色头发,是美国一位商业巨子的继承人,但他们却只给他每月200美元的信托基金,很快又削减到120美元,最后干脆把他弃之不顾,把他从他们豪华的起居室赶了出去——就因为他所写的

---

① 凯鲁亚克.孤独天使[M].娅子,译.重庆:重庆出版社,2007.
② 欢喜陀.威廉巴勒斯的穷街陋巷[EB/OL].(2018-07-23)[2022-05-07].https://book.douban.com/review/9537531/.

那些东西和出版物(《赤裸的午餐》),那是一本足以令每个母亲大惊失色的书籍①。

巴勒斯在1944年与凯鲁亚克相识,后来成为凯鲁亚克一生的朋友和导师。他给凯鲁亚克推荐了大量的文学作品,也让他开启了对于毒品的接触和依赖以及对于颓废病态的地下世界的认知。凯鲁亚克和金斯伯格经常虔诚地坐在巴勒斯的面前,聆听"伟大的导师"巴勒斯从玛雅古籍到吗啡、从哲学作品到侦探小说的长篇演讲。巴勒斯推荐凯鲁亚克阅读德国历史哲学家奥斯瓦尔德·斯宾格勒(Oswald Spengler)的著作英译本《西方的衰落》。这本书成为凯鲁亚克的枕边书,对于凯鲁亚克的写作思想和生活态度有很大的影响,在他后面创作的作品中,凯鲁亚克经常提及这本书及其作者。在《在路上》中,巴勒斯被命名为老布尔·李。凯鲁亚克对他进行了这样的介绍:"要讲老布尔·李的事儿,花上一整晚才够。不妨长话短说。他是个教师,可以这么说,他十分称职,因为几乎所有的时间他都在学习。他所学的是那些被他认为是有关'生活本身的真实'的知识,在他看来,这不仅必要,而且他也心甘情愿。他支撑着他那又高又瘦的身躯走遍了整个美国,到过欧洲、非洲的许多国家,只是为了看看那儿的种种趣闻奇事。在南斯拉夫,他同一个白俄女伯爵结婚。30年代,他从纳粹集中营把女伯爵救了出来。至今他还保存着30年代同跨国贩卖可卡因毒品的贩子们在一起的照片——那伙人头发蓬乱,靠在一起。"②

凯鲁亚克对于巴勒斯的感情也体现在《荒凉天使》中。巴勒斯在这部小说里名叫布尔·哈巴德,是凯鲁亚克的精神驿站:"实际上我置身于孤独峰顶,只能对着自己喃喃自语,但我假设是在对着布尔·哈巴德说话,用他的方式说话,似乎是为了取悦他,似乎他就在眼前,我甚至还能听到他说'别把自己搞成一个颓废的杰克'——这是他在1953年很严肃地告诫过我的话,当时我正拿他的颓废气息说笑,他说:'杰克,这种颓废在你身上可不合适。'在孤独峰上,我真希望今晚能在伦敦,跟布尔共度此夜啊——"③在凯鲁亚克心目中,巴勒斯是一位智者,一位看透事物的表象和世界的荒唐的达摩祖师,"而在世界的别处,人们正在用卡宾枪开火交战:他们的胸膛用弹药夹交叉成十字架,他们的腰带因为系着沉甸甸的手榴弹而下坠,他们口渴、疲惫、饥饿、害怕、疯狂……上帝在创造这个世界时,想必同时设计了我和我那悲哀痛苦的心灵,而布尔·哈巴德正在地板上笑得打滚,

---

① 凯鲁亚克.荒凉天使[M].娅子,译.重庆:重庆出版社,2006:14.
② 凯鲁亚克.在路上[M].文楚安,译.桂林:漓江出版社,2001:150.
③ 凯鲁亚克.荒凉天使[M].娅子,译.重庆:重庆出版社,2006:14.

嘲笑着人类的痴愚"①。《在路上》中的老布尔也无情地嘲笑当时世界上最富裕的国家是一个官僚机构:"'十足他妈的官僚。美国!尤其是在美国!'伴随着一阵狂笑。"②金斯伯格回忆说:凯鲁亚克说过他是"最后一个浮士德式的人物"③。巴勒斯也是这段友谊的受益者:"杰克曾建议我写点什么,可我一直没兴趣。应该说,杰克在我后来的创作中的确帮了大忙。《裸露的午餐》就是他建议的书名……我对创作越来越有兴趣……"④

  加里·斯奈德作为《达摩流浪者》的主角,是凯鲁亚克心目中不同于尼尔·卡萨迪的另一类型的英雄。斯奈德对于凯鲁亚克而言,既是一位精神上的引领者,也是一位如孩童时期一样纯真的朋友。斯奈德来自美国俄勒冈州东部,自小和家人生活在一间森林小木屋里。他当过伐木工和农夫,热爱动物和印第安人的传说,这种兴趣成为他日后在大学里先研究人类学,后钻研印第安神话学和印第安神话原本的雄厚本钱。他对东方哲学和文化兴趣盎然,是一名东方学家,对于中国的禅宗和日本禅文化都深有研究,曾在日本研修相关知识,是凯鲁亚克眼中杰出的"达摩流浪者",带给人以希望的、具有理想主义的青年英雄。斯奈德精瘦,皮肤晒得棕黑,活力十足、坦率开放,永远一副登山者的模样,但生活得一点儿也不吊儿郎当,总是见到谁都会快活地说上两句话,甚至连街上碰到的流浪汉,他都会打个招呼。和斯奈德一起登山的经历,让凯鲁亚克暂时遗忘了生活的折磨与痛苦,重温如孩提时光的喜悦与纯净之感。他很高兴能够认识斯奈德,认为他是这个世界上最了不起的人,可以从他的身上学到很多东西,比如讨论人生,讨论禅宗,体验不一样的生活方式。他们惺惺相惜,互相尊重,互相学习。书中的雷蒙·史密斯(凯鲁亚克)和贾菲·雷德(斯奈德)坦诚相见:

  "贾菲,我很高兴能认识你。你让我明白了,当我厌倦了文明的时候,就应该背着个背包,到这些深山野岭来走走。事实上,我应该说,能够认识你,让我满怀感激。"

  "我也一样。能够认识你,我也满怀感激,史密斯,我从你那里学到自发式的写作和其他许许多多的东西。"

  "贾菲,我要向你致敬。你是这个世界上最快乐的小猫和最了不起的人。

---

① 凯鲁亚克.荒凉天使[M].娅子,译.重庆:重庆出版社,2006:40.
② 凯鲁亚克.在路上[M].文楚安,译.桂林:漓江出版社,2001:155.
③ 吉福德,李.垮掉的行路者:回忆杰克·凯鲁亚克[M].华明,韩曦,周晓阳,译.南京:译林出版社,2000:42.
④ 吉福德,李.垮掉的行路者:回忆杰克·凯鲁亚克[M].华明,韩曦,周晓阳,译.南京:译林出版社,2000:53.

上帝可以为证,我说的是真话。我真高兴可以从你身上学到那么多。"

"雷,你这个人真不错,唯一的毛病就是不懂得来像这样的地方透透气,而任由这个世界的马粪把你淹没,让你恼火……虽然我说过比较是可憎的,但我现在说的却是事实。"①

这样毫不掩饰、互相欣赏的情感贯穿了《达摩流浪者》整本书,由此可见凯鲁亚克对于斯奈德的深厚感情,也反映了彼此都具有的单纯、善良、真心待人的性格特征。这样共通的特性让他们成为生活中的伙伴和精神上的挚友。

垮掉派的另一位重要成员,美国诗人菲利普·沃伦(Philip Whalen)是一位禅宗佛教徒,是旧金山文艺复兴时期的重要人物,也是凯鲁亚克的密友。他以本·费根(Ben Fagan)的名字多次出现在《大瑟尔》《荒凉天使》等书中和以沃伦·库格林(Warren Coughlin)的名字多次出现在《达摩流浪者》中。《达摩流浪者》中的沃伦是斯奈德大学时的死党,后来也成为凯鲁亚克的朋友。他们一起讨论禅宗,一起作诗,一起喝酒,一起在派对上狂欢作乐。而《大瑟尔》中的沃伦则是凯鲁亚克千疮百孔的心灵的抚慰者。在凯鲁亚克后期沉迷于酒精消沉度日之际,沃伦劝告他需要好好睡觉,不要因为现实的残酷而太苛求自己。当凯鲁亚克自我否定,认为自己是个一无是处的傻瓜时,沃伦提醒他1957年的时候凯鲁亚克曾说过自己是世界上最伟大的思想家,以激励他振作。当他因为酗酒和缺乏睡眠在公园的草地上睡了一整天时,沃伦一直陪伴在他的身边。凯鲁亚克在《大瑟尔》中深情地回忆了这段友谊:"于是我和本突然在红色的余晖中手挽着手,缓慢而忧伤地往回走。宽阔的台阶就像两个走在日本京都平坦空旷的平地上的和尚……我们俩突然幸福地笑了——我感觉很好,因为睡足了觉,可我感觉很好的主要原因是本(和我同年)居然在我睡觉的时候坐在我身边护佑了我一整天,现在又跟我说这些傻话——"②

"垮掉的一代"核心成员之间友谊的可贵之处就在于此:他们一起放纵,一起流浪,但也相互依靠、相互成就,并以此成就了一个文学流派、一个亚文化象征和一个时代。这份友情在历史的长河中一直在熠熠发光,吸引着世界上的无数青年对之崇拜、模仿,激励他们自由勇敢地创造属于自己的时代。

美国新闻署 2000 年出版的《美国文学概要》对于"垮掉的一代"的文学创作成就给予

---

① 凯鲁亚克.达摩流浪者[M].梁永安,译.上海:上海译文出版社,2008:62,76.
② 凯鲁亚克.大瑟尔[M].刘春芳,译.上海:上海译文出版社,2015:148.

了肯定,认为"垮掉一代作品是美国最具有反对文学成规的色彩,其令人惊骇的文字之下隐含着对于国家的热爱"①。正是作品不羁表象下涌动着的这种热爱——对于国家的"大爱"、对于亲人的"小爱"——使得以凯鲁亚克和金斯伯格为代表的"垮掉的一代"的文学在经历非议和抨击后,经受住了历史的考验,成为美国当代文学经典中不可或缺的一个文学流派。无论是《玛吉·卡西迪》中杰克·杜洛兹对于玛吉的纯真爱情,还是《特丽丝苔莎》中"我"对于特丽丝苔莎的异域之恋,无论是《皮克》和《吉拉德的幻象》中的兄弟深情,还是《玛吉·卡西迪》中对于天伦之乐的展现,以及在多部作品中对于垮掉派挚友的终身友谊的详实记录,凯鲁亚克都寄托了他对于亲情、爱情以及友情的美好回忆,表达了他对于"爱"这一文学永恒主题的关注与期待。

---

① 江宁康.美国文学经典与民族文化创新:1945—2010[M].北京:人民出版社,2014:156.

第三章

救赎哲学

> 那么，在这个如此虚空、我们不断被警示随时都有可能在疼痛、疾病、老迈、恐惧中死去的生活之中，我们到底在为何而活？
>
> ——杰克·凯鲁亚克《荒凉天使》①

这是一个困扰杰克·凯鲁亚克一生的问题。生活如此不堪，人又为什么活着？

存在主义者坦然说人是痛苦的。"当一个人对一件事情承担责任时，他完全意识到不但为自己的将来作了抉择，而且通过这一行动同时成了为全人类作出抉择的立法者——在这样一个时刻，人是无法摆脱那种整个的和重大的责任感的。诚然，有许多人并不表现有这种内疚。但是我们肯定他们只是掩盖或者逃避这种痛苦。"②凯鲁亚克的性格是内向的，他童年的经历、家庭的变故、橄榄球事业的挫折以及他诗人的性情决定了他的悲剧命运。他知晓他的家庭责任与社会责任，但是他没有勇气面对也不愿意去承担。他尝试过自我救赎，尝试过通过自己的文字去救赎自己与他人，但是他没有成功。他拒绝婚姻的责任，拒绝作为父亲的责任，他无法建立一个稳定的家庭关系，在他的其他同伴都已与过去作别之际，他仍然在路上彷徨流浪，在酒精中麻痹自己，最终走向悲剧的结局。但深受存在主义哲学影响的凯鲁亚克并不是一个悲观主义者，因为萨特的存在主义哲学并不是"悲观"的哲学，而是"乐观"的、"行动"的学说③。它鼓励人们去相信自己完全可以自己创造自己，人是行动的产物，人在行动中形成，人在为自己做出选择时，也为所有的人做出选择。只要勇敢去行动，就可以寻求到人的本质，从而实现救赎他人与自我救赎。凯鲁亚克的一生就是在路上、在他的笔下不停地行动与选择的过程，在救赎与被

---

① Kerouac J. Desolation angels[M]. New York: The Berkeley Publishing Group, 1965: 401.
② 萨特. 存在主义是一种人道主义[M]. 周煦良, 汤永宽, 译. 上海: 上海译文出版社, 2008: 6-7.
③ 萨特. 存在主义是一种人道主义[M]. 周煦良, 汤永宽, 译. 上海: 上海译文出版社, 2008: 译者序—6.

救赎的命运撕扯中，他无限趋向生命的本质。虽然命运的结局并不美好，但他短暂的一生是纯粹的、悲壮的、美好的。

自从19世纪20年代以来，弗洛伊德学说在美国盛行。除了对弗洛伊德关于性本能理论的追捧、批判和欲说还羞之外，一些学者也对弗洛伊德精神分析里的"自我统一"的问题进行了研究。兼有医生和小说家双重性格的埃里克·埃里克森赞同弗洛伊德的观点，认为"童年是自我形成的关键时期，强调生活的历史或精神的传记，其中个人的经历与更大的文化和历史阶段互为影响而产生一种独特的性格或个性"[①]。童年生活中死亡的阴影和哀痛对凯鲁亚克的性格养成有着巨大的影响。

凯鲁亚克的家庭信条是"爱、工作和受苦"（Love, Work, and Suffer），来自法裔加拿大人家庭的父亲利奥·凯鲁亚克（Leo Kerouac）和母亲加布里尔·凯鲁亚克（Gabrielle Kerouac）属于普通的工人阶层，生活并不富裕。他们信奉生活中除了对于上帝的爱和辛苦的工作，余下的只有无尽的痛苦。正如凯鲁亚克在自传性的《杜洛兹的虚荣》中所记载的，尤其是在他父亲患病直到去世的日子里，母亲整日地哀叹："真是一个真正的杜洛兹家庭，他们能做的只是哭泣和悲哀。"[②]这样的家庭氛围使得凯鲁亚克深信"存在即痛苦"，也使得他形成了内向、敏感、忧郁的性格特征。此外，在他四岁时哥哥吉拉德的夭折给他带来了对于死亡的根深蒂固的敏感和恐惧，而在教区学校上学时的老师又是在吉拉德临死前来家中记录他死前幻想的修女，伴随着吉拉德死亡的忧郁气息。地牢一样的教室、阴森的院子、潮湿黑暗的氛围，十岁时刚认识不久的好朋友、与哥哥有相似气质的扎普·普劳夫（Zap Plouffe）的意外死亡，十四岁时家庭经济条件的恶化，二十一岁参加美国海军出海目睹战争导致整船人的死亡，二十二岁时父亲的因病去世，等等，成长于二战时期的背景和战后世界的混乱和荒芜，都加深着凯鲁亚克对于死亡的恐惧、对于自己悲剧命运的忧虑和对于生存的怀疑。

这样的性格特征和生活背景，让凯鲁亚克经常处于一种生存的困惑和渴望释放沉重内心的需求之中。在接触到东方禅宗佛教之前，凯鲁亚克的宗教信仰是天主教，他希望在精神上得到上帝的指引和救赎，但是他所经历的世界的冷酷无情与原罪、二战期间战争的罪恶和战后人们的漠然与利己都让他渴望精神的救赎而不得。

阿拉姆·萨洛扬曾经问过凯鲁亚克佛祖和耶稣之间的区别，凯鲁亚克严肃地说："这

---

① 霍夫曼. 美国当代文学：上[M]. 王逢振，等译. 北京：中国文艺联合出版公司，1984：34.
② Kerouac J. Vanity of duluoz[M]. New York：Penguin Group，1979：66.

是一个非常好的问题。没有区别。"①在《荒凉天使》一书中，凯鲁亚克也表达了不同宗教同一主旨的看法："宇宙就是一个巨大的子宫。上帝的子宫或者如来佛祖的子宫，并不是两个不同的神灵，只是两种不同的语言——毕竟真理是相互联系的，世界是相互联系的，每件事物都是相互联系的——"②宗教信仰来自人的内在需求和对崇高美好的盼望。信仰充满着希望，或是对生命的希望，或是对爱的希望，或是对正义的希望，或是对和平、和谐、同情以及真、善、美的希望。不同的宗教信仰，最终层面的目的和归宿都是相同的，目的在于为人生提供慰藉、希望与救赎。

第一节 天主教救赎

天主教对凯鲁亚克的影响自不待言。他从小生长在信奉罗马天主教的家庭和社会中，受到的是传统天主教思想的熏陶。作为虔诚的天主教徒的母亲引导着家里人的宗教信仰，她对于"基督的小花"法国赤足加尔默罗会（French Catholic Discalced Carmelite）修女圣女小德兰（Ste. Therese de Lisieux）的"小方法"（"Little Way"）的狂热推崇和热爱，给予童年的凯鲁亚克以深深的影响。圣女小德兰的"小方法"指的是作为一名基督信徒，如何在日常生活中努力寻求对于生命的神圣的感悟。此方法基于两个基本的信条：一是上帝通过仁慈和原谅展示他的爱；二是她作为上帝的追随者永远达不到完美。她认为她在生活中获得的每样东西都来自上帝慷慨的爱，而在她生命结束去见上帝的时候她将会两手空空，因为所有的获得都是上帝给予的。天主教徒和其他基督徒被圣女小德兰的信仰方式所吸引，认为她的"小方法"使得普通人伸手可及生命的神圣，相信自己带着上帝的爱而活着，意识到每一天都是上帝的礼物，而自己选择的生活方式能让每一天都有意义。带着孩子般的单纯寻求爱与美好，是母亲传递给凯鲁亚克家孩子的圣女小德兰的信仰。这种关于爱的信仰塑造了凯鲁亚克柔软的天性。在后期他专注于东方佛教之时，对于这一"小方法"的记忆还体现在他的作品中。他的《金色永恒的经文》一书以这样的表述结束："'爱是全部'，圣女小德兰说，她选择爱作为职业，通过她花园的大门传递快

---

① 美国《巴黎评论》编辑部.《巴黎评论》作家访谈：1[M].黄昱宁，等译.北京：人民文学出版社，2012：100.
② 凯鲁亚克.荒凉天使[M].娅子，译.重庆：重庆出版社，2006：88.

乐,带着温和的微笑,将玫瑰倾倒在地球之上……"①虽然从他离开家乡洛厄尔以后他再也不去教堂做礼拜了,但他对笼统而言的基督教上帝的信仰从来没有终止过,他曾说:"我写的所有东西都是关于耶稣的。"

一、忏悔与救赎

"忏悔"与"救赎"是西方文化语境中常见的概念。《圣经》记载,人一出生就带有"罪恶",只有向上帝虔诚地忏悔、坦白,灵魂才能获得救赎,进入天堂。凯鲁亚克的文学创作中不仅表达了在反叛背后的"救赎他人"这一内涵,更为侧重表达忏悔后的"自我救赎"历程。长期以来,"垮掉的一代"文学评论往往只关注作品的反叛性,满足于放纵不羁的流浪生活的想象的快意,而不去体味"垮掉"的青年一代,尤其是凯鲁亚克的孤独、无奈、痛苦、忏悔和渴望救赎的复杂内心。

在第二次世界大战期间,凯鲁亚克曾在海军和被征用的商船上服役,目睹过一些商船在海战中覆没,一些他认识的水手在战争中罹难。虽然在海军集训期间因逃避训练去图书室看书而被诊断患有精神疾病,幸免于直接参与战争,但他仍然目睹过战争所直接带来的死亡与间接带来的对于美国社会整体的戕害。这些事件与感受在凯鲁亚克的其他小说如《玛吉·卡萨迪》(1959)和《杜洛兹的虚荣》(1968)中都有体现。50年代,"垮掉的一代"另一位代表作家艾伦·金斯伯格一如鲁迅曾控诉旧时的中国是一个人吃人的世界一样,作为一名怒火满腔的预言家杀上舞台,朝着当时的美国高喊"吃人的世界"②。尽管当时战争已经结束,但冷战的开始影响到了美国思想、文化和政治生活的方方面面,冷战的悲歌回荡在美国社会的每个角落。诺曼·梅勒曾在1957年的《白种黑人》中写道:"一股恐怖的臭气从美国生活的每个毛孔中冒出来。我们患了集体崩溃症。"③凯鲁亚克也想逃离这肮脏的国土,逃往他认为拥有佛教慈悲的亚洲。他在《吉拉德的幻象》中痛苦地疾呼:"让我在印度或塔希提岛入土吧,我不想葬在这些人的墓场里——说实在的,焚化我,再把我的骨灰送去东南亚,到此为止。"④

凯鲁亚克和他的"垮掉"伙伴们以吸毒、流浪和写作来对抗着这样一个美国。安·道格拉斯在《地下人》(1958)的导言中指出,凯鲁亚克在写作中"传递了一种崭新的反现实

---

① Kerouac J. The scripture of the golden eternity[M]. New York: Totem Press, 1960: 34.
② 迪克斯坦. 伊甸园之门[M]. 方晓光,译. 上海:上海外语教育出版社,1985:21.
③ 迪克斯坦. 伊甸园之门[M]. 方晓光,译. 上海:上海外语教育出版社,1985:53.
④ 凯鲁亚克. 吉拉德的幻象[M]. 毛俊杰,译. 上海:上海译文出版社,2014:9.

的精神,当现实是犹太人大屠杀、广岛原子弹爆炸、苏联莫斯科审判和种族清洗,以及战后的西方列国那些哗众取宠的表演之时,凯鲁亚克的这种精神因对抗现实而生,并需付出极大的努力"①。

在小说《吉拉德的幻象》中,凯鲁亚克九岁的哥哥吉拉德曾给父亲提出了一个难题:为什么人要如此残酷?为什么人生来就要吃苦,又凶狠卑鄙地对待他人?为什么稍有希望,偏浇上凉水?为避传染,就屠宰全部的家畜?② 这些问题不仅困扰着尚在孩童的吉拉德,也同样困扰着三十年后的凯鲁亚克。当年的父亲不能给出完美的答案,三十年后的凯鲁亚克也只能用文字再度思考。

《圣经》里有这样的表述,人只有向上帝虔诚地忏悔、坦白,灵魂才能获得救赎。像吉拉德这样一位冰清玉洁的上帝使徒也有原始的"罪恶冲动",比如他推了一位弄坏他卡片房子的孩子一下,比如他与小伙伴互看了一下私处,比如他没有温习圣理问答课却谎称已经预习。他为这些"罪恶"而向神父忏悔,在获得上帝的宽恕后再次变得纯洁,并获得和平与幸福。这样的"忏悔"正反衬了吉拉德的圣洁,连听他忏悔的牧师也认为他应该成为一名牧师。凯鲁亚克在此用吉拉德微不足道的"罪恶"来反衬成人世界真正的大恶,"不是无辜的大自然,给山峦披上悲风愁雾,而是人,是人的邪恶——他们的无知、粗劣、狭隘、阴谋、虚伪、患得患失和幸灾乐祸……"③这些邪恶的本质为人类的互相杀戮、互相倾轧、互不关心提供了注脚。相对于天使般的吉拉德,犯下诸如大屠杀、大清洗、种族灭绝等滔天罪恶的成人们却不知悔悟并处之泰然,而上帝对这些杀人犯与历史的罪人却无能为力,更谈不上"救赎"。

尽管吉拉德在竭力寻找上帝的存在,但上帝却不能帮他减轻病痛的折磨;尽管母亲每周二为圣马大点燃奉献的蜡烛,却仍然没能留住吉拉德幼小的生命;尽管穿戴黑色服饰的老妇人们日日在法兰西圣路易斯教堂下跪祈祷,天父却没有能帮助他们度过贫穷生活中的各种磨难。"上帝好像不是为人而创造这个世界的",天使吉拉德也对上帝产生了怀疑。因为上帝不能阻止善良的死亡,父亲埃米尔愤而指责:上帝,不要在我面前称自己为上帝④。凯鲁亚克在经历种种失望与不幸后,明确写道:"上帝创造我们,是为他自己的

---

① 凯鲁亚克.地下人·皮克[M].金衡山,译.上海:上海译文出版社,2015:序言Ⅻ.
② 凯鲁亚克.吉拉德的幻象[M].毛俊杰,译.上海:上海译文出版社,2014:11.
③ 凯鲁亚克.吉拉德的幻象[M].毛俊杰,译.上海:上海译文出版社,2014:8.
④ 凯鲁亚克.吉拉德的幻象[M].毛俊杰,译.上海:上海译文出版社,2014:75.

荣誉,不是为我们。"①对上帝的失望、对天主教信仰的怀疑,使得离开洛厄尔后的凯鲁亚克再也没有进过教堂做礼拜。虽然他在整体上对于基督教上帝的信仰从来没有终止过,但对其的失望与游离却是显而易见的。

《在路上》中二十岁的亨利·格拉斯是刚从监狱里释放出来的盗卖汽车的搭车人,他对待《圣经》和天主教的态度也代表了凯鲁亚克等人的宗教态度:"你知道他们在监狱里怎么对待我吗?扔给我一本《圣经》,把我单独关在一间房里。我正好把它当做坐垫放在石头地板上,从没看过一眼。他们看见我那么干,就把那本《圣经》拿走,又给我换了一本袖珍版本,就这么大,压根儿不能坐在上面,我才不得已把新约和旧约全读完了。哈,哈——"②小时候的美国年轻人因为家庭环境的影响,都培养了某一种宗教信仰,最多的就是基督教。成年以后,随着世界观的成熟和自身所经历的种种失望和不幸,他们离原生宗教越来越远。将《圣经》作为屁股的坐垫,对于虔诚的基督教徒而言是一种亵渎,但是对于垮掉一代来说,就是他们表达敢于怀疑一切、颠覆传统的一种形式。最具有代表性的即《在路上》中萨尔的姓帕拉迪斯(Paradise),即伊甸园,而他的名萨尔"Sal"则是英文 Salvation(救赎)的缩写。监狱是政府部门试图救赎他们的场地,是伊甸园,当权者试图用《圣经》和宗教来让他们认识到自己的罪恶,改邪归正,得以救赎。但是外部强加的力量不足以改变他们内心的失望,即使被强迫着读完新约和旧约,也只是觉得里面的故事十分有趣而已,谈不上信奉,更达不到救赎的目的。

从社会角度来讲,二战后的美国在社会、政治、经济和文化等领域得到长足发展,社会物质财富得到极大丰富,但是随之而来的是精神层面的缺失。与苏联的冷战、麦卡锡主义的盛行、工业社会的喧嚣、人与人之间的冷漠等等,都让人的精神日渐空虚,内心愈加孤独,与他人、与社会更加疏离,缺乏安全感,缺乏社会认同感与自我认同感。以"垮掉的一代"为代表的青年人需要寻找一个出路来表达自我、展现自我,以自己离经叛道的行为向冷漠的社会说"不",与不合理的一切进行抗争。他们用脚步丈量美国和世界,找寻心灵的栖息之地。面对残酷的社会现实,在接触到东方佛教禅宗之前,天主教是他们从小笃信却又不自觉怀疑的一种信仰,也是他们在寻找心灵救赎时的第一选择。

我们即将开到最后的高原。金色的太阳出来了,天空碧蓝如洗,在炎热的黄沙世界中,偶尔也会有溪流穿过,还会有如同圣经传说中的绿荫闪过。迪安

---

① 凯鲁亚克.吉拉德的幻象[M].毛俊杰,译.上海:上海译文出版社,2014:55.
② 凯鲁亚克.在路上[M].文楚安,译.桂林:漓江出版社,2001:268.

睡着了,斯坦在开车。几个牧羊人出现了,他们穿着《旧约》里的长袍,女人们抱着几捆金色的亚麻,男人们拎着木杖。在茫茫沙漠中的大树下,牧羊人围坐在一起。羊群在太阳下东奔西跑,扬起阵阵尘烟。"快看,伙计。"我对迪安叫道,"醒来瞧瞧这些牧羊人,瞧瞧这个金色的世界,耶稣就是从这里走出来的,你亲眼看看就会明白!"迪安从座位上抬起头,扫了一眼落日的余晖,然后就又倒下睡了。他醒来以后,向我详细描述着他看到的一切,说:"太好了,伙计,我很高兴你让我起来看,哦,天呀,我要干什么?我要到哪里去?"他两手摸着肚子,眼睛通红地望着天空,几乎要流下眼泪。①

在萨尔看到类似《圣经》中耶稣所出现的金色高原的场景时,在路上寻找精神栖息地的他内心充满喜悦,认为他像摩西一样,接收到了上帝的指引,从而发现了人生努力的方向。但更为现实的迪安却用他的人生困惑和生理需求打破这一救赎的假象。处于饥饿与前程未知中的人们无法感知到上帝的荣光,只有更深的痛苦与迷茫。

二、顿悟与失望

一路流浪到墨西哥的凯鲁亚克在墨西哥城瑞德纳斯附近的一座小教堂中顿悟到了死亡与幸福的真谛。教堂里有一个巨大的耶稣受难像:

> 他的两只膝盖磨得如此厉害,一碰就剧痛,它们被划开了一英寸深的洞,那里他的膝盖骨在哀嚎,连枷抽打在上面,背着大连枷十字架走一百英里长的路,一旦他背负十字架靠在岩石上休息,他们就用棍棒驱赶他继续行走,膝盖滑倒在地,到他被钉上十字架时,他已经划烂了膝盖——我在那里。他的肋骨上露出大裂口,在那儿拿长矛的武士用剑尖戳刺过他。②

这样的景象与前文中凯鲁亚克所记录的一场斗牛中公牛被杀死的情景非常相似。斗牛士"像靠着火炉去取另一边的东西那样轻轻划动他的剑,在公牛的肩胛骨上划开一道一码深的口子"③,而公牛带着剑柄开始奔跑,鲜血喷涌,飞溅全身,最终跪着倒下,但还没有彻底死去。这时,另一个斗牛士跑出来笑着用匕首再次刺入公牛的脖颈处。"公牛

---

① 凯鲁亚克.在路上[M].陶跃庆,何小丽,译.上海:上海人民出版社,2020:423.
② 凯鲁亚克.孤独旅者[M].赵元,译.重庆:重庆出版社,2007:44.
③ 凯鲁亚克.孤独旅者[M].赵元,译.重庆:重庆出版社,2007:42-43.

滑在尘土里像一只偶然被一脚踩死的苍蝇。离开了,被拖着离开了!他死了,白白的眼睛依然凝视着他最后一眼所看到的东西。下一头公牛!"①这里的公牛喻指耶稣,而斗牛士则指伤害耶稣的人类。耶稣在受难中宽恕了人类的罪恶,而公牛则用自己的死亡与鲜血反衬人类对于死亡的冷漠,这对于凯鲁亚克来说都是难以理解的。他不理解耶稣为什么被长钉刺穿钉在了十字架上时仍然要向人类宣言爱,不理解人类为何对他人的悲剧如此冷漠。直到他在教堂中遇到两个衣服破烂、披着毯子的孩子赤着脚在圣徒雕像的玻璃棺材前缓慢行走,从头到尾地触摸着玻璃,安安静静,尽力倾听来自上帝的声音。这时的凯鲁亚克好像看到了自己,和两个孩子一起在一个巨大的、没有尽头的宇宙里徘徊,陷入了巨大的、无限的虚空。他理解了死亡,意识到死亡就是从没有起点的过去行进到没有终点的未来,每个人都在等待死亡。死者"只是无限原子世界的一个原子,每一个原子世界只是某一言语之再现——向内,向外,向上,向下,对于这两个孩子和我,除了空和神圣君王的伟大尊严和寂静外,没有任何东西"②。在教堂的天使雕像下,凯鲁亚克顿悟到从生到死只是人生的一个过程、"一切都是虚空",从而消解了他对于现实的痛苦与对于死亡的恐惧,让他在一定程度上得到了救赎。当他再次回到世俗时,感知到"每一件事物都是完美的,世界始终弥漫着幸福的玫瑰"。但他也清醒地意识到这种救赎是不彻底的,"我们没有一个人知道——幸福在于意识到一切是一个巨大的奇异的梦"。梦醒后,冷漠的制度依然存在,血腥的战争依然在继续,种族歧视依然弥漫,饥饿依然在折磨着穷困之人,个体心灵的痛苦依然无法排解。

为了生存,凯鲁亚克不得不在旧金山的铁路上做一名铁路工人,穿着灰色的脏衬衫、可怜的短裤,不得不栖息在布满尘土的汽车旅馆里,书桌上的《圣经》与花生酱、莴苣、葡萄干面包,泥灰上的裂缝,沾着积尘的花边窗帘混在一起,隔壁的房间里"潮湿阴冷的红眼睛老人毫无希望地躺在那儿,向外凝视着影墙,窗户上满是尘土,没法看到窗外的景象"③。《圣经》不能提供面包,天主教不能让他看到窗外的美好未来,而战争让那个德国男孩在潜艇中被活活淹死,无法得到拯救。

布莱兹·帕斯卡说,不要指望我们自己找到治愈不幸的灵丹妙药,而要期待上帝,天命是一种预先决定的永恒之物;命中注定我们的生命只能用它来献

---

① 凯鲁亚克.孤独旅者[M].赵元,译.重庆:重庆出版社,2007:43.
② 凯鲁亚克.孤独旅者[M].赵元,译.重庆:重庆出版社,2007:46.
③ 凯鲁亚克.孤独旅者[M].赵元,译.重庆:重庆出版社,2007:59.

祭,以求死后灵魂离开淫乱的、腐烂的、肉欲的躯体,在天堂里纯洁无瑕——啊,那可爱的躯体,数百万年来,在这个奇怪的星球上,遭受如此羞辱。Lacrimae rerum(万事都堪落泪)。我不明白,因为我在自己身上寻找答案。我的躯体那么粗壮那么淫荡!我没法看透别人的灵魂,这些人的灵魂同样陷在颤抖虚弱的肉体之中,更别说深刻理解我如何能有效地求助于上帝。①

人的躯体在这世界上遭受物质与精神的双重折磨,上帝无法拯救,只能用来献祭上帝,以求解脱。这在凯鲁亚克看来好似一个无限循环的陷阱,永远无法逃离,只能像"多彻斯特"号上的黑人厨师光荣一样地悲叹自己的愚蠢与忧伤,发出"啊,上帝啊,你为什么抛弃我?"②的哀嚎。

《吉拉德的幻象》中父亲埃米尔·杜洛兹勉为其难地向吉拉德解释上帝对于弱小苦难者无力救赎的现象:"不管如何,弱肉强食——现在的我们吃别的生物,以后虫子吃我们。"③这样的思想与佛教中"因果报应"不谋而合,这是凯鲁亚克对于佛教与禅宗经典进行潜心研究所获得的感悟在文学上的一种体现,他也在此后的多本小说中将宗教救赎的理想寄托于佛教思想之中。

第二节 佛教救赎

20世纪50年代,禅宗在西方思想界和文化界盛行。作为垮掉派的先行者,肯尼斯·雷克斯罗斯(Kenneth Rexroth)对于中国古诗和东方文化深有研究,给自己取了一个具有东方禅味的中文名字"王红公"。"垮掉的一代"的代表作家之一加里·斯奈德(Gary Snyder)对于中国禅诗的代表诗人寒山推崇备至,他所翻译的二十四首唐代诗僧寒山的诗,使他名声大噪,而且寒山的超然恬淡、独立于世的隐者精神以及诗中那种对待社会和环境的人生态度对斯奈德本人,对'垮掉的一代'作家,都产生了重大影响,这其中就包括凯鲁亚克。

---

① 凯鲁亚克.杜洛兹的虚荣:杰克·杜洛兹历险教育记:1935—1946[M].黄勇民,译.上海:上海译文出版社,2014:163.
② 凯鲁亚克.杜洛兹的虚荣:杰克·杜洛兹历险教育记:1935—1946[M].黄勇民,译.上海:上海译文出版社,2014:164.
③ 凯鲁亚克.吉拉德的幻象[M].毛俊杰,译.上海:上海译文出版社,2014:12.

一、结缘与参悟

禅宗汉传佛教宗派之一,始于菩提达摩,盛于六祖惠能,中晚唐之后成为汉传佛教的主流,也是汉传佛教最主要的象征之一。印度佛教中国化过程的完成,主要是以道家哲学为主体认知结构而实现的。

> 达摩系禅学思想,更多的是在抽象的意义上去融合老庄的天人之学。惠能禅学思想,更多地注重在思想内容上自然地透露出老庄天人之学的精义。至于惠能禅的后期禅宗更是在本来具有的意义上体现出禅与老庄的契合。并且,在'自然'范畴的统摄下,终于把老庄的天人之学与禅宗的心性之学聚会到'自然'这面旗帜下。在一定程度上说,禅学的老庄化进程,是随着后期禅宗对老庄思想的升华而宣告最后完成的。①

铃木大拙(D. T. Suzuki)(1870—1966)是日本禅学大师,世界著名学者,西方世界主要通过他了解了禅与禅宗。他曾说:"像今天我们所谓的禅,在印度是没有的……中国人的那种富有实践精神的想象力,创造了禅,使他们在宗教的情感上得到了最大的满足。"②对禅宗和老庄思想颇有研究的美国的天主教作家和神秘主义者托马斯·默顿(Thomas Merton)曾说:"唐代的禅师才是真正继承了庄子思想影响的人。"③另一位致力于推介东方哲学的生于英国后定居美国的作家艾伦·沃茨(Alan Watts)也曾在他写的文章《垮掉禅、正统禅和禅》(Beat Zen, Square Zen, and Zen, 1958)一文中写道:"尽管禅(Zen)一词来自日本,但禅佛是中国唐代的创造。"④

从第一次世界大战后的德国现象学和存在主义哲学家,到法国的后结构主义理论家,在他们的身上往往可以看到佛教禅宗思想的影响或与其观点相契合的痕迹。对于以凯鲁亚克为代表的"垮掉派"作家来说,他们的参禅礼佛与他们的种种极端行为一样,是把灵魂、自我从各种束缚中彻底地、赤裸裸地解放出来的特殊手段和进行精神探索的超常方式。佛教消解了他们在现实世界里的压抑,成为他们开启内心旅程,重新寻找一套

---

① 徐小跃.禅与老庄[M].杭州:浙江人民出版社,1992:前言 3.
② 铃木大拙,德马蒂诺.禅宗与精神分析[M].洪修平,译.沈阳:辽宁教育出版社,1988.
③ 鱼儿的智慧.唐朝——禅学的黄金时代[EB/OL].[2021-10-16]. https://book.douban.com/review/13935023/.
④ Watts A. Beat zen, square zen, and zen[M]//Mann R D. Alan Watts: in the ACADEMY: essays and lectures. Albany: State University of New York Press, 2017:143.

等值的价值系统的方法。

1952年初,第二任妻子琼·哈维蒂给他生了一个女儿。因为不敢承担起一个做父亲的责任,关于女儿的抚养诉讼纠纷让他困扰不堪,同时因为《在路上》出版的波折,以及安非他命和酒精的作用,他常常陷入自怨自艾的焦虑之中。1952年到1953年期间,凯鲁亚克时不时地从自认为是世上最伟大作家的自信的顶峰跌落到抑郁挫败的谷底,青年时的理想主义的梦想都已衰落,他"告诉金斯伯格,他的作品出版和个人的问题让他又变成了一个住在旧金山阁楼上的酒鬼"①。他甚至低迷到想一死了之。但在1954年初,他遇到了佛教,为他打开了生活的另一扇门,拯救他于生活的磨难之中。在纽约的里士满希尔公共图书馆研读梭罗的《瓦尔登湖》(Walden)时,他对书中提及的印度教十分着迷,接着又读了古印度佛教僧侣马鸣(Aśvaghoṣa)的《佛教徒的生活》(The Life of Buddha)一书,并开始练习打坐冥想。他突然感受到了一阵狂喜,"看到了一团金色的空"②,觉得自己得到了涅槃。1954年8月,凯鲁亚克写信给马尔科姆·考利(Malcolm Cowley)表达了他对禅佛的敬仰之情:"自上次与你分别后,我便开始研究佛教,看来,它正是我梦寐以求的文字与表达方式。"③他曾一度在自家的后院里种土豆和豆子,拒绝世俗欲望,全心投入佛教研究、冥想和写作,力求达到一名佛教徒的纯洁状态。通过冥想,他也发现了 beat 不仅仅意味着"穷苦,比如睡在地铁站里",还意味着"幸福、启示"。

1954年至1957年,凯鲁亚克潜心于佛学研究。他对于佛教的接受和信仰一方面是受到垮掉派同伴的影响,另一方面是出于他自身的精神需求。对于天主教的怀疑与失望、写作事业的不顺利、作品出版的受挫、婚姻与恋爱的失败,这一切给他带来了精神上的痛苦与生活上的困顿。他需要一种精神上的超脱。因此,普罗瑟罗在《天地之心》中指出:

> 佛教之所以吸引凯鲁亚克是因为它不是否定苦难和死亡的存在,而是以一种直接的方式去对待它们。而且,通过把苦难和死亡归因于欲望和无知,佛教也提供了一种超越的途径。最后,也许是最重要的,佛教似乎在教导说,现象世界如同梦一样虚幻不实。所有这些教义都为凯鲁亚克提供了慰藉,尤其是现实

---

① Clark T. Jack Kerouac:a biography[M]. New York:Marlowe & Company,1984:108.
② Kerouac J. The Last Word[J]. Escapade,1959(6):72.
③ Charters A. Kerouac:a biography[M]. New York: The Phoenix Bookshop,1973:430.

世界只是"心"的反映的观点。①

凯鲁亚克期望能从中得到生活的答案。他对于佛教有着深切而智慧的理解,也学会了坐禅。《荒凉天使》中的凯鲁亚克在荒凉峰上作为山火瞭望员的日子里,坐禅是他排解寂寞与痛苦的主要方式。在他眼中,山上布满巨石、板岩、古老虬曲树木的悬崖都富有禅意,目之所及的远方都如同一幅绘在绢上的、有些许留白的中国水墨画。他心中幻想着能遇着如他一样隐身山野的寒山与拾得,嘻嘻哈哈,随心所欲,互打机锋:

"寒山,空乃何意?"

"拾得,今日之晨,伙房可曾除尘扫地?"

"寒山,空乃何意?"

"拾得,汝到底扫地否?"

"呵呵呵呵——"

"何故发笑?"

"地面已扫。"

"那么,拾得,空乃何意?"

拾得捡起扫帚,向空清扫,我曾经看到欧文·加登也那么干过。②

凯鲁亚克也许希望挚友艾伦·金斯伯格也能在这荒凉峰上,想象他是寒山,而金斯伯格是拾得。两人能够四下漫步,嘻嘻哈哈,隐入雾中,在石头、小溪和树木中,远离城市的喧嚣,远离"垮掉之王"的坏名声,远离骚扰的崇拜者,远离满是陷阱的各种访谈与恶评。两人参禅悟道,打坐冥想,在诗歌和文字中记录参悟之物,领悟到一切皆为虚空,以救赎他那充满着疼痛阴影的灵魂。"我已经悟到,这个世界只不过是随出生而来的梦幻,我们所能做的就是回到欢喜解脱,回到佛性根本——我们都明白,那就是原初快乐的根本。"③这样的顿悟让他得以从尘世的烦扰中解脱,使得他重回充满快乐、满园花香的童年,心灵得以升华,从小我上升为"为众生祈福,为自己的信仰祈福"的达摩。

孤独与自由是永恒的主题,而危险、困苦、迷狂、悲喜、质疑坐落其间。凯鲁亚克把这一主题与自己的肉身和精神贯通起来,以祈求灵魂在时空生生不息中做一次永恒的轮

---

① 陈杰.本真之路:凯鲁亚克的"在路上"小说研究[M].成都:四川大学出版社,2010:108.
② 凯鲁亚克.荒凉天使[M].娅子,译.重庆:重庆出版社,2006:17.
③ 凯鲁亚克.荒凉天使[M].娅子,译.重庆:重庆出版社,2006:28.

回。面对眼前淹没于现实生活洪流中的自我,凯鲁亚克有一种深刻的无奈和矛盾。虽然他"独自来到荒凉峰顶,将其他所有人抛诸脑后,将在这里独自面对上帝或者我佛如来,一劳永逸地找出所有存在和苦难的意义,在虚空中来去自如",最终他领悟到的世界也只不过是随生而来的梦幻。

所以当凯鲁亚克在荒凉峰顶看着眼前混沌的世界,参悟到"它不过是永恒佛性当中的一次轮回,在宇宙中生生不息,在无我之中欢喜圆融,这才是佛性"。遗憾的是他在精神世界领悟到的永恒最终淹没在现实生活的无奈与矛盾中。作者义无反顾地投身虚空,恰好象征了世界巨大的沉沦和迷茫。具有讽刺意味的是,如果一切都是纯粹的虚空,那么为什么要诞生生命而不任之空无?为什么现实有那么多的欲望和梦想,即使忍受那么多困苦也仍然满怀巨大的迷狂?凯鲁亚克寄希望冥想参透生命的玄机而获得救赎,他渴望在尘世间获得永生,又渴望佛祖的"加持"而立地成佛。然而,冥想沉思也没能让他获得终极的救赎,即使能够获得,面对在生活本身的质感中呈现出的生命本能,这样的救赎是如此脆弱和轻微,仿佛仰望"西方天空温暖的玫瑰色变成了静谧的暗色,如同一声轻柔的叹息"①。

二、救赎与重生

《吉拉德的幻象》创作于1956年,彼时正是凯鲁亚克醉心于佛学期间,因此小说中有多处关于佛教思想的描写,表达出凯鲁亚克对于佛教信仰的美好希冀,反衬他对于基督教的失望与无能为力。

小说的开端从交代吉拉德的生卒年份(1917—1926.7)开始,凯鲁亚克将"我"与吉拉德之间短暂但深厚的情感进行综述。短短三页纸的叙述中,有三处与佛教禅宗相关的描写。吉拉德眼中像是"东方道教所描绘的完美幻影"的白云像人的灵魂一样,"一会儿成形,一会儿消遁",恰如吉拉德对于未知的充满不确定性的未来的忧伤。"那个无时不在、无处不在的佛教千手观音,仿佛正躲在包布椅子和带穗灯罩的浓浓阴影中微笑。这个世界是孕育万物的子宫,气象万千。"②保佑生灵并孕育万物的观音就在身边,用微笑抚慰着吉拉德和"我"的悲哀。"我们两人在褐色冻草中的影子,像是亿万年前发生事情的回照,

---

① 龙之芥.荒凉天使 孤勇天才[EB/OL].(2006-09-28)[2022-05-07].https://book.douban.com/review/1077328/.
② 凯鲁亚克.吉拉德的幻象[M].毛俊杰,译.上海:上海译文出版社,2014:2-3.

令人想起涅槃、尘世和轮回。"①在"我"的眼中,圣洁的吉拉德是佛祖的重生,是命运的轮回,与还在尘世的"我"再续兄弟情缘,用他的善良与爱救赎"我"于这血腥的世界,使"我"的心灵得以治愈和温暖。

小说的主体部分从1925年的10月开始倒叙吉拉德的病痛与圣徒般的思想,一直写到1926年7月他的夭折与葬礼。凯鲁亚克运用他所创造的"自发式写作"手法自由地记录了"我"与吉拉德的深厚情感、吉拉德受病痛折磨与死亡的过程、吉拉德留在人世间的善良与美好、洛厄尔小镇的种种风俗人情以及佛教思想在文字中的涌动。他以真实的情绪冲动和松散的叙述手法来创作,追求真实与自由,形成作品字里行间的流动感与畅快感。

凯鲁亚克将文中父亲埃米尔点燃香烟包装盒燃起的小火比作"涅槃火焰","也许这能帮助他弄懂,佛教三千次轮回再世的大火的导火索——这大火将把万物吞噬、消化,再造一个安全世界——这只是时间问题,不管对他、对我,还是对你"②。父亲在洛厄尔小镇上经营者一个小印刷店,他是家庭的经济来源,虽然这来源也时不时的捉襟见肘。父亲是法裔加拿大人,他的形象是洛厄尔小镇居民的典型——年轻时英俊潇洒,拥有热情和能力,随着岁月的变迁,不堪生活的重负,在穷困中奔波,在酒精和纸牌中消磨时光、麻木痛苦。而他们曾经漂亮能干的老婆也在丈夫的逃避与麻木中,沦为整日在教堂中祈祷上帝带走他们生活中的不幸的老妇。这种祈祷从未停止过,但也从未奏效过。一代代的法裔加拿大人在不幸中跋涉,在残酷中沉沦。对于世界的愤怒,对于现实的无奈,使得凯鲁亚克想借佛教涅槃转世的大火,将一切丑恶与痛苦烧尽,再造一个只有美好、没有死亡的安全世界,而包括我、你、他在内的所有人都能在其中得到最终的救赎。"那涅槃,那天堂,还有我们的救赎,就在此地,就在此刻。"③在小说的最后部分,吉拉德化身为一只饱受风雨摧残的小鸟,在暴怒的天空中折翼,成为这救赎的祭品。而他的兄弟姐妹们,则像野花一样,在丰饶多产的大地上蜂拥而出,实现着生与死的轮回。

不过需要明确的是,虽然凯鲁亚克在创作这部小说期间,倾向于对佛教更为推崇,但他也从未放弃过对天主教的信仰,更多表现为一种信仰张力。在小说的创作中他也尽可能地保持着两种信仰在书中的平衡。佛教与天主教有相同的教义,即助人为乐、与人为

---

① 凯鲁亚克.吉拉德的幻象[M].毛俊杰,译.上海:上海译文出版社,2014:3-4.
② 凯鲁亚克.吉拉德的幻象[M].毛俊杰,译.上海:上海译文出版社,2014:16.
③ 凯鲁亚克.吉拉德的幻象[M].毛俊杰,译.上海:上海译文出版社,2014:103.

善等。这一点将两种宗教在凯鲁亚克思想中结合起来。当在一种信仰中找不到思想的出口,就转向另一种。文章中多次提到菩萨,结尾却以"阿门"结束,体现了他的宗教信仰更多的时候是在两者中踟蹰,希望能找到化解他思想危机的良药。

  1955年,当时正在加州大学读书的金斯伯格将凯鲁亚克介绍给加里·斯奈德,开启了凯鲁亚克对于佛教禅宗认识的新境界。二十五岁的斯奈德与卡萨迪是完全不同的英雄形象。年轻时的卡萨迪是凯鲁亚克崇拜的英雄,激情、冲动、永远精力充沛,具有破坏一切的特质,现在的卡萨迪给他的印象更多的是莽撞、失意、挫败。而年轻的斯奈德与自然为伴,以禅宗思想为精神食粮,以中国的"禅疯子"寒山与拾得为偶像,平静、淡然、超脱,契合了此刻沉迷于佛教的凯鲁亚克的心理和精神需求,成了凯鲁亚克心目中新的英雄人物(虽然斯奈德比他年轻八岁),也成了他另一本代表作《达摩流浪者》的主人公。

  《达摩流浪者》被认为是凯鲁亚克成熟时期的人生哲学。相对于《荒凉天使》和《大瑟尔》中的思想上的痛苦和精神上的挣扎,在《达摩流浪者》中读者体会到的更多的是在禅宗佛教思想的指引下和在优美自然环境中浸淫的一种喜悦与超脱,这种状态让凯鲁亚克觉得自己是个拯救者,负担着拯救世界和他人的使命。

  凯鲁亚克最初接触到的是来自古印度的大乘佛教的教义,最喜欢读的佛经读本是《心经》(*The Heart Sutra*)、《楞伽经》(*The Lankavatara Sutra*)和《金刚经》(*The Diamond Sutra*),对于禅宗了解不多,也不甚感兴趣。佛教中最与他产生共鸣的是"人生皆苦,一切皆空"的信条,这一点与他的家庭格言"爱、工作和受苦"有共通之处,让他在宗教中找到排解自己痛苦经历的精神通道。他在《达摩流浪者》中写道:

> 贾菲对中国佛教、日本佛教,乃至于缅甸佛教,从里到外都了解得一清二楚。但我对佛教的神话学、名相以及不同亚洲国家的佛教之间的差异,都缺乏兴趣。我唯一感兴趣的只有释迦牟尼所说的"四圣谛"的第一条("所有生命皆苦"),并连带对它的第三条("苦是可以灭除的")产生些许兴趣,只不过,我不太相信苦是可以灭除的。尽管《楞伽经》说过,世界上除了心以外,别无所有,因此没有事情——包括苦的灭除——是不可能的。但这一点我迄今未能消化。①

  虽然如此,但是在斯奈德的影响下,凯鲁亚克逐渐接受了禅宗的思想,并产生兴趣。斯奈德给他介绍唐代诗僧寒山和拾得在深山隐居的故事,分享自己翻译的寒山的诗歌,

---

① 凯鲁亚克.达摩流浪者[M].梁永安,译.上海:上海译文出版社,2008:10.

让他了解到禅宗的特征与自然无为相关,与老庄哲学等道家思想相关。"禅宗的主要特征之一在于它强调自心是佛,识心见性,便能顿悟成佛。它主张自我拯救、自我解脱,反对依靠他力。它把老庄道家的自然无为和道无所不在等思想融会到佛教的修行实践中……体悟与宇宙自然浑然一体的自我实现之境界,努力寻求人与生活之本然。"①这样的禅宗与喜欢与自然融为一体的斯奈德的生活方式相契合,他身体力行地践行了"返回自然"的主张,远离都市,在山区的小木屋中居住,做伐木工,当山火瞭望员,以登山为最大的乐趣,在山野中寻找真我和本我,追求如寒山一样孤独、纯粹和忠于自我的生活。这种别样的生活方式和禅宗思想对于经历城市生活种种折磨的凯鲁亚克来说,具有莫大的吸引力。在他眼中,瘦削、矫健、拥有一副东方特征面孔、能够在山间岩石上像羚羊一样灵活跳跃的斯奈德就和寒山一样,具有神秘的东方色彩和山野英雄的特征,"戴着瑞士帽,背着大背包,在枝繁叶茂的松树下大踏步地前进着。挽住背包肩带的左手上拿着一朵花,而眼睛则闪烁着快乐的光芒,仿佛是正在跟他的偶像们——约翰·缪尔、寒山子、拾得、李白、约翰·巴勒斯、保罗·班扬和彼得·克鲁泡特金——并肩而行"②。斯奈德与凯鲁亚克在美国东部城市里的朋友的生活方式和思想观点截然不同。城市里的人们住着大房子,房子里充斥着现代工业生产出的各种各样的电器设备,过着所谓文明却了无生趣的生活。"这些房子的每个起居室里面都有一台电视机,而房子里的每个人都是坐在电视机前面,同一时间看着相同的电视节目,想着相同的事情。但贾菲却属于完全不同的族类:他爱好的是潜行于旷野中,聆听旷野的呼唤,在星星中寻找狂喜,以及揭发我们这个面目模糊、毫无惊奇、暴饮暴食的文明不足为外人道的起源。"③

凯鲁亚克也欣赏斯奈德着力描写自然风光并充满禅意的诗歌,喜欢诗歌中所蕴含的诚挚、刚健和乐观的情绪。在"旧金山诗歌文艺复兴"的标志性事件、著名的旧金山六号画廊诗歌朗诵会上,斯奈德朗诵了以丛林狼、熊、牦牛等动物为主题的诗歌以及反映东方文化的一些诗歌,征服了凯鲁亚克的耳朵,"他的声音深沉、洪亮而无畏,就像旧时代的美国英雄和演说家"④。

给凯鲁亚克带来真正心情上愉悦和精神上顿悟的是他们的登山经历。《达摩流浪者》中详细记录了他们两次相约攀登马特峰和缪尔森林山峰的艰难却充满禅宗顿悟的

---

① 铃木大拙,弗洛姆,德马蒂诺.禅宗与精神分析[M].洪修平,译.沈阳:辽宁教育出版社,1988:译者序 2.
② 凯鲁亚克.达摩流浪者[M].梁永安,译.上海:上海译文出版社,2008:61.
③ 凯鲁亚克.达摩流浪者[M].梁永安,译.上海:上海译文出版社,2008:44.
④ 凯鲁亚克.达摩流浪者[M].梁永安,译.上海:上海译文出版社,2008:12.

过程。

马特峰的自然风光让人沉醉,对于凯鲁亚克这样的嗜酒之人而言都觉得在空气清新的湖边漫步,在山石间跳跃,本身就是一首充满禅意的俳句,比在酒吧里买醉强上千百倍,让他意识到自己可以远离女儿的抚养官司纠纷,可以不管《在路上》出版遇到的种种阻碍,也可以忘掉自己呕心沥血之作得不到认可与褒奖的种种不如意与不得志,远离酒精与致幻剂,产生一种开启新生活的希望。"此时此刻的我,却又确实感到心旷神怡,而且猛然意识到,登山对我的健康是有益处的(虽然我的脚静脉已经开始在鼓胀),可以让我远离酒精,甚至有可能让我展开一种新生活。"①马特峰是空,自然风景是空,文明是空,痛苦是空,一座山就是一尊佛,千万年来默默为众生祷告,祈求人类可以完全摆脱苦恼与愚昧。优美的自然环境与讲求天人合一的禅宗一起拯救凯鲁亚克于城市生活所带来的痛苦之中,他在山野之中冥想,感觉四周的山峦确实就是佛和他们的好朋友,感受到了纯粹的快乐。"天色很美。粉红色的天光都消退后,一切就笼罩在紫色的暮霭之中,而宁静的喧嚣则像一股钻石波浪一样,穿过我们耳朵的门廊,足以安抚一个人一千年。我也为贾菲做了祷告,祈求他未来会获得平安、快乐,最后可以实现佛性。我只感到完全的严肃和完全的快乐。"②

禅宗对于二十世纪五六十年代的西方社会曾有着重要的意义,因为禅宗能帮助人去找到他生存问题的答案,帮助人克服与自身、他人、社会及自然的分离与异化,充分地把握世界,实现自我价值,从而摆脱精神危机。简单质朴的禅宗诗人斯奈德和充满禅意、景色壮美的马特峰重新唤醒了近些年一直生活在酗酒和失望中的凯鲁亚克,帮助他重新找到了生存的希望。当他和斯奈德就像"两头山羊一样(更像两个一千年前的中国疯子),在陡峭的山坡上又跳又叫地飞奔而下"时,凯鲁亚克如电闪般领悟到,他的一切恐惧都是多余的,一切痛苦都是可以摆脱的,只要他飞奔起来,他不会掉下山坡,生活的洪流也不会将他吞没。登山的经历让凯鲁亚克体验到了不同的人生,对于生活有了不同的认知和感悟,找回了早已遗忘的理想与欢乐,让他做的梦都是纯净快乐的梦,不带丝毫的梦魇。他对自己许诺,要开始全新的生活,背上背包,走遍整个西部,爬遍东部的所有山,走遍所有沙漠,走出一条清净的道路,在与自然万物的水乳交融中得到精神上的救赎。

重回自然,重回快乐,重新找回生活的希望,这种重生的状态除了被文字直接地表述

---

① 凯鲁亚克.达摩流浪者[M].梁永安,译.上海:上海译文出版社,2008:62.
② 凯鲁亚克.达摩流浪者[M].梁永安,译.上海:上海译文出版社,2008:78.

以外,凯鲁亚克还在小说中数次用形容自己快乐得像个"孩子"的表述来加以强调和突显。当在山中露宿再次醒来的时候,"太阳就像一个鲜亮的橙球,阳光从东方的悬崖峭壁上方照洒过来,穿过芬香的松树枝桠,落在我身上。我感觉自己像个星期天早上醒来,准备好要穿上吊带裤大玩特玩一整天的小孩。"①和斯奈德一起攀登上险峻的顶峰时:"吁吁喘气,在冷风中流汗,鼻孔下面挂着两道鼻涕,就像那些在冬天傍晚还在街上玩耍的小孩。"②在斯奈德即将去日本研修佛教之前,他们两人从送行的狂欢派对上偷偷溜走,去缪尔森林再次一起登山,回程的路上,两个人"像两个玩了一整天、拖着疲惫脚步回家的小孩一样,边走边有一搭没一搭地聊着"③。重返孩童时代,体验单纯的友情与玩耍的快乐,重新热爱这个世界,对一切感到心满意足。因为心灵深处充盈着快乐,眼中的一切也都笼罩着笑意与温暖,自然与佛性完美交融。太阳下的闪光的叶子被微风吹拂得欢欣鼓舞,人迹罕至的高山就像摇篮,充满暖意,罗斯湖保持着天蓝色的超然与清洌,小鸟因为意识到他即将悟道而发出甜美怪异的鸣叫,野草在风中摇曳,聪明地与他应和,旋舞着逗他开心……万事万物都永恒自在,野草做着轮回转世变成花的美梦,而凯鲁亚克则涅槃为"圣雷蒙",化身为一名中国的佛陀流浪者,参透了"色即是空,空即是色",看透了世界的本质:"这世界上所有令人厌恶的伤害,所有烦人的工作,我又怎么会放在心上呢?人的躯体不过是一副无用的皮囊,在世上空度岁月,而整个的宇宙也不过是空空如也的一天繁星罢了。"④他将重新定义自己的人生,背起背包,前往那些广袤而寂寞的土地,一探墨西哥晚上的那些欢乐街道,享受音乐、女孩、葡萄酒、大麻、狂野的草帽,只做自己想做的事情,但与此同时却保持慈悲之心,不为假象所左右。"我明白了我的生命是一片燃烧着光的巨大空页,没有什么是我想做而不能做的。"⑤他在禅宗佛教中找到了真实的自我与自信,重新体味到了生命的纯净与快乐,重新认识到生存的意义。

凯鲁亚克的本性是善良和高尚的,正如斯奈德所说,他们两人都不是那种愿意为了过优裕的生活而践踏别人的人。他们怀揣着伟大的理想,除了写作的梦想,他们也想拯救这个世界,想摒弃现代工业文明带来的丑恶与战争,想沟通东方与西方。"东方和西方总会有互相了解的一天的。想想看,当东方和西方最后终于相会时,会掀起多么天翻地

---

① 凯鲁亚克.达摩流浪者[M].梁永安,译.上海:上海译文出版社,2008:86.
② 凯鲁亚克.达摩流浪者[M].梁永安,译.上海:上海译文出版社,2008:92.
③ 凯鲁亚克.达摩流浪者[M].梁永安,译.上海:上海译文出版社,2008:232.
④ 凯鲁亚克.达摩流浪者[M].梁永安,译.上海:上海译文出版社,2008:163.
⑤ 凯鲁亚克.达摩流浪者[M].梁永安,译.上海:上海译文出版社,2008:164.

覆的变革？让我们来当这个革命的急先锋吧。想想看如果有数以百万计的小伙子,像你我一样,背着个背包,在每一个穷乡僻壤传扬佛法,会是多么壮观的场面!"①带着这样的理想和佛性,凯鲁亚克在自我得到救赎的同时,试图将自己的领悟和心得与别人分享,将佛教的教义传递给更多的人,以期救赎曾经和他一样被生活的痛苦和失望折磨的人们。他试着向他的家人传递,在搭车时向同行的人介绍,虽然结果并不尽如人意,但是他一直在努力,将之作为他和斯奈德等现代西方佛陀的理想。"找一个安静的地方,永远为所有的生命祷告,而只要等我们都变得够强壮,就可以付诸实行。天晓得这个世界有一天也许会醒过来,而绽放为一朵漂亮的达摩花朵。"②

这个理想在凯鲁亚克生命的后期和去世后得到了一定程度的实现。他的《在路上》和《达摩流浪者》在美国大地上果然掀起了一场规模浩大的"背包革命",促使佛教禅宗思想在西方拥有了一席之地,禅宗的顿悟无疑契合了"垮掉派"直接与心灵沟通获得生命体验这一追求。自由上路、追求理想与爱的理念引导青年一代将自我从物欲横流的社会解脱出来,从东方文化的视角重新思考生命的意义,发自内心地寻找如何去认识这个世界、如何承担自己对这个世界的责任,同时又保持内心的真实、独立与自由,像凯鲁亚克和斯奈德一样,"永远的年轻,永远的热泪盈眶"③。

第三节 自我救赎

存在主义认为:个人的价值高于一切,个人与社会是永远分离对立的;客观事物和社会总是在与人作对,时时威胁着"自我",因而恐惧、孤独、失望、被遗弃感等是人在世界上的基本感受。人的存在就是不停地走向坟墓的过程,因此人生是痛苦的,世界是荒诞的,它的不可理解性与人追求完全知识的愿望激烈冲突着,因此人对最终结果的追求是徒劳的。但人的价值正在于不逃避生活,反抗荒诞的世界,徒劳但不倦地追求下去。面对他所经历的种种心灵上的痛苦,凯鲁亚克一次次地绝望,但又一次次地以自己的方式反抗苦难。从凯鲁亚克身上,我们看到了萨特的存在主义哲学思想。萨特在《存在与虚无》中

---

① 凯鲁亚克.达摩流浪者[M].梁永安,译.上海:上海译文出版社,2008:223.
② 凯鲁亚克.达摩流浪者[M].梁永安,译.上海:上海译文出版社,2008:230.
③ 凯鲁亚克.达摩流浪者[M].梁永安,译.上海:上海译文出版社,2008:267.

提出:人的价值的发现是通过选择,人有权自由地选择自己的命运,而且只能以自主的行动来创造自己的本质。在对抗生活给他带来的苦难的过程中,凯鲁亚克通过脚下的路和手中的笔进行人生道路的选择,努力改变自己的命运,奋力自我救赎。

一、自我救赎之"行路不止"

对于凯鲁亚克而言,在路上是进行自我救赎的重要途径。自1939年他从位于美国北部马萨诸塞州的家乡洛厄尔来到位于纽约的哥伦比亚大学预科学校霍勒斯曼男子学校(Horace Mann School for Boys)开始,他就踏上了一生的流浪之旅,直至最终于1969年的10月倒在了美国南部佛罗里达州圣彼得斯堡的病榻之上。

因其出色的橄榄球天赋,凯鲁亚克同时被波士顿学院和哥伦比亚大学橄榄队教练相中,都向其伸出橄榄枝,意欲招募凯鲁亚克为学校橄榄队的成员。凯鲁亚克的父亲利奥倾向于波士顿学院,因为他所在的印刷厂的印刷业务主要来自波士顿学院。利奥的老板也曾向利奥暗示,如果凯鲁亚克不选择波士顿学院,利奥可能会面临失业。但是,凯鲁亚克的母亲加布里尔却认为去纽约的哥伦比亚大学对凯鲁亚克的未来更好。同时也因为凯鲁亚克自己的偶像,报纸体育专栏作家、记者及短篇小说家达蒙·鲁尼恩(Damon Runyon,1884—1946)就在纽约工作,他想成为鲁尼恩式的记者,"我想探索纽约,成为大城市的一个著名记者"[①]。因此,他听从了母亲的建议,选择了哥伦比亚大学。这个选择让他父亲利奥失去了工作,伤害了父亲的自尊,为后期他们的父子关系的恶化埋下了种子。

位于纽约最北端布朗克斯地区的霍勒斯曼男子学校是一所犹太子弟贵族学校,在那里凯鲁亚克体会到了贫富差距,也让他结识了不少富家子弟,其中一位成了他的朋友,并让他接触到了海明威的作品。海明威成为年轻的凯鲁亚克最喜爱的作家之一,对他的文学生涯产生了明显的影响。凯鲁亚克用海明威的写作风格所写的一篇故事发表在了《霍勒斯曼季刊》上,成为他第一个正式发表的作品。

凯鲁亚克从来就不是一个循规蹈矩的好学生,他在学校之外所学到的东西远比在学校之内的要多。他经常流连于哈莱姆地区的大街小巷,逃课去看时代广场上的各种表演,这应该是他热衷于在流浪中体会自由与冒险的开端。也正是在这个时期,凯鲁亚克在同学西摩·威斯的影响下接触到了爵士乐,开启了凯鲁亚克对于音乐世界的新认知,

---

① Clark T. Jack Kerouac:a biography[M]. New York:Marlowe & Company,1984:33.

让他体会到了爵士乐所蕴含的自由与深邃的灵魂，对他后期"自发式写作"风格的形成起到了决定性的作用。他曾这样描写"真正的爵士乐"："（真正的爵士乐）是没有预先排练过的——是面向所有人的即兴音乐，是一群热情的音乐家的激情迸发，他们将所有的精力投入到乐器演奏中去寻求灵魂的表达和超强的即兴演奏……独唱者围绕歌曲的旋律进行即兴创作，表达着自己的创意和个性。这是凯鲁亚克'自发'美学核心原则的早期陈述。"[1]而他在1940年结束霍勒斯曼学校学业回到洛厄尔的那个暑假，他与年少时的朋友萨米·桑帕斯（Sammy Sampas）共同阅读了众多的名家名作，包括哈代、梭罗、狄金森、惠特曼、杰克·伦敦和威廉·萨洛扬（William Saroyan）等。凯鲁亚克认为杰克·伦敦是最伟大的人、最伟大的冒险家和作家的结合体，他决定将来有一天，像杰克·伦敦一样，成为一个"桅杆下的艺术家，在热带的阳光下航行于七大洋之上，沐浴着夜晚的月光在甲板上写下白天冒险的历程"[2]。这样的阅读经历，鼓励着凯鲁亚克对未来在路上的流浪与冒险充满了期待，让他义无反顾地成为一名水手往返于大海与港口之间，也为其将来成为一个影响了一代青年的垮掉派作家打下了深厚的文学基础。

　　1940年的9月，凯鲁亚克再次来到纽约，真正开始了他在哥伦比亚大学的学习生活。但作为一个获得橄榄球运动奖学金进校的体育特长生，他并未能在橄榄球上大放光芒。因与教练之间的龃龉和比赛中导致的腿部骨折，让他把更多的时间花在了宿舍的书桌前阅读托马斯·沃尔夫（Thomas Wolfe）的作品。对于沃尔夫作品大量且深入的阅读，不仅造就了他第一部小说作品《镇与城》的写作风格，也对凯鲁亚克不断发展的想象力，特别是在扩大他对"地理"这一概念的精神意义理解方面产生了巨大的影响。沃尔夫关于美国"天气"的段落唤醒了杰克"美国就像一首诗"的感觉，并使他"想四处游走，想漫游，想看到真实的美国，那里从未被人说过"[3]。当他能四处走动时，他就拄着拐杖在沃尔夫的纽约漫游。他后来吹嘘道，在接下来的几个月里，他创下了哥伦比亚大学的旷课记录。他学习的不是"经典课程"，而是时代广场的电影和哈莱姆的街角。1941年底，当他与教练彻底决裂的时候，他决定从哥伦比亚大学退学，买了一张去沃尔夫家乡的方向的车票，开始了他第一次真正的"在路上"之旅。对凯鲁亚克而言，这次南向之旅，让他逃离了充满着不公与挫折的橄榄球训练生涯，也让他在沃尔夫地理精神的指引下，欣赏到了"真正的

---

[1] Clark T. Jack Kerouac: a biography[M]. New York: Marlowe & Company, 1984: 41.
[2] Clark T. Jack Kerouac: a biography[M]. New York: Marlowe & Company, 1984: 42.
[3] Clark T. Jack Kerouac: a biography[M]. New York: Marlowe & Company, 1984: 46.

南方的树叶"。

凯鲁亚克从哥伦比亚大学突然退学让父亲利奥沮丧万分,在家乡所从事的工作上的挫败更让父亲对他彻底失望。父子之间的冲突让凯鲁亚克背上了背包,离开了家乡。在边工作边搭车流浪的路上,他似乎加入了所有可用的兵役部门。首先,他申请并获得了美国海岸警卫队(U. S. Coast Guard)的航海通行证。不久后,他再次前往波士顿,通过了美国海军陆战队(U. S. Marine Corps)的体格和心理测试,并宣誓加入海军陆战团(Marines)。由于他已经被海军预备役计划录取,从技术上讲,这使他同时成为三个军种的成员。海军陆战队体检的那天晚上,他在一家海员酒吧喝醉了,昏睡过去;当他苏醒时,一些水手邀请他一起去国家海事联盟大厅(National Maritime Union Hall)。他去了,并忘记了海军陆战队队员的身份,选择了在前往格陵兰岛的"多彻斯特"号船上担任一名舵手,开启了他的海上旅程。这段旅程,让他体验到了战争的残酷、人生的无常以及海员生活的枯燥与禁锢,使得他向往自由、不受约束的灵魂再次感到窒息,让他意识到在哥伦比亚大学本来让他难以忍受的橄榄球训练比在海上整天打扫甲板与为其他五百名水手煎炸培根的生活要好得多。最终,在教练的再次邀请下,他再次回到了哥伦比亚大学的校园。

这一段海上生活经历,为凯鲁亚克的 1943 年所创作的《大海是我的兄弟》一书积累了原始的素材。《大海是我的兄弟》展现了凯鲁亚克转型成为作家的过程。他在一封日期为 1943 年 3 月 15 日的信中对塞巴斯蒂安谈起这部小说时写道:"我每天写作十四个小时,每周七天无休……我知道你会喜欢这本书的,山姆;它感情充沛,会有一种东西吸引到你(或许是兄弟之情)。"

《大海是我的兄弟》主要讲述的是两个男性主人公之间的故事。哥伦比亚大学的助理教授埃弗哈特在酒吧里遇到了远洋轮上的水手韦斯利。韦斯利无畏、爽朗的先驱者和变革者的形象,在埃弗哈特这个精神世界迷茫无着的知识分子眼中,充满了苍凉的魅力。于是他跟着韦斯利去进行了一场说走就走的旅程,一路搭车从纽约来到波士顿,搭上"威斯敏斯特"号油轮做餐厅杂役,却在大海咸腥清新的空气与壮阔浩渺的波涛中,领悟到生活充满未知与期待的另一面。

这些角色在不同程度上都具备凯鲁亚克的个性特征。埃弗哈特的性格特征的绝大部分来自凯鲁亚克自己的经验,在他们初次相遇时,他们就明白各自是自己性格的另一个侧面。埃弗哈特在哥伦比亚大学有着稳定的教职,家中还有老父亲和弟弟相伴,衣食无忧,但他并不快乐:

"我不是一个快乐的人,"埃弗哈特坦白道,"但我知道我在做什么。在说约翰·邓恩和吟游诗人时我知道我是知道这些东西的,上课时我可以告诉全班的人那都是些什么意思。我甚至可以说我完全理解莎士比亚——他和我一样,意识到不完美比常人所了解的更为普遍。我们在奥赛罗上有共识,他天生就天真迷信,会以为伊阿古不过是一只心怀怨憎的无害的小白蚁,软弱无能而又无关紧要。还有罗密欧,满心空想而又缺乏耐心! 还有哈姆雷特! 不完美,不完美! 没有至善,没有至善的根基,也没有道德的根基……"①

他对于社会、对于马克思主义和无产阶级革命有着深入的思考,但是对国家之家残酷斗争而不是和平共存的原因,他找不到答案,他无法找寻到善的一面,而在追求善的过程中,他想拥有绝对的自由:"在这过程中,我应当是自由的:如果这过程否定我的自由,那么我便不会继续求索。我在任何时候都应当是自由的,无论代价如何:因为精神只有在自由中才能成长。"②

而当代表着自由与完美的韦斯利出现时,他知道找到了自己的另一面:"当韦斯利望向埃弗哈特时却发现他也正从漂亮的眼镜后面盯着他,他们的目光缠斗在一起,韦斯利的眼神镇定而又模棱两可,埃弗哈特的则是游移中带着挑衅的意味,像是一个放肆的怀疑论者。"③

凯鲁亚克称韦斯利为自己"世俗的一面",自由地来去,没有任何牵挂。韦斯利对于大海有着热烈的情感,期待海上的生活,认为出海就像回家,是对他心灵的救赎:

韦斯利坐在那里打瞌睡时感到期待的兴奋;几天后,上船去,螺旋桨在水下搅动着,发出令人昏昏欲睡的噪音,船浮浮沉沉令人舒畅,大海沿着地平线伸展着,船舷劈开海水,发出厚重、清爽的声音……在阳光下可以懒洋洋地躺在甲板上,伴着潮湿有力的海风,望着云朵嬉戏。一种简单的生活! 一种严肃的生活! 将大海变为你自己的,去观照它,以你的灵魂哺育它,接纳它,喜欢它,仿佛只有它存在也只有它才有意义!④

埃弗哈特希望寻求更真实、更刺激的体验,呼应了凯鲁亚克随"多彻斯特"号的叛逆

---

① 凯鲁亚克.大海是我的兄弟[M].董研,译.上海:上海文艺出版社,2014:12.
② 凯鲁亚克.大海是我的兄弟[M].董研,译.上海:上海文艺出版社,2014:15.
③ 凯鲁亚克.大海是我的兄弟[M].董研,译.上海:上海文艺出版社,2014:10.
④ 凯鲁亚克.大海是我的兄弟[M].董研,译.上海:上海文艺出版社,2014:47.

性远航，以及他随后自哥伦比亚大学退学的决定。埃弗哈特想顺从内心行事，在许多方面反映了凯鲁亚克想要短暂摆脱智性自我而以认知本能获得作品灵感的愿望。凯鲁亚克在1942年11月写给塞巴斯蒂安的信中，表明他想随商船队一起出航，并试图说服塞巴斯蒂安同他一起出海去。小说里韦斯利说的话反映了凯鲁亚克对塞巴斯蒂安说的话："但我相信我是想回到海上去的……为了钱，为了游历和学习，为那令人心碎的浪漫，还有刹那的感悟。"在另一篇草稿的附记中，凯鲁亚克重申他力图将自己在真实世界中经历的每一个侧面都反映到作品中。"在《大海是我的兄弟》中，我会写尽人生所有的激情与荣耀、躁动与平和、狂躁和倦息、清晨、正午和欲望之夜、挫折、恐惧、胜利和死亡……"①

重新回到校园的凯鲁亚克与教练之间的矛盾并没有解决，他在橄榄球的赛场上还是没有得到表现自己的天赋的机会。最终，他再次放弃了橄榄球，也就意味着放弃了他的橄榄球奖学金，从哥伦比亚大学退学。在经历了加入海军、因为不能适应军队严苛的纪律而被认为有精神问题开除、作为商船的船员出海并归航后，他与仍在哥伦比亚大学读书的女友伊迪·帕克一起居住在学校附近的公寓里。他通过帕克认识了相伴一生的垮掉派挚友卢西安·卡尔(Lucien Carr)、威廉·巴勒斯(William Burroughs)、艾伦·金斯伯格(Allen Ginsberg)和尼尔·卡萨迪(Neal Cassady)等人，正式开始了精神上与肉体上皆"在路上"的救赎之旅。

除了卡萨迪外，其他几位是"被宠坏的富家子弟"，是"一小撮富有敏锐精神的精灵，是他见过的最邪恶、最聪明的一帮杂种和混蛋"②。他们具有一种故意乖张的能力，这是他以前从未遇到过的。而他们之所以能注意到凯鲁亚克，是因为凯鲁亚克身上具有一种"模糊的新英格兰理想主义风格"③。此外，在迷雾般的理想主义之下，凯鲁亚克身上还有其他东西，是一种内在的"物质主义的、法裔加拿大人的、沉默寡言的冷漠怀疑主义"④，这对于他们而言是一种新的风格与体验，是对他们这群聪明但空虚、热切但迷茫的富家子弟的一种救赎。他们之间不同的特质让他们互相吸引，惺惺相惜。随着卡萨迪的加入，这一群博览群书、愤世嫉俗、自由奔放却又空虚迷茫的青年在彼此身上看到了自己的不同侧面，看清了当时社会上所盛行的麦卡锡主义的恐怖与残酷、社会制度的压抑与禁锢、工业文明繁荣下的浮华与荒谬、人与人之间的猜忌与冷漠等。他们试图打破这种桎梏，

---

① 凯鲁亚克.大海是我的兄弟[M].董研,译.上海:上海文艺出版社,2014:序11-12.
② Clark T. Jack Kerouac:a biography[M]. New York:Marlowe & Company,1984:62.
③ Clark T. Jack Kerouac:a biography[M]. New York:Marlowe & Company,1984:62.
④ Clark T. Jack Kerouac:a biography[M]. New York:Marlowe & Company,1984:62.

于是他们用荒唐的行为、叛逆的外形、极度的自我以及永远在路上的行动表达他们对于绝对自由的追求与向往，救赎他们被压制的肉体与灵魂，形成了影响力至今犹在的文学流派与亚文化群体。

从纽约到丹佛、旧金山、圣何塞、墨西哥城、摩洛哥，他们穿越于不同的地区与国度，行走在路上，品尝生活的艰辛与快乐，跋山涉水，追寻着自由与自我，寻找着心灵的净土，释放着自我的天性。《在路上》《孤独旅者》《荒凉天使》《达摩流浪者》《特丽丝苔莎》中都详细记录了他们流浪的印迹和心路历程。

《在路上》始于1947年萨尔(凯鲁亚克)同迪安(卡萨迪)在纽约的相识。来自西部城市丹佛的迪安，以他狂野的传奇经历与独特魅力深深地吸引着萨尔，让他义无反顾地背上行囊，开启了他追随迪安的整个旅行生涯。这时候的迪安是迷茫与绝望的。正如书的开头所言："我同妻子离婚不久便第一次同迪安相遇。当时我正好大病初愈，此事我无心赘述，虽说那场病与我同妻子那不幸而令人不胜烦恼的离婚有关，它使我万念俱灰。"[①]而现实中，凯鲁亚克处于同样状态，不过不是因为自己的婚姻问题，而是1945年至1946年间他父亲饱受胃癌的折磨而去世以及他深陷与金斯伯格和巴勒斯一起吸毒成瘾所给他带来的空虚、罪恶与绝望感。这一年的时间，对他来说，是一种悲哀的、自我折磨的放纵。仅剩一副苍白的皮囊的凯鲁亚克在垂死的父亲和沉溺于毒品狂欢的朋友们之间来回游荡。对于他而言，躺着濒死的父亲的家与他和朋友们厮混的115街，"它们同样是罪恶、亵渎、悲伤、哀叹和绝望的黑暗和荒凉之地"[②]。在这样的精神状态下，与卡萨迪的相遇以及向西追寻卡萨迪足迹的旅程，对于当时的凯鲁亚克而言，就是一场自我救赎。

卡萨迪和金斯伯格与凯鲁亚克是不同类型的人，正如父亲利奥所言，他们会毁了凯鲁亚克。但是正是他们与自己不一样的性格特质与生活方式让凯鲁亚克深感兴趣。他们对一切事情都寻根究底，这使他们在日后变得更加忧郁，更加敏感，也更加失望沮丧。尽管如此，他们又兴冲冲奔上街头，毫不掩饰地表达对于生活的疯狂热爱：

> 正如我总是效仿那些令我感兴趣的人的所作所为那样，我也笨拙地跟随在他们后面；因为我喜欢交往的只是这类愤世嫉俗的狂人。他们因为疯狂而生活，因为疯狂而口若悬河，也唯有疯狂才能拯救他们自己。同时，他们渴望拥有生活中的一切。这类人从不迎合别人，他们谈吐非凡。相反，他们犹如传说中

---

① 凯鲁亚克.在路上[M].文楚安,译.桂林:漓江出版社,2001:3.
② Clark T. Jack Kerouac: a biography[M]. New York: Marlowe & Company,1984:69.

黄色的罗马蜡烛一样燃烧,燃烧,如穿过行星的蜘蛛那样,迅即爆炸,在这当儿,你可以看见在蓝色的火光中"砰"一声响,"哎呀呀!"大伙儿便奔离四散。①

拥有如此疯狂特质的卡萨迪让凯鲁亚克找到了拯救自己的途径,他的生活就此开启了在路上的轨迹。小说中,萨尔一路搭车从东到西去与迪安相见,狂欢后他又一路搭车回到纽约,游历了整个美洲大陆,整个行程达八千公里。尽管一路上风餐露宿、穷困潦倒,尽管最终迪安在墨西哥城将病中的他抛弃独自回到美国,听任他在路边挨饿,在病床上挣扎,但他不后悔自己的选择,因为他知道他在路上的某个地方,他会遇见姑娘,会看到奇异景象。他是一个年轻的作家,他渴望上路,在路上一直走下去,他就会大有收获。在路上的经历让他的心灵变得纯净,体格变得强壮,让他能够站在高处,用被西方的旷野洗涤过的、单纯的、路人的眼光审视喧嚣疯狂到极致的纽约。"成千上万的人为了赚得一个子儿终日奔波,做着疯狂的梦——掠夺、占有、失去、叹息、死亡,就这样,为在离长岛不远的那些可怕的城市公墓里寻找一块栖身之地。高耸入云的摩天大楼——美国大陆的另一尽头,在这儿诞生了有名无实的美国。"②而他,曾经也是这芸芸众生中的一员,只不过,长途跋涉后的他用脚步让自己在路上得到了救赎。

在《孤独天使》中,我们能看到的,也是一个在旅行中、冒险中过生活的凯鲁亚克。他因为现实中的所不能承受的痛苦而选择在路上,这种痛苦不仅来自个人的生活,也来自他对于国家与社会的失望。在首篇《码头上的无家之夜》中,他与朋友丹尼·布鲁约定在码头相见一起乘船出海。在此之前,他几周以来一直在路上,通过偷乘火车流浪,从东部到西部,想感受不一样的美国。但当他在车上往窗外望出时,他触目所及的只有沼泽地和四周无尽的黑暗以及对于美国的失望:

> 在远处的山上,点缀着圣诞节灯光的小社区的窗口弥漫着红色、绿色、蓝色的光晕。突然间一种极度的痛苦刺穿了我,我想,"啊,美国,如此盛大,如此悲伤,如此黑暗,你就像干燥夏季里的树叶,在八月之前就开始卷皱,看到了尽头。你是无望的,每一个人都在旁观你,那里只有枯燥乏味的绝望,对将死的认知,当下生活的痛苦。圣诞节的灯光救不了你和任何人,但你可以让圣诞节的灯光照在八月里一丛死亡的灌木上,在夜里,它看起来像别的什么东西,这个圣诞节

---

① 凯鲁亚克.在路上[M].文楚安,译.桂林:漓江出版社,2001:8.
② 凯鲁亚克.在路上[M].文楚安,译.桂林:漓江出版社,2001:111.

你想要表达什么呢,在这空虚当中?……在这模糊的云雾里?①

在美国,他感受到的是悲伤与绝望,于是他穿越边境,到墨西哥去寻找希望与文明。对于凯鲁亚克而言,相对于黑暗的美国,墨西哥是一片"净土"。"走进这片净土感觉很棒,尤其是因为它和亚利桑那、得克萨斯以及整个西南部面临的干旱是如此的接近——但是你能发现这种感情,这种农夫对于生活的感情,那种不涉及伟大文化和文明主题的人类的无限欢愉——你几乎在别的很多地方都可以发现这种感情,在摩洛哥,在整个拉丁美洲,在达喀尔,在库尔德人的土地。"②在他看来,墨西哥没有"暴力"。那些好斗者都出自好莱坞作家或者另外那些想到墨西哥来"实现暴力"的作家们之手。这片土地也是印第安人的土地,正如上文所言,凯鲁亚克对于美国杀戮印第安人、强占印第安土地的历史是深恶痛绝的。因此,相对于物质文明高度发达的美国,经济落后的墨西哥却是文明而美好的,而美国是危险的。"在某种意义上,'危险'是对我们在美国时的含义而言的——事实上,你离开边境越远,越深入内地,它就越雅致,文明的影响似乎就像一片云彩一样挂在边境上。"③

在墨西哥的最后一天,凯鲁亚克是在一个小教堂里度过的。在巨大的耶稣受难像下,在沉思的空虚中,他突然意识到了纯粹的、本质的且神圣的寂静。当他看到两个小男孩在绕着教堂缓慢行进时,他认为"他们理解死亡,他们站在那里,站在教堂里,头上的天空凝结着,没有起点的过去到进入没有终点的未来;他们自己也等待着死亡,在死者的脚下,在一个神圣的庙宇里。"④

人生来就是一个走向死亡的过程,每过一天就向坟墓前进一步。这是人们所公认的存在主义的一个理念,存在主义即宣扬悲观失望、自我中心和强调个人的自由选择等。面对人们的责难,萨特在《存在主义是一种人道主义》的开篇就指出,这篇论文的目的是针对几种对存在主义的责难为它进行辩护。其一就是"存在主义曾被指责为鼓励人们对人生采取无所作为的绝望态度",其二是存在主义"强调人类处境的阴暗一面,描绘卑鄙、肮脏、下流的事情,而忽视某些具有魅力和美并属于人性光明一面的事情"⑤。但萨特指出:"说实在话,他们的过分责难使我不得不怀疑,使他们着恼的很可能不是我们的悲观

---

① 凯鲁亚克.孤独旅者[M].赵元,译.重庆:重庆出版社,2007:25.
② 凯鲁亚克.孤独旅者[M].赵元,译.重庆:重庆出版社,2007:31-32.
③ 凯鲁亚克.孤独旅者[M].赵元,译.重庆:重庆出版社,2007:32.
④ 凯鲁亚克.孤独旅者[M].赵元,译.重庆:重庆出版社,2007:46.
⑤ 萨特.存在主义是一种人道主义[M].周煦良,汤永宽,译.上海:上海译文出版社,2008:1.

主义,而是我们的乐观主义。因为……就是它为人类打开了选择的可能性。"①存在主义哲学家海德格尔也有一句有名的格言——"向死而生"。他认为走向死亡的过程,一方面,是"此在"走向沉沦的一个过程,因为死亡意味着人们失去所有,包括选择的自由,这是死亡畏惧的消极一面;但另外一面,其实正是因为对死亡的畏惧,又把人们逼回到"本真"的自己。当面对死亡畏惧时,人们会陷入短暂的虚无状态,周围空无一切,无依无靠,需要一个人独自面对。当面临这种情况,人们会重新思考自己的处境,鼓起勇气,勇敢面对。对死亡的畏惧,逼迫出了人们本真的状态。此时的人们不再是一个陷入沉沦的存在者,而是一个可以掌控自我生命意志,为自己谋划和自主选择的存在者。

作为一名深受存在主义哲学影响的垮掉派代表人物,凯鲁亚克将存在主义所表现的对于自由的绝对追求、对于"向死而生"的推崇、对于人类社会阴暗面的无情揭露等思想奉为圭臬。他同样认为生命就是一个巨大的、没有尽头的宇宙,"除了无限的虚无,巨大的虚空,在所有存在的方向上的无数死者,或者向内进入你自己身体的原子世界,或者向外去往宇宙,它可能只是无限原子世界的一个原子,每一个原子世界只是某一言语之再现——向内,向外,向上,向下,对于这两个孩子和我,除了空和神圣君王的伟大尊严和寂静外,没有任何东西"②。在虚空的状态下,死亡只是将自己的肉身还原为一个原子,并不可怕,整个人生,从孩童时代到垂暮之年,也不过是一场虚空。向死而生,把生命当成一场美好的梦境,就会感到幸福。因此,当凯鲁亚克离开教堂再回到大街上时,他觉得"每一件事物都是完美的,世界始终弥漫着幸福的玫瑰,但我们没有一个人知道——幸福在于意识到一切是一个巨大的奇异的梦"③。

凯鲁亚克作为一个一直在路上的旅行者,一个真正的流浪者,虚空之于他,本就是永恒,一种永远孤独地行走在路上的永恒。当在纽约夜晚的酒吧里,他沉迷于喧嚣、狂乱与爵士乐。可生活越热闹,他越孤独,狂欢之后只剩痛苦与失望。于是他背上背包,行走在美国的东西两端,在墨西哥城、巴黎、伦敦和摩洛哥找寻自由与永恒。他在空无一人的荒凉峰上待了六十余天,远离尘世,将自己孤绝隔离,独自面对荒野里的孤独,参悟到"万物皆空"。然而,他又贪恋尘世,在孤独与虚空中找到自我救赎途径之际,他只是短暂地超脱于尘嚣之上,并没有真正地做到精神上与心灵上的彻底放空,他忍受不了长期的孤独。

---

① 萨特.存在主义是一种人道主义[M].周煦良,汤永宽,译.上海:上海译文出版社,2008:3.
② 凯鲁亚克.孤独旅者[M].赵元,译.重庆:重庆出版社,2007:46.
③ 凯鲁亚克.孤独旅者[M].赵元,译.重庆:重庆出版社,2007:46.

于是他重回尘世,将自己淹没于生活的喧嚣之中,在酒精、性与安非他命中再度迷失自我,再度空虚失望,再度痛苦不堪,于是再次背上行囊,行走在下一段旅程之上。就这样,他一边贪恋尘世,一边沉溺于孤独与宁静,一边行走,一边寻找,一边放纵,一边自我救赎。他在寻找一种对新奇事物及友情的渴望和离群隐遁的个性之间的某种平衡,他不能停下,因为他永远在路上,一旦停留,那便是生命的结束。

二、自我救赎之"笔耕不辍"

虽然凯鲁亚克在橄榄球上天赋甚高,但他一直坚信自己是为写作而生。对他来说,写作是一场自我救赎的战争。他把写作当作毕生信条,将生命和写作之间画了等号。他以献祭的姿态来写作,可以抛却一切,包括健康、心智、父性和婚姻。正如上文所言,不管是在纽约长岛妈妈的家中,还是在荒凉峰的山顶,无论在什么地方停留,他都会把写作当作生活中不可缺少的一部分。他不停地在路上行走,稍事休整后再度出发。但他休整的不是自己的身体,而是手稿、笔记和书信。他生命中唯一的聊以慰藉的便是写作,身体行到某处便写到某处,写作成为他的人生信条。

正如他在《孤独旅者》的自序中所总结的那样,他终生都在读书和研究,写作是他毕生的职责:"我被称为拥有'创作散文'的'坦白而无节制的头脑'的'疯狂浪人及天使'。也是韵诗诗人,著有诗集《墨西哥城布鲁斯》。总是把写作看做我在世上应尽的职责,还有普及爱心的传道。那些滑稽可笑的批评家们没有注意这一点,它隐藏在我的关于'垮掉的一代'的小说里,在那些真实故事中疯狂行为的背后。——我事实上不是'垮掉'的,而是奇特的孤独的疯狂的天主教的神秘主义的。最终计划:隐居于森林中,晚年安静地写作,醇美地梦想着天堂(它无论如何会抵达每一个人)……"[①]由此可见,他把写作当作一生的追求,从少年到晚年,安静的写作于他是生命的价值所在。同时,他把他写作的使命与爱心的传道相结合,希望通过自己的文字来传递自由与爱的思想,来达到自我救赎与救赎他人的最终目的。

他的好友卢西安·卡尔曾这样评价他:"杰克不只是对写作感兴趣,我是说,不管杰克在干什么别的事情,他都必然要写作。这就好比你得呼吸、拉屎、吃饭一样。他总是不停地在写,无论在做什么——开车、旅行,或这或那——他总是能找到时间在那小本子上涂抹。而且他不必马上记下来,这是他的一个大长处。他的确有着惊人的记忆力,你很

---

① 凯鲁亚克.孤独旅者[M].赵元,译.重庆:重庆出版社,2007:5-6.

少碰到有这样好记忆力的人。正如他常说的——'那就是人们常叫我"记忆宝贝"的原因',在洛厄尔人们常常就是这么喊他。他有令人叫绝的记忆力。"①威廉·巴勒斯也将他的代表作《裸露的午餐》的诞生归功于凯鲁亚克,承认凯鲁亚克在创作中帮了大忙,以至于他后来对创作越来越有兴趣,在美国小说史上留下了浓墨重彩的一笔。

艾伦·金斯伯格是"垮掉派"的诗歌领袖人物。1955 年 10 月 7 日,旧金山诗人肯尼斯·雷克斯罗斯在"六画廊"组织六位年轻的诗人举行诗歌朗诵会,金斯伯格首次公开朗读了诗歌《嚎叫》(Howl)的第一部分,震惊了美国诗坛甚至美国社会。《嚎叫》是振聋发聩的,是精心设计的,是完美地阐释了那个年代以及今后无数个年代的青年精神困境的长诗。但给予金斯伯格灵感的,是以凯鲁亚克为首的一群生活在地下的垮掉青年。诗歌的开头,正是对这样一个群体的群像描写。虽然金斯伯格被认为是"垮掉的一代"的诗歌领袖,但他认为凯鲁亚克才是天才的诗人,同时写就了伟大的小说,他的诗人生涯是凯鲁亚克成就的。

> ……我知道杰克是位天才的诗人,可我绝对没想到他有如此巨大的耐心,能够坐下来创作这么一本鸿篇巨制的长篇小说……我没料到他是如此富于变化,这般脆弱……当我读到这本小说时,我完全惊呆了,因为它看上去完全就是生活的真实再现。它是一个伟大的罗曼司和家族故事,从遥远的过去,来到战后的当前。像一部普通的小说,但是更多——其中有诗。所以我认为,一部伟大的作品问世了,这是一种在美国出现的诗与小说的了不起的结合。
>
> 他曾经时不时地给我念过一些片段,当时我对整个作品,对它的威慑力毫无感觉。可我真的兴奋起来了……我被深深地打动了,以至在《纽约城的荒地》上首次出现了我正式发表的最初几首诗歌,也就是《愤怒之门》中的前几首。它也使我成了一名艺术家……使我认真地把自己当做一名诗人……去完成什么,我想我意识到了写出流芳百世的东西是我们能力之内的事。②

凯鲁亚克的家乡洛厄尔是位于美国东北部马萨诸塞州的一座工业小城,从波士顿出发,向西北方向行进约 40 千米后,便能够到达。小城成立于 19 世纪前叶,成立之时便被规划为一座纺织城;虽然很难找到一处美国工业的单一起点,但洛厄尔的建城性质、工厂

---

① 吉福德,李.垮掉的行路者:回忆杰克·凯鲁亚克[M].华明,韩曦,周晓阳,译.南京:译林出版社,2000:50-51.
② 吉福德,李.垮掉的行路者:回忆杰克·凯鲁亚克[M].华明,韩曦,周晓阳,译.南京:译林出版社,2000:51.

规模、技术革新以及城镇工人阶级的产生等为它赢得了美国工业革命摇篮的称号。洛厄尔国家历史公园将许多工业旧迹保存下来，不仅展现出工人和移民的苦难、抗争和希望，也见证了工业在美国的兴衰沉浮。凯鲁亚克出生的年代，也就是20世纪初期，大量外国移民开始涌入，尤以邻近美国东北部的加拿大魁北克省的法裔移民为多，他们大多在纺织厂工作，工作环境非常糟糕，凯鲁亚克的父母就是其中的一员。这样一个汇聚外国移民的小城，必然是各种文化和语言碰撞的演讲场，像凯鲁亚克这样渴望知识、耳朵灵敏的男孩，可以从中获得一种民谣般的语言营养，使之后来成为他作品中生动的词汇。"杰克最终试图效仿莎士比亚和詹姆斯·乔伊斯在语言上的慷慨大方，但他对文字的品味首先是从家乡的每一扇门窗溢出的这种原始文化的炖肉中激发出来的。"①凯鲁亚克在上学之前只会说法语，上学后，他领略到了英语的魅力。在公立学校里，他开始狼吞虎咽地阅读他能拿到的每一本英文印刷品。到1934年，也就是他12岁的时候，他开始试着用英语书写他在生活中的奇思妙想，这对于凯鲁亚克而言，不啻第二次新生，他体验到了英语表达的奇妙与丰富。他从中学便养成了随身携带笔记本的习惯，记录下周围的人和事——家人、朋友、邻居的日常谈话，广播节目、电影中人物新奇的表达方式。他以记者的身份撰写他自己想象出的垒球联盟比赛的体育评论，创办自己的手抄报，沉浸在自我想象与自我创作的乐趣之中。后来他从哥伦比亚大学退学之后短期从事了体育记者的工作，是对他童年时期记者梦的一种实现。在他父亲去世后，他也努力通过创作来让自己慢慢走出痛苦，救赎自我："利奥的去世让他好几个星期都沉浸在悲伤之中。但当加布里尔进行大扫除，将利奥房间里的床单晾晒在春天暖和的天气里时，他慢慢地静下心来，在孤独中，在痛苦中，写赞美诗，写祈祷词，也开始创作《镇与城》，作为他所经历的一切的总结。他希望自己通过写作能被救赎。1946年余下的时光他都在创作这本小说。"②

凯鲁亚克在故乡洛厄尔公共图书馆以及在霍勒斯曼预科学校和哥伦比亚大学图书馆的大量阅读，让他接触到了海明威、沃尔夫、高尔斯华绥、斯宾格、乔伊斯、杰克·伦敦等著名的作家与作品。海明威简约的写作风格让他写出了第一篇公开发表的短篇故事，沃尔夫的作品对他的第一部小说《镇与城》具有明显的创作影响，高尔斯华绥的《福尔赛世家》让他决定以洛厄尔为写作的主要场景，创造出系列的"杜洛兹传奇"，而乔伊斯则是对他"自发式写作"风格的形成起到了一定的启发作用……总而言之，凯鲁亚克从幼年起

---

① Clark T. Jack Kerouac:a biography[M]. New York:Marlowe & Company,1984:11.
② Clark T. Jack Kerouac:a biography[M]. New York:Marlowe & Company, 1984:72.

的文学积淀,让他注定走上了一名作家的人生之路。而他的文学天赋与敏感天性,让他取得了举世瞩目、影响深远的创作成就。他于1969年因为酗酒过度而去世,时年47岁,但他的《在路上》迄今仍是世界青年的精神食粮,经久不衰。肉身入土,而他视为生命的创作代替他在世上永生。这对于凯鲁亚克而言,何尝不是一种救赎与重生?

三、自我救赎之"不断逃离"

逃离城市、逃往自然是凯鲁亚克自我救赎的另一个常用手段。他在酒吧与森林中的小木屋之间不停地徘徊。都市灯红酒绿的生活让他痛恨自己的放纵,让他的身体状况每况愈下。他想逃进森林休养身心,静心习作。但不久后森林小木屋的寂静与空虚又让他屡屡面临精神上的崩溃,他又狼狈地逃回尘世,逃回妈妈家中永远为他保留的一张书桌,再次短暂地休整。如此这般循环往复,直至最终他在生命的最后几年,再度回到家乡,娶妻、养病、旅行、写作、陪伴母亲……这种精神崩溃的无奈与自我拯救的努力在他1961至1962年所创作的《大瑟尔》中有着自传式的忠实记录。"自发式写作"让他的文字在希望与绝望之间自然转换与流淌,读者可以真切感受到凯鲁亚克在痛苦中求生的真实心路历程。

"得赶快逃,不然就完了。"(One fast move or I'm gone.)凯鲁亚克在《大瑟尔》的前三章中重复了这句话三次。在因为《在路上》的大卖而成名后,凯鲁亚克不堪无穷无尽的电话、电报、信件、记者、来访者甚至窥探者之扰,决定逃离他在纽约长岛的家,前往朋友城市之光书店的老板劳伦斯·费林盖蒂(Lawrence Ferlinghetti)在加州大瑟尔的林中小屋进行短期归隐,以寻求宁静之地,一个人待着,"砍砍柴,提提水,写点什么,要不就呼呼大睡,或者散散步,总之六个星期都不会有人打扰我"[1]。这是凯鲁亚克又一次的在路上,这一次的他不再是充满青春激情和冲动的年轻的萨尔,而是疲惫的中年杰克·杜洛兹。"所有美国的高中生、大学生都觉得'杰克·杜洛兹二十六岁而且每时每刻都在路上搭便车',可我现在已经四十岁了,厌烦了也疲惫了,就想躺在(火车)小包厢的床铺上逍遥地穿过(博纳维尔)盐滩。"[2]这趟归隐之旅虽然还是以宿醉开始,却是一个自我救赎颇有成效的一趟旅程。

凯鲁亚克自己明白,他目前的状态很糟糕,由于自己作品的真正价值得不到赏识,其

---

[1] 凯鲁亚克.大瑟尔[M].刘春芳,译.上海:上海译文出版社,2015:3.
[2] 凯鲁亚克.大瑟尔[M].刘春芳,译.上海:上海译文出版社,2015:5.

他呕心沥血写就的写作成果难以顺利出版,凯鲁亚克在近三年内长期酗酒,吸食致幻剂,导致自己处于一种自己都觉得空虚可怜、精神错乱、心怀恐惧的状态,像"特别笨重的蜘蛛在结网",像"弓着背,在滚烫的地下泥流里痛苦呻吟满身泥浆的怪兽",找不到生活的方向。早上醒来时觉得镜中的自己形容枯槁,面目可憎,"这张脸这么丑陋,这么令人失望,你却不会为他掉一滴泪,那东西已经和原来完美的状态毫无关系……"①镜中的自己让自己都感到陌生,这样的状态和情绪迫使凯鲁亚克寻找一个自我救赎的途径,因为他清楚地知道,如果不逃离这种状态,他就完了。

自我救赎的愿望是美好的,但过程必定是充满挑战和痛苦的,需要不断地战胜过去的自己,需要不断克服过程的思想反复,希冀到达一个新的精神境界。就像大瑟尔的景色,在表面的风景如画之下,却掩盖着峭壁裂缝、猛烈的巨浪、险峻的大桥,以及翻落在桥下已经粉碎的小轿车,壮美与恐惧并存,就像救赎的希望与痛苦并存一样。凯鲁亚克写作的《大瑟尔》(1962)通过对于大瑟尔美丽而又恐怖的自然景色的细致描写、对于自己1960年在山上逗留期间时而治愈时而崩溃的心理历程以及和友人在城市与大瑟尔之间游走的忠实记录,展现了作为"垮掉派"作家心灵归宿之地优美而又狂野的双重特性。

在大瑟尔,栖息在森林中安静的小木屋里,在一片青翠之中享受午后安静美妙的惬意时光,悠闲自得地坐在小溪边的林间空地上,任想象飞舞。在这里,凯鲁亚克可以短暂地遗忘现实,忘记自己。他可以面对太平洋,在海边拿着笔记本和铅笔,细心聆听记录海的话语,听懂波浪的节奏,创作出长篇诗歌《海——大瑟尔的太平洋之声》。凯鲁亚克在这片宁静与美丽中,给自己许下了承诺:

> 再也不过放纵的生活,我应该安静下来观察世界享受其中的乐趣,先是在这样的森林中生活,之后静静地走到世界中对人们说,不要酗酒,不要吸毒,不要放纵自己,也不要和垮掉派分子、酒鬼和吸毒的人鬼混,我不再问自己'上帝为什么要折磨我'这样的问题,也就是说,做个孤独的人,旅行者……②

现实世界的残酷让他在酒精和毒品中麻醉自己,史蒂夫·艾伦的脱口秀采访给他带来的痛苦记忆一直缠绕着他,让他觉得地狱里有"好莱坞炽热的灯光"。成功风光的表象之下,隐藏着痛苦与孤独的真相,"我们知道的只是整个表象世界,而真相在历史的长河

---

① 凯鲁亚克.大瑟尔[M].刘春芳,译.上海:上海译文出版社,2015:7.
② 凯鲁亚克.大瑟尔[M].刘春芳,译.上海:上海译文出版社,2015:21.

中被亿万年的淤泥所掩盖……"①

坐在小屋前强烈的正午阳光里,与书和咖啡相伴,凯鲁亚克获得了一次自我救赎的体验。他顿悟到每个人都悄无声息地度过生命,上千年前居住在大瑟尔峡谷里的古印第安人,现在的我们,一百万年后的人们,大家都只是世界的过客。现在大瑟尔和以前一样,只不过多了几座桥、几座大坝和几辆车,而一百万年后,这些又都没了踪迹。世界不停转动,但大瑟尔也依然挺立在那里,因此"眼光放长远些,其实根本没有什么要抱怨的"②。这里虽然凯鲁亚克没有提到禅宗,没有提到"空"的概念,但这些概念已经融入他的思想里,佛祖和上帝已经不分彼此,共同帮助他认识到一切都是"空",一切都是天堂,万物大同。"不要叫我永恒,你可以叫我上帝,刚才所有讲话的都在天堂:树叶是天堂,树桩是天堂,沙子是天堂,大海是天堂,人是天堂,雾是天堂。"③这是凯鲁亚克洞察到的人生的真谛,从精神的折磨和生活的痛苦中短暂地抽离,得到一次自身灵魂升华、精神上得以救赎的顿悟体验。

大瑟尔又是恐怖的。首先,凯鲁亚克夜晚在大瑟尔摸索前往小木屋的体验是恐怖的。夜晚的大瑟尔黑暗莫测,凯鲁亚克在陡峭的山坡上跟随着微弱的手电灯光行走,前方一片漆黑,只能看清脚下的路,同时耳朵里灌满太平洋咆哮的悲鸣,这样的旅行绝不是美丽的,而是充满着死亡的气息,一不小心,就有可能和他第二天早上看到的从连接两个悬崖的大桥下坠落的汽车残骸一样,只剩下悲哀。这样的开端预示了这次大瑟尔自我救赎之旅的不畅和他的精神在清醒和崩溃之间的痛苦徘徊。

长期的酗酒让四十岁的凯鲁亚克的精神一直处于濒临错乱的状态,他不再是那个自信、年轻的凯鲁亚克,他不再认为自己是世界上最伟大的作家和思想家,而是个一无是处的傻瓜,在酒精中浑浑噩噩地度日。"我觉得我是世界上最可耻的人,不仅如此,我还是最声名狼藉的倒霉鬼,实际上我的头发被风吹散像野兽条纹一样,掠过我那张蠢笨鲁钝的脸,宿醉现在已经使我的每一根可怜的毛发都变得精神错乱。"④他看待任何事物都带着消极和否定的情绪,从小就跟随着他的死亡的阴影也让他在正常的景色和事件中更多地看到恐惧与不安。晚上悬崖之上小屋里闪烁的灯光,应该是某人在享受精致的晚餐,却让凯鲁亚克想象到一个身穿白袍像鬼一样的女人尖叫着从陡峭的悬崖飞落而下。当

---

① 凯鲁亚克.大瑟尔[M].刘春芳,译.上海:上海译文出版社,2015:22.
② 凯鲁亚克.大瑟尔[M].刘春芳,译.上海:上海译文出版社,2015:33.
③ 凯鲁亚克.大瑟尔[M].刘春芳,译.上海:上海译文出版社,2015:34.
④ 凯鲁亚克.大瑟尔[M].刘春芳,译.上海:上海译文出版社,2015:169.

他和洛伦特·蒙桑托(Lorenzo Monsanto)[即劳伦斯·费林盖蒂(Lawrence Ferlinghetti)]、科迪·波梅雷(Cody Pomeray)[即尼尔·卡萨迪(Neal Cassady)]、戴夫·韦恩(David Wain)[即卢·韦尔奇(Lew Welch)]等人第二次来到大瑟尔时，眼前他所熟悉的壮观景色也变成一种怪异的幻象:"眼前这幅绵延不断、起起伏伏、咆哮不止的景象如此奇异——似乎自然有着一张患麻风病的庞大无比的脸庞,有硕大的鼻孔、巨大的眼袋,还有一张大得足以吞下五千辆旅行车、一万个戴夫·韦恩和科迪·波梅雷都不会发出一声略带留恋或遗憾的嘴巴。"①

第三次和戴夫·韦恩一起各自带着女友回到大瑟尔的凯鲁亚克达到了精神错乱最严重的状态。从书中的第三十四章到最后一章第三十八章,凯鲁亚克用文字记录了和戴夫他们在大瑟尔的生活,大幅的篇幅都用来记录他疯狂的思想、语言和行为,文本中充满了消极、狂乱、崩溃、歇斯底里的情绪。他怀疑韦恩他们是个下毒团体,要毒害他,大家在厨房忙碌的身影在他的眼中成了妖怪、巫婆和魔鬼的模样,连带给他宁静美好感受的小溪他都感觉被邻居往水里倒了汽油,他陷入了死亡阴谋的妄想之中。"有那么一会儿,我看到了蓝色天堂,还有圣母的洁白面纱,可是突然间,巨大的邪恶像流散开来的墨水一样玷污了它,'魔鬼！——魔鬼今晚一直跟着我！今晚就是黑暗！就是这样！'"②他在清醒与疯狂中来回挣扎,希望自己能够恢复理智,能够得到救赎,但是酒精麻痹了他的思维,让他的脑袋中充满了各种胡思乱想和狂乱嘈杂的声音,精神难以控制,产生死亡召唤的幻觉。

> 我看到了十字架,他寂静无声,停留了很长时间,我的心奔向了它,我整个身躯向着它渐渐消散,我伸出双臂,希望它能把我带走,上帝作证,我被带走的身体开始死去,灵魂狂喜着飞向那黑暗中闪着光亮的地方,我开始尖叫起来,因为我知道我正在死去……我躺了下来,浑身被冷汗浸透,思量着这些年我身上都发生了些什么,我做过佛学研究,还拿着烟斗吸烟,同时陷入对虚无的沉思冥想,终于使十字架突然现身——我不禁泪眼婆娑——"我们都会被拯救……现在我可以睡了"。③

这时的凯鲁亚克在经历漫长的一生后,希望能够得到上帝的救赎,拯救他脱离现实

---

① 凯鲁亚克.大瑟尔[M].刘春芳,译.上海:上海译文出版社,2015:81.
② 凯鲁亚克.大瑟尔[M].刘春芳,译.上海:上海译文出版社,2015:187.
③ 凯鲁亚克.大瑟尔[M].刘春芳,译.上海:上海译文出版社,2015:188.

生活中精神上所遭受的折磨和痛苦。但是上帝不存在,佛祖也不存在,他还是沉浸在痛苦之中,最终能给他以永远安慰的只有美好的过去和拥有妈妈的家。全书的结尾以这样一段温暖的文字结束:

> 我会买上车票,在鲜花盛开的日子告别,把整个旧金山甩在身后,穿过秋日的美利坚回家,然后一切如初——简单的金色永恒祝福着万物——什么都不曾发生……那小男孩将会长大,成为了不起的人物——会有告别与微笑——我妈妈会开心地等我回来——院子一角埋葬'小淘气'(小猫)的地方,会成为一块崭新而芬芳的圣地,让我的家变得更加温馨——在温柔的春天的夜晚,我会站在院子里的星空下——美好良善将从万物中显露生长——并会金光闪耀直至永恒——无须再多言了。①

尽管现实中的凯鲁亚克难以摆脱痛苦的宿命,但是小说中的杰克·杜洛兹却找到了解脱的途径。他告别象征着死亡和堕落的旧金山,回到象征着天堂的在洛厄尔的家和圣母一般的母亲身边。这里既是天主教概念里的圣地,也散发着佛教的金色光芒。在小说中出现多次的落下大桥坠毁的汽车象征着一种宿命,暗示着现实中的凯鲁亚克最终自我救赎的失败,但结尾出现的圣地和家的美好意象却预示着小说中的凯鲁亚克可以得到救赎的最终家园。这一充满希望与绝望最终又充满希望的救赎的过程展示了凯鲁亚克对于自己渴望得到拯救的良好意愿和为之不懈的努力与自我挣扎,这一努力的过程就足以显示他对于命运的不甘和不屈服。他敢于将自己长久以来敏感而脆弱的神经衰弱病症进行忠实记录,并且能形成作品,以小说的形式公之于众,就足以证明他是一个伟大作家,一位美国式的英雄。"其他人也许早就垮了。"他的密友金斯伯格曾这样说。

1956 年 6 月,凯鲁亚克搭车前往位于华盛顿州喀斯喀特山脉的荒凉峰山火瞭望点。终于可以把他所不擅长处理的复杂人际关系抛于身后,他的心情是愉快轻松的。在这之前,因为他的朋友、诗人兼编辑罗伯特·克里利(Robert Creeley)与当时另一位著名的诗人肯尼斯·雷克斯罗斯的妻子有染,雷克斯罗斯认为凯鲁亚克在其中起到了共谋的作用,于是对凯鲁亚克也是憎恨有加,于是在一篇重要的评论文章中发表了不利于凯鲁亚克的评论,这对于后者影响很大。

凯鲁亚克在荒凉峰上度过了九周的时间——准确地说是六十三个日夜。他的职

---

① 凯鲁亚克.大瑟尔[M].刘春芳,译.上海:上海译文出版社,2015:199.

责——读取天气数据,留意雷击,制作每日广播报告——只占用了他很少的时间。他自己做饭,从山上装来一桶桶的积雪,等其融化,用作饮用水。他终于得到了他一直渴望的巨大的自由空间,这自由"如无法逾越的峡谷般隐约可见"。他被周围巨大的黑色群山包围着,在瞭望台上,"他在峡谷中大喊着形而上学的问题,用最高的嗓音唱着表演曲调,唱着虚空的意义是什么?"①回应他的只有无尽的沉默。他只能一个人寂寞地玩棒球游戏,一玩就是几个小时。烹饪中餐不是因为饥饿,而是为了勾起对洛厄尔中餐馆的回忆。再次像小时候一样,自编自演赛马比赛,编辑赛马报纸《特夫报》。时间成了空虚的镜子,让凯鲁亚克觉得整个人生都那么地不真实。当他每天出去做俯卧撑时,他担心附近的凶险的霍佐米恩峰会随时将他压倒在地。他在笔记本中记录他的茫然无措,脑子失去了思考的能力,只想立刻下山。寂寞所带给他的并不是他想要的。1956年9月,他回到了山下喧闹的世界,终得释然②。

这是一次自我疗伤、自我救赎的旅程,两个月前,他面临着被利用、被诋毁、被误解的糟糕现实,两个月山顶与世隔绝的瞭望员生活,让他有时间静心思考佛教的真意、人生的意义、生命的真谛以及自己所面临的一切。在《达摩流浪者》,凯鲁亚克对于在荒凉峰上的这段生活也有详细的记录,是加里·斯奈德给他介绍了这份工作与旅程,因此,他对斯奈德充满感激。在书中,他在荒凉峰上想象着远在七千英里之外的日本的贾菲(即斯奈德):

> 忽然间,我仿佛看到那个邋遢得无法想象的中国流浪汉,就站在前面,就站在雾里,皱纹纵横的脸上透着无法言诠的幽默表情。那并不是真实生活中的贾菲,不是背着背包、学佛和在派对上纵酒狂欢的贾菲,而是比现实更真实的那个贾菲,我梦想中的贾菲。他站在那里,不发一语。……"贾菲,"我大声喊道,"虽然我不知道我们什么时候会重聚或将来会有什么发生在我们各自身上,但我绝对不会忘记孤凉峰的,我欠它的太多太多了。我会永永远远感谢你指引我到这个地方来,弄懂一切的道理。现在,我已经长大了两个月,而我要回到城市去的忧郁时刻又已经到了。愿主赐福给所有身在酒吧、滑稽剧和坚定的爱之中的人,赐福给那倒悬在虚空中的一切。不过,贾菲,我们知道,我们俩是永永远远不变的——永远的年轻,永远的热泪盈眶!"此时,罗斯湖在散开的雾中现身,倒

---

① Clark T. Jack Kerouac:a biography[M]. New York:Marlowe & Company,1984:148.
② Clark T. Jack Kerouac:a biography[M]. New York:Marlowe & Company,1984:147-148.

映着玫瑰色的漫漶天光。"上帝,我爱你。"我抬头望着天空,说出这句肺腑之言。"主啊,我真的已经爱上你了。请你照顾好我们每一个人,不管是用什么样的方式。"①

在这一刻,凯鲁亚克不仅完成了自我救赎,而且他借上帝之手,企望救赎他所认识的每一个人,达到了佛祖与上帝合二为一、小我与大我融为无我的崇高境界。

凯鲁亚克后期的宗教观其实是泛化的,或者说是综合的。他笔下的天主教和佛教并不冲突,上帝和佛祖也可以合二为一,因为两种宗教的最高教义都是一个"爱"字,都是普度众生,教人向善,给人们提供一种信仰,一种心灵的寄托。对于凯鲁亚克来讲,他既信奉从小母亲灌输的天主教圣女小德兰的爱的玫瑰雨,也推崇佛祖的"色即是空,空即是色"的万物皆空的信条,正如他和斯奈德在《达摩流浪者》中的对话所体现的那样,基督就是弥勒佛,两者在"爱"中得以统一:

"你很喜欢基督,对不对?"

"我当然喜欢。何况有些人甚至说他就是弥勒佛——一个根据预言会继释迦牟尼之后来到世上的佛。在梵文里,弥勒的意思就是'爱',而基督的一切教诲也可以归结为一个爱字。"②

凯鲁亚克希望自己能够成为一个穿着现代服装的古代托钵僧,在世界到处游历,累积善果,让自己有朝一日能成佛,成为天堂里的英雄。他在作品中以及现实生活中对于漫长无尽的"救赎"之路的探寻,实际上是对于爱、希望与自由的追寻,认识到这一点对于更理性地评论所谓"中国的垮掉的一代"及所谓的"另类文学"具有一定的现实意义,对于迷茫且反叛的当代青年的"自我救赎"也能够有所启示,并期望能够促使他们在此基础上升华到"救赎他人"的更高境界。

---

① 凯鲁亚克.达摩流浪者[M].梁永安,译.上海:上海译文出版社,2008:266-267.
② 凯鲁亚克.达摩流浪者[M].梁永安,译.上海:上海译文出版社,2008:221.

第四章

生态哲学

生态哲学是用生态系统的观点和方法研究人类社会与自然环境之间的相互关系及其普遍规律的科学,是对人类社会和自然界的相互作用进行的社会哲学研究的综合。起初,生态哲学以"新唯灵论"为理论根据,它宣扬人和宇宙的精神统一性,确认自然界的和谐性和完整性。人的道德问题在生态哲学中占有重要地位。"生命哲学"也对生态哲学有很大的影响。生态哲学的拥护者反对不加节制的工业发展,以及技术统治的理性主义、大都市主义,还形成一个政治团体"绿党"。它以人与自然的关系为哲学基本问题,追求人与自然和谐发展的人类目标,因而为可持续发展提供理论支持,是可持续发展的一种哲学基础。

海德格尔和金岳霖这两位大哲学家都认为,人类中心论是传统发展观的哲学根源和致命点。他们都看到了技术的消极方面,看到了无限制的技术化的灾难性后果是人的存在的丧失,是人的全面的异化。长期以来,人们的思想一直活动在人类中心论的框架内,活动在主客两极化的框架内。由此,人类把自己看成了世界的中心、自然的主宰,把世界看成对象,把自然中的天地万物看成技术生产的原材料,人可以任意地向大自然索取。这种发展观无形中便把自然放到了人类自己的对立面上,心中想的是要制服它,战胜它。这种发展观造成了取予不均,人类对自然的索取和掠夺多于对自然的反哺和回馈,这种发展观无形中会造成人类延续中的代际间的不公平。

被誉为"美国国家公园之父"的自然文学作家约翰·缪尔(John Muir,1838—1914)曾在《夏日走过山间》一书中写道:"面对身外之美,我们的血肉之躯变得像玻璃一样透明,仿佛真真切切已和外界融为一体,沐浴在翻滚的阳光下,和空气、树木、溪流、岩石一同生机勃发——我们变为自然的一部分,没有青春,也无苍老,无所谓健康,也无所谓病痛,唯余不朽与永恒。"①在工业高度发达、科技革命带来现代工业文明的商品社会里,消

---

① 缪尔.夏日走过山间[M].刘颖,译.天津:天津人民出版社,2018:12.

费主义盛行,物质享受成为人们的主要精神追求,精神领域却日趋贫瘠。狂欢与享受后的虚无感与无力感使得一部分美国人迷失了自我,现代文明的恶之花盛开在精神的荒原之上。美国一部分作家看到了这种现代文明的误区,试图摆脱灯红酒绿、纸醉金迷的城市生活,从现代社会的奴役中解脱出来,在大自然中寻找一方属于自我的净土与自由的精神空间。"他们的走向荒野,实际上是一种精神上的回家旅程,一种寻根的跋涉。他们的走向自然,走向外在,实际上则是走向自我,走向内心。他们寻求的是一种不被繁华的物质世界所动的内心之平静。"他们试图寻找"一种自然、社会与精神和谐共存的强大的生态视野"①。

凯鲁亚克的友人、美国当代诗人加里·斯奈德(Gary Snyder)是美国艺术与文学院院士和普利策奖获得者,是引领环境保护运动进入美国主流文化的标志性人物,也是垮掉一代的主要代表之一。1930年5月8日,斯奈德出生于美国加利福尼亚州旧金山。他不仅以倡导环境保护和生态关注而闻名,而且翻译和模仿中国古典诗歌,在他的作品中表现出对东方哲学特别是中国古代哲学的浓厚兴趣。在埃兹拉·庞德和肯尼斯·雷克斯罗斯的影响下,加里·斯奈德开始喜爱中国诗歌和老子、庄子的哲学,受到中国文化的全方位影响。他阅读《道德经》,翻译唐代禅僧寒山的诗歌,在自己的诗歌中吸收了很多中国文化元素。有一次他说:"我试着写硬朗、简单、短字的诗,看起来简单,但有复杂的内涵。这行诗部分受到了我一直在读的五行和七行中国诗的影响,它们对我的思想有着强烈影响。"②

近年来,斯奈德吸引了越来越多的生态批评研究者的关注,学界曾从生态伦理、生物区域主义、生态诗学以及与儒释道文化对比等角度对其作品进行过研究。他的诗歌创作《砌石与寒山诗》(1959)、《僻野》(1968)、《龟岛》(1974)等大都以自然和人在自然界的劳动为题材,散发着强烈的生态保护意识,对人们更好了解和尊重大自然产生了不可忽视的积极作用。

凯鲁亚克作为受到斯奈德禅宗哲学影响的友人之一,对于自然也充满崇敬之情。钟情于山水自然生态的约翰·缪尔、寒山等都是斯奈德的偶像。在《达摩流浪者》中,凯鲁亚克借雷蒙的视角描绘了以斯奈德为原型的主人公贾菲"自然之子"的形象:"贾菲带着瑞士帽,背着大背包,在枝繁叶茂的松树下大踏步地前进着。挽住背包肩带的左手上拿

---

① 程虹.跨越时空的沟通:美国当代自然文学作家与中国唐代诗人寒山[J].外国文学,2002(6):68.
② Allen D. The American Poetry,1945—1960[M]. New York:Grove Press,1960:420-421.

着一朵花,而眼睛则闪烁着快乐的光芒,仿佛是正在跟他的偶像们——约翰·缪尔、寒山子、拾得、李白、约翰·巴勒斯、保罗·班扬和克鲁泡特金——并肩而行。"[①]

除了《达摩流浪者》,在他的其他几部小说中,如《大海是我的兄弟》《在路上》《荒凉天使》《大瑟尔》等,自然界的生灵都是凯鲁亚克创作中着墨较多的表现对象,山林旷野也是逃离城市给他带来的压迫感和窒息感的精神归宿。

第一节 对征服自然的批判

20世纪60年代,以美国为首的西方发达国家由经济发展、技术进步而引发的环境污染和生态破坏与日俱增,公众对环境问题的关注日益增加。1962年,美国女海洋生物学家蕾切尔·卡森(Rachel Carson)出版了《寂静的春天》(*Silent Spring*)一书。这部长篇报告文学以通俗的文笔描述了化学杀虫剂对生物、人类、环境造成的毁灭性的影响和毒害,让人们意识到科学的恐怖和带给人类的灾难,从而将日益严重的生态问题提上了议事日程。环境和生态问题事关人类的生存,与我们的生活息息相关,出于对生存的忧患意识,人们开始反思、自省生态危机的根源并作出自我调整。世界本应该是人类与自然、男性与女性、白人与有色人种和谐共处,平等互助,共同发展繁荣,然而现实并非像人们所希望和设想的那样,高速发展的科学技术,极大地提高了人类的物质生活水平,但是人们在利用科学技术为人类造福的同时,也在很大程度上改变了自然本来的面貌,人类视自然为可以随意开采享用的资源、供人类使用的工具、科学研究的对象,对自然进行随意的利用、掠夺,造成了大量不可再生资源的短缺和枯竭,最终导致全球性生态失衡。

在第一次世界大战期间,美国就通过战争贸易获得了经济上的快速发展与繁荣。战后,经历1921年短暂的经济萧条过后,美国的经济就开始逐渐进入正常轨道,并且迅速达到再次繁荣的状态,其繁荣期从1923年起直到1929年因经济危机爆发而告终。这一时期美国的经济繁荣主要表现在工业生产上,特别是汽车工业、电气工业、建筑工业和钢铁工业。在福特公司的带动下,汽车从奢侈品变成快消品。1920年,美国登记在册的汽车达到了900万辆。汽车工业直接和间接地为500万人提供了就业机会,并且促进了石油、轮胎制造、公路修建以及钢铁冶金工业的发展。仅次于汽车的重要工业是电气机械,

---

[①] 凯鲁亚克.达摩流浪者[M].梁永安,译.上海:上海译文出版社,2008:61.

尤其是家用电器的制造,当时美国的电熨斗、洗衣机、吸尘器以及电冰箱等制造产业均十分发达①。

美国经济的快速发展的直接结果是城市人口猛增,在1920年至1929年的十年中,有约2 000万人从农村流入城市。1900年的美国,100万以上的城市只有纽约、芝加哥和费城三个。到了20年代,人口超过100万的大城市增至10个,并且在这些城市周围又建立了许多卫星城市,但美国的卫星城市和欧洲的卫星城市不一样,他们的发展极具独立性,这也抑制了美国中心城市的恶性扩大,形成了一个良性循环。

20世纪30年代,"有五个关键词:贫富分化、大萧条、贸易战、民粹主义、战争。一环扣一环,最终人们用覆盖2 200万平方公里的炮火、5万亿美元的经济损失和9 000多万生命为代价,重新分配了财富、权利和新的世界秩序。"②1944年,在第二次世界大战即将结束之际,美国民众被压抑已久的消费热情开始溢出,到处都是"报复性消费"的繁荣景象。1945年二战结束后,美国迎来了史上持续时间最长的经济繁荣,不仅经济、军事的实力暴增,在科技方面也突飞猛进。由于战争的需要,二战时期美国集中了大量的人力、物力、财力等投入军事科研中,而且,还在欧洲各国中收揽了大量尖端科研人员,这些都极大地增强了美国科技水平。工业的发展,科技的飞跃,汽车、电器等消费品的普遍化,使得城市的发展日趋繁荣。同时贫富悬殊、两极分化、战后的创伤等,让物质极大富有的美国青年一代逐渐不满足于中产阶级安逸与虚伪的生活标准,对美国传统社会价值观发起挑战。

美国传统的社会价值观,是十分典型的清教徒观念——努力工作,个人奋斗,节约物欲,崇尚理性,反对浪费。这种传统的社会价值观在当时的美国农村地区仍然流行,不过随着年轻人口大量地流入城市,传统的价值观受到了严重冲击。固定的工作、稳定的收入、理性的服从,对于他们而言都是需要抨击的传统文化,他们转向追求不为物质所牵绊、只求不受传统束缚的自由生活,尽情释放自己的热情、渴望冒险的生活、寻求精神上的刺激、追寻新的生活哲学是战后青年一代的新追求。出生于一战后、成长于二战期间及战后的"垮掉的一代"正是这一批青年,而其中凯鲁亚克则是典型的代表。他们反抗传统文化,不满足于稳定的生活与教条的社会准则,钢筋水泥的城市建筑与纸醉金迷的城

---

① 美国"疯狂的20年代":实在的繁荣、无节制投机、无为而治的总统[EB/OL]. [2022-05-07]. https://new.qq.com/rain/a/20201104A0A0NJ00.
② 大萧条往事:美国1930年代启示录[EB/OL]. [2022-05-07]. https://www.huxiu.com/article/355035.html.

市生活让他们心生厌恶。城市的快速扩张破坏了荒野的生态,工业生产流水线的飞速发展与消费主义的盛行则破坏了城市的生态平衡,生活于其中的人们一方面享受着消费主义所带来的生活上的便利与富足,另一方面又难以忍受消费主义所带来的精神世界的荒芜与空虚。于是,他们转向当时还不发达的西部以及山野去放逐自我,寻求心灵的自由与清净之地,自然的生态成为他们的心灵栖息地。他们在自然中修复受损的自由理想,在山水中治疗被酒精麻木的神经,在荒野中重新思考生命的意义与存在的价值,形成一种生态哲学思想。

一、海洋与战争

在从哥伦比亚大学退学后,凯鲁亚克回到故乡洛厄尔,父母对于他的决定非常恼火,让他找工作养活自己。20岁时,他在经历一系列工作后,决定加入海军并随船出海。他与一群机场建筑工人一起登上了前往格陵兰岛的"多彻斯特"号商轮。在离开波士顿港之前,杰克打电话给他的父母,说他回家会晚一点。那是1942年春天的早些时候,直到10月他才回到家中。

凯鲁亚克有随手记录自己所思所想的习惯,在航行中他也一直坚持写笔记,详细记录了海上生活的具体细节。这次旅行是杰克热爱历险的体现,也让他有机会亲身体会自然的壮美,同时亲历人类所发起的战争对于自然的征服与破坏。《大海是我的兄弟》正是创作于凯鲁亚克结束"多彻斯特"号蒸汽商船航海之旅后不久,是凯鲁亚克写作生涯的第一部重要作品。

小说的主人公比尔·埃弗哈特和韦斯利·马丁代表现实中凯鲁亚克的两种人格特征。埃弗哈特是毕业于哥伦比亚大学的一名助教,和家人生活在一起,过着规律、有固定收入但平淡乏味的生活,对生活充满悲观与负面的情绪。偶遇放荡不羁、无牵无挂、纵欲狂欢的水手马丁后,他找到了内心自我的另一面。他渴望寻求更真实、更刺激的体验,这与凯鲁亚克自身的经历相似。凯鲁亚克曾跟随"多彻斯特"号出海远航,也因与橄榄球队教练的不和而愤然从哥伦比亚大学退学。埃弗哈特的经历、行为和心理,在许多方面都如实反映了凯鲁亚克想要通过摆脱传统的束缚,用最直接的冒险体验来获得作品灵感的愿望。马丁是凯鲁亚克"世俗的一面",自由地来去,没有任何牵挂,从港口出发前往另一个港口,是这个世界上的一个漫游者,没有恐惧地盲目体验着。马丁是埃弗哈特的精神支柱。埃弗哈特抛弃安逸的生活,义无反顾地跟随马丁上船,但当他在船上发现马丁不见了的时候,他感到迷失,觉得自己顿时没有了出海的勇气与渴望,收拾行李准备下船。

当马丁又及时出现时,他才打消了下船的念头,开始第一次航海之旅。

20世纪30年代,在大萧条的背景下,大规模失业和普遍的社会苦难让很多美国人以一种比以前更赞赏的新眼光看待苏联。在此期间,美国共产党迅速发展,积极推动反法西斯统一战线,促进了美国工人运动的发展,30年代末党员已达10万人。二战后,美国一方面在国际上与苏联对抗,另一方面在国内红色恐慌(Red Scare)再次兴起。冷战期间,麦卡锡主义盛行,美国国内反共、反劳工浪潮猖獗,共产党人受到残酷的迫害与孤立,左翼力量受到空前的打击。

在这样的政治背景下,年轻的凯鲁亚克也受到共产主义思潮的影响,这也反映在小说的主人公埃弗哈特的言行思想中。埃弗哈特对于以大海为代表的自然的向往,主要来自对美国现代文明的焦虑与对战争的复杂感情。小说的主体部分并没有更多地描写海上航行的生活,而是描写在城市中荒唐放纵的经历、思想上的孤独与迷茫以及对于共产主义与反法西斯主义等意识形态的争论,为最后部分的海上经历做铺垫,形成自然与城市的强烈对比。

> 两座灯塔优雅地飘过,他们是文明社会的最后据点。比尔盯着从船尾向后退的波士顿的天际线,那是一个不知一场伟大的历险正在进行的沉睡的波士顿,那是一个偶尔喷出工业烟雾的波士顿,阴沉的灰色楼房就这样面对着七月的黎明。①

港口的灯塔是文明社会的最后据点,向内充斥着钢筋水泥、工业污染以及了无生气的灰蒙蒙的城市,这样的文明社会并不是埃弗哈特所留恋的地方。反而,灯塔外辽阔的大海和大自然神秘力量主宰的种种未知的可能是他所向往而期待的精神归处。

但是大海也并不总是给他带来美好的感受,在战争阴影的笼罩下,即使是风平浪静、闪烁着绿色和金色的光芒的美丽海面,也无法消除空气中弥漫着的死亡的味道。海面下有潜艇在潜行,鱼雷随时会击沉一艘满载一桶桶的重油、军用吉普以及成箱的各种货品以及船员的货船,战争与死亡的威胁无处不在。

> 鱼雷……另一个人造的残酷的混合物,上帝啊!他试图想象鱼雷打进轮机室,撞上歇斯底里、闷头蛮干的活塞的情景,爆炸的冲击波震耳欲聋,泄漏的蒸汽嘶吼着逃窜,无尽的水自无尽的大海中涌进来,他在这场大屠杀中如同旋涡

---

① 凯鲁亚克.大海是我的兄弟[M].董研,译.上海:上海文艺出版社,2014:171

中的一片落叶般迷失。死亡！在那一瞬间，他半真半假地盼着这一切发生。①

而埃弗哈特提到的鱼雷之外的另一个人类制造的残酷的混合物指的是"威斯敏斯特"号的能量来源——巨大的活塞。"那巨大的活塞在猛烈地运动着,那活塞是那么庞大,你难以想象它们会以如此可怕的速度运动着。'威斯敏斯特'号的传动轴快速转动着,带动着船尾的螺旋桨,在比尔看来,就像是一条扭动着的巨蛇,正钻进个巨大的洞穴。"②人类运用科技和工业的发展制造出征服自然的机械制品以及助力战争的钢铁器具,而同时,这些物品却通过凝聚自然的力量,与自然合谋对抗人类柔弱的身体,像一条毒蛇,随时都可能给人类自身以致命的一击。

埃弗哈特在"威斯敏斯特"号上第一次看到船上的巨炮,"他此生从未如此接近一台拥有如此毁灭力量的机器。这是一架口径四英寸的舰炮,讽刺的是,它优雅的炮管正指着海港中的驱逐舰,而驱逐舰的舰炮也正指着'威斯敏斯特'号"③。这句话恰恰表达了凯鲁亚克对于人类与自然的关系的真实想法：人类在想方设法地征服自然,自认为可以通过坚船利炮来获得胜利,然而,"当你凝视深渊时,深渊也在回望着你"。自然同样借助人类的力量反噬着人类。在自然面前,这个具备"超级毁灭能力的怪兽,这个设计精干、航程极远,为死亡吹响号角的骄傲的海上战士"④,也随时会被鱼雷击中,死亡的风险随时都在。

这段海上经历在凯鲁亚克的最后一部小说《杜洛兹的虚荣》中也有表现,在第七与第八章中,凯鲁亚克依据他的航海日志,再现了他对海洋的复杂情感。他既仰慕海洋的浩瀚莫测,又憎恶人类借助海洋的力量承载战争的残酷。他所效力的"多彻斯特"号轮船航行在浪花飞溅的大海之上,天空的云是多彩的,但轮船的储藏室里却存放着火药和弹药,而他们就睡在储藏室之上,随时都有丧命的危险。"死亡徘徊在我的铅笔周围。我的感觉如何？什么感觉也没有,只是模模糊糊地接受现实。"⑤被深水炸弹所击沉的潜水艇里,有一位金发碧眼的白人德国男孩在一个沉没的密封舱里被海水呛死,他临死前惊恐的眼神让凯鲁亚克无法忍受战争所带来的对于如花般生命的无情摧毁,"从那一刻起,我是世

---

① 凯鲁亚克.大海是我的兄弟[M].董研,译.上海：上海文艺出版社,2014：195.
② 凯鲁亚克.大海是我的兄弟[M].董研,译.上海：上海文艺出版社,2014：195.
③ 凯鲁亚克.大海是我的兄弟[M].董研,译.上海：上海文艺出版社,2014：193.
④ 凯鲁亚克.大海是我的兄弟[M].董研,译.上海：上海文艺出版社,2014：153.
⑤ 凯鲁亚克.杜洛兹的虚荣：杰克·杜洛兹历险教育记：1935—1946[M].黄勇民,译.上海：上海译文出版社,2014：150.

界上唯一真正的和平主义者"①。但他困于大海之上,无法逃离,无法抗争,周围人对于死亡的淡漠与习以为常,让他感觉自己"陷在一个钢铁的监牢里,漂浮在北极圈冰冷的海洋里,最后还成了个奴隶"②。

同样受到战争戕害的还有与凯鲁亚克同船的另一位海员韦恩·杜克。也许对于凯鲁亚克而言,杜克与加里·斯奈德有相似之处,因为他们都喜欢爬山,喜欢欣赏黎明精美柔和的光线在两边陡峭的山岩之间形成的完美平行线。他们一靠岸就约定去攀登附近一处高山,并成功登顶,山上的一簇簇野花抚慰了他们看惯海洋的疲惫双眼。在下山时,凯鲁亚克踩到了一块松动的大石头,引发山崩,二人在乱石滚动中侥幸逃生。这一幕与《达摩流浪者》中凯鲁亚克跟着斯奈德在山坡上胆战心惊地飞驰而下的情景何其相似。

> 随后,我和杜克折回山下,我踩到了一块松动的巨砾,于是就开始与石头一起顺着一处岩脊滚下山坡,结果引起了山崩,石头朝着我底下可怜的杜克砸去,雷鸣般地从他的头上越过,我俩几乎丢了性命;我带着疯狂的自信微笑着,夹紧我臀部的肌肉控制继续下滑,就在悬崖边缘止住了滑落,杜克也在一块倾斜的岩石下躲避了滚石。此后,我俩又有好几次侥幸脱险,这绝对是生死一线,但是我们成功了,回到了大汽艇上,它把我们送回我们的船,晚餐狠狠吃了一顿,猪排、土豆、牛奶以及黄油糖浆布丁。③

只不过,杜克没有斯奈德幸运,他差点成为战火中的炮灰。如果没有战争,杜克会是一位在山间如羚羊般跳跃的阳光男孩,但在战争的摧残之下,他成为一个相貌憔悴枯槁的青年,脖子上有炸弹爆炸时被碎片划伤的痕迹,内心充满恐惧与悲哀。"他是个随和的人,但眼神里依然有着悲剧造成的失魂落魄,我怀疑他还能不能忘却他在救生筏度过的那七十二个小时,还能不能忘记他肩上背着的那位肢体残缺血肉模糊的同伴,他的同伴一阵疼痛难忍,跳离筏子,投入卡罗来纳海自尽……"④此处凯鲁亚克借助高山与海洋的对比,一如既往地表达了对于自然力量的推崇和对于人类工业文明催发的海上战争的厌

---

① 凯鲁亚克.杜洛兹的虚荣:杰克·杜洛兹历险教育记:1935—1946[M].黄勇民,译.上海:上海译文出版社,2014:164.
② 凯鲁亚克.杜洛兹的虚荣:杰克·杜洛兹历险教育记:1935—1946[M].黄勇民,译.上海:上海译文出版社,2014:165.
③ 凯鲁亚克.杜洛兹的虚荣:杰克·杜洛兹历险教育记:1935—1946[M].黄勇民,译.上海:上海译文出版社,2014:171.
④ 凯鲁亚克.杜洛兹的虚荣:杰克·杜洛兹历险教育记:1935—1946[M].黄勇民,译.上海:上海译文出版社,2014:168.

恶,斥责发动战争的国家都是野蛮且贪婪的。战争不仅摧毁了无辜的生命,也打破了海洋的平静,对于海洋的生态平衡造成了严重的破坏。海洋本应该是孕育万千海洋生物的母体,但在战争的阴影之下,却成了战舰、潜水艇、鱼雷、火炮等现代战争武器的演练场。

美国人的战争触角已经伸到了遥远的北极圈,侵扰了北极的自然存在与因纽特人生存的宁静。凯鲁亚克用拟人的手法,借北极的风来对愚蠢的人类进行警告:"人类一定不要冒险到我这里来,因为我冷酷无情,无情无义,就像大海一样,不会成为人类的朋友、温暖的灯光。我是北极,我只为自己存在。"①但他们还是乘坐着船只在海军舰的护送下来到了这里,涉足这边孤独、荒凉的陆地,带来了他们自认为高人一等的现代文明,对定居此地的因纽特人无半点敬畏之心,凯鲁亚克对此深感惭愧与羞耻。"美国海员朝因纽特人扔橘子,试图击中他们,并且粗鲁地大笑——但是,那些小蒙古人只是痴痴地傻笑,温和地表示欢迎。我的同胞让我感到尴尬,无地自容,因为我知道,因纽特人是一个伟大坚韧的印第安民族,他们有自己的上帝和神话,他们熟悉这片奇怪土地的所有秘密,他们有道德观念,有荣誉,而且远远胜过我们。"②凯鲁亚克及其垮掉派伙伴一直秉持着反战、反现代工业文明的理念,追求和平、自由、人类平等与自然和谐,对于人类战争、对于人类利用机器的力量对自然与原始生命的无情破坏极尽嘲弄与批判之能事。

生态哲学思想认为,人类与自然最好的状态就是和谐共生,天人合一。在自然面前,无论是放荡不羁的韦斯利,还是追求冒险的埃弗哈特,都需要在企图征服大海的同时,承认大海蕴含的神秘力量,在直面海上吹来的强大逆风的同时,懂得欣赏海上夕阳绚丽的色彩与壮美。而对于年近中年的杜洛兹而言,海洋不再仅仅是自然景色的天然存在,而是被人类打上了深深的战争烙印,人类终会为自己对于自然的破坏付出代价。果不其然,"多彻斯特"号再次出海时,被潜水艇击沉,船上装载的两三千美国军队的大部分士兵和船员都牺牲了。船上还有四位牧师也献出了他们的生命,其中,两位是新教徒,一位是天主教徒,另一位是犹太人。"他们祷告着,与轮船,与光荣,一起沉入那冰冷的海底。"③无论信仰,无论肤色,无论职级,都被大海吞噬,这就是自然对于人类荒唐行为的惩罚,是

---

① 凯鲁亚克.杜洛兹的虚荣:杰克·杜洛兹历险教育记:1935—1946[M].黄勇民,译.上海:上海译文出版社,2014:165.
② 凯鲁亚克.杜洛兹的虚荣:杰克·杜洛兹历险教育记:1935—1946[M].黄勇民,译.上海:上海译文出版社,2014:166.
③ 凯鲁亚克.杜洛兹的虚荣:杰克·杜洛兹历险教育记:1935—1946[M].黄勇民,译.上海:上海译文出版社,2014:180.

凯鲁亚克对于战争、对于杀戮、对于人类破坏海洋温良本性的强烈控诉。

二、西部荒野与工业文明

《在路上》中的萨尔曾一度想逃离东部，逃离纽约，梦想着去体验西部的乡野气息。在纽约"充满罪恶而又灰暗的破旧公寓"里，他失去了生活的激情，在酒精、大麻以及自以为是的写作中感到空洞迷失。"迪安是一个真正的西部男子汉。尽管我姑妈提醒我说他会给我带来麻烦，但是我听到的却是一个新的召唤，我看到崭新的地平线正出现在我的眼前。"①迪安的到来让他终于鼓起向西部出发的勇气，下定决心上路。"我是一个年轻的作家，我渴望上路"。②

但是西部的城市并不是他想象中的那样充满绿色与希望，在高度工业化的时代，西部也未能幸免。在短短的百余年的时间里，北美大陆从一片蛮荒变成了千里沃野，在不断西移的移民潮背后，崛起了小麦王国、畜牧王国、矿业帝国、数以千计的定居点和现代化的城市。从一定意义上讲，没有西部开发，就没有今日的美国。传统上，人们总是站在发展和进步的角度评价美国西部开发，认为"如果人类要走向文明，就必须改变其周围的环境"。美国西部的环境变迁被看作文明战胜野蛮、科技战胜蒙昧的一个胜利，甚至历史学家也以赞许的语气描述西部开发："他们征服了荒野，征服了森林，并把土地变成丰产的战利品。"

然而，从环境史的角度来看，美国西部开发却是一部沉重的灾难史，在短短几代人的时间里，北美的自然环境发生了天翻地覆的变化：原来数以千万计的物种相继灭绝或濒临灭绝，大片的原始森林消失殆尽。物种变迁和本地动植物资源遭疯狂破坏仅仅是美国西部开发中的一个方面，在当时占主导地位的征服自然、文明战胜野蛮的观念的指导下，美国西部上演着一幕又一幕的生态悲剧。除了动植物资源外，西部的土地、矿产和水利资源也遭到了空前的破坏。

几乎每个西部行业的兴起都伴随着对环境的巨大破坏。首先发展起来的是西部山区的采矿业。矿业边疆所信奉的原则是先到先得、弱肉强食的森林法则。早期的淘金实际上都是在印第安人土地和公共土地上的非法采矿，淘金者为了赶在别的竞争者到来之前尽量多地获取财富，根本无视自己的行为对自然的破坏。数以万计的淘金者分散在从

---

① 凯鲁亚克.在路上[M].陶跃庆,何小丽,译.上海:上海人民出版社,2020:13.
② 凯鲁亚克.在路上[M].陶跃庆,何小丽,译.上海:上海人民出版社,2020:13.

太平洋海岸到大草原以西的山区乱开滥挖,许多人的双手,把这一片原来无疑是很美丽的风景破坏成为一系列难看的深沟。大草原是美国最后的边疆消失的地方,也是生态灾难最为引人注意的地方。野牛的灭绝仅仅是大草原生态灾难的预演。随着牧人和农场主的进入,更大的生态灾难还在后面。在美国内战后的20年里,大草原目睹了开放式放牧事业从快速崛起到灾难性结束的全部过程。

在以上多种因素的联合作用下,终于出现了美国西部历史上最大的生态灾难——20世纪30年代的沙尘暴。如此大规模的沙尘暴肆虐的结果是大草原地区严重的水土流失,还使得草原上的大批牲畜渴死或呛死,并导致风疹、咽炎、支气管炎等疾病在草原上蔓延,夺去了许多人的生命。另外,印第安人成为西部开发的生态牺牲品。美国西部开发的历史,同时也是一部印第安人的生态灾难史。土著人拥有白人所需要的两种东西——毛皮和土地。由此形成了两个种族之间两种不同的交往关系,即毛皮边疆和农业边疆。在农业边疆中,白人从印第安人那里需要的只有他们的土地。所以,自从殖民地时期起,垂涎于印第安人土地的殖民者就否认印第安人的土地主权,殖民地的领袖温斯罗普鼓吹:"对于新英格兰的土著人来说,他们没有占据任何土地,既缺乏任何固定的居所,也没有哪种家畜来改善土地,所以,他们对这些土地除了自然权利外没有其他权利。"1817年,甚至连美国总统门罗在向国会的报告咨文中也公然声称:"地球是被交给人类来承担它所能够承担的最大数量的人口的,除了维持自身需要和生存外,任何部落和种族都无权阻止其他人对土地的占有",而美国的"拓荒者坚持认为,印第安人同那些该死的森林一样,必须当做文化进步的敌人而加以消灭"。由于白人背信弃义窃取印第安人的土地而引发的战争贯穿着整个历史时期,而一贯的结局都是随着美国边疆的不断向西部推进,印第安人不断战败,土地被剥夺①。

汽车文化同样蔓延到了内布拉斯加,牛仔不再是骑着马放牧,而是同样开着车在路上飞驰。萨尔看到的第一个牛仔,"除了穿着之外,和东部的颓废青年没有什么区别"②。20世纪30年代中期的内布拉斯加平原不再是曾经的模样,而到处是令人窒息的雾霾,地面没有了绿草覆盖,而是一片黑色。工业文明用过度开发与污染的方式挖掘西部肥沃的土壤,掠夺自然的宝藏。火车呼啸着穿过大草原的心脏,贯穿东西,不仅传递着经济上的利好,也让丹佛老人的发明专利被东部的大公司盗用而诉讼无门,西部印第安人生活时

---

① 付成双.从环境史的角度重新审视美国西部开发[J].史学月刊,2009(2):113.
② 凯鲁亚克.在路上[M].陶跃庆,何小丽,译.上海:上海人民出版社,2020:25.

代的淳朴与善良,已经被欺骗与偷窃侵蚀殆尽。当萨尔登上旧金山的一个山顶极目远眺时,他依然在迷茫中寻找着希望而不得。遥望东部,"阴沉而疯狂的纽约正向空中喷吐着棕色的雾霾。东部是棕色的、神圣的,加州则如白色的晾衣架一般,也是头脑空空"①。旧金山繁华的商业中心里,同样有着鳞次栉比的高楼,霓虹闪烁,物欲横流。加利福尼亚人与纽约人一样,风流不羁、潇洒颓废,旅馆里同样充斥着眼泡浮肿的金发女郎、妓女、皮条客、骗子与酒吧服务员。被迪安和玛丽露抛弃的萨尔,在旧金山体验到的只有饥饿与悲哀。

在墨西哥格雷戈尼亚城外的丛林里,夜宿的萨尔和迪安在炎热中体会到了与自然融为一体的美妙感觉。虽然被成千上万只蚊子叮咬,但是他感到一种莫名的兴奋:

> 我意识到丛林在一点点使你融化,你也渐渐成了它的一部分。躺在车顶,面朝黑漆漆的天空,就像夏日的夜晚躺在密封的衣箱里。在我的生活里,空气第一次不再是一种接触我、抚摸我、使我挨冻或流汗的东西,而是变成了我自己,我与空气融为了一体。在我睡着的时候,点点小虫像柔软的细流一般落在我的脸上,令人愉快、舒畅。天上没有星星,显得深邃而遥远,就像一条天鹅绒窗帘盖在我身上,我可以面对天空就这样躺上一夜。死去的虫子混着我的血,活着的蚊子继续在我身上吸血。②

但是这种天人合一的美妙境界并没有持续多久,前往墨西哥城的路上,他们遇到生活在山野里的山地印第安人。他们本以为来到了一个世外桃源:当地人在梯田里上下奔忙耕种着庄稼;河谷郁郁葱葱,到处种植着香蕉;山脉绵延,最高的山峰与落基山脉一样雄伟;清晨阳光下的莫克特苏马河雾气氤氲;三岁的印第安小女孩睁着纯净、无辜、未经世俗污染的棕色大眼睛观察着他们。这一切让他们心生敬畏,灵魂得到了净化,心里没有一丝杂念。然而,文明的教化也已通过泛美公路来到了这里,金钱让长大了些的印第安女孩变得粗野而愚蠢。她们在路边拦车兜售水晶石,用印第安语大声地乞求车上的过客购买她们的货物。而当迪安用手表换购了一颗野草莓大小的水晶石时,幸运的女孩紧紧攥着手表,像仰望先知一样地仰望着迪安,向他表示感谢。

不仅是女孩,从荒凉的山区下来的印第安成人也向他们伸出手乞讨,想得到"来自文

---

① 凯鲁亚克.在路上[M].陶跃庆,何小丽,译.上海:上海人民出版社,2020:107.
② 凯鲁亚克.在路上[M].陶跃庆,何小丽,译.上海:上海人民出版社,2020:416.

明世界的恩赐"①。高速公路的贯通,让山地印第安人接触到了外面世界的色彩斑斓,但更让他们毫无防备地沦入世俗。高速公路的建设必然破坏自然环境,千万年来自然生长、天人共生的山野被所谓的文明世界里的冰冷的机械工具打破了宁静与和谐,给生于斯长于斯的土著居民带来了深重的苦难。工业文明的入侵让他们意识到了自己的落后与贫穷,让他们丧失了心灵的安宁与纯净。他们对未知的文明充满敬畏之情,但他们没有意识到入侵的文明对于当地自然生态与人际生态所带来的危害。

> 在这些小镇上,有许多裹着披肩的印第安人从帽檐或披肩下望着我们。这里的生活是那么沉重、黑暗而又原始。他们的目光如鹰隼般望着迪安,他正表情严肃但精神迷狂地驾驶着咆哮的汽车。他们的手一直伸着,这些从荒凉的山区或者更高的山上下来的人,伸出手想得到来自文明世界的恩赐,他们永远想不到文明造成的悲伤和心碎的幻灭。他们不知道有一种炸弹可以摧毁我们所有的桥梁和道路,将人抛入混乱之中,将来有一天我们也会像他们一样贫穷,同样要这样伸手乞讨。②

凯鲁亚克用丰富而细腻的情感与印第安人产生共情,为他们被破坏的生存环境感到心碎与惋惜,对于借征服自然之名而驱逐印第安人的"文明人"则充满愤怒与谴责。小说的最后一部分中,凯鲁亚克借在黑暗中艰难步行的老头之口发出对科技与工业发展肆无忌惮侵蚀自然生态的警告:"为人类哀叹吧。"③此处,老者是步行而非搭车意味着作者对于汽车文明的唾弃,而无尽的黑暗则象征着人类注定的未来,是自然界对于人类愚蠢行为的反噬。

三、荒凉峰与城市

《荒凉天使》的上卷中包含两个部分,分别题为"荒野中的荒凉"与"人世间的荒凉"。正如标题所体现出的对比关系,凯鲁亚克在荒凉峰上的六十三天所亲身经历过、切身体会到的自然生态景观,给他带来了心灵上的净化,涤荡了城市的颓废与悲欢,孤寂中的冥想让他顿悟到佛教的真谛即为"虚空",一切皆为虚空。但是在他回到城市后,他再次陷入酗酒、聚会、狂欢的荒诞之中。

---

① 凯鲁亚克.在路上[M].陶跃庆,何小丽,译.上海:上海人民出版社,2020:423.
② 凯鲁亚克.在路上[M].陶跃庆,何小丽,译.上海:上海人民出版社,2020:423
③ 凯鲁亚克.在路上[M].陶跃庆,何小丽,译.上海:上海人民出版社,2020:432.

第一部分中,在荒凉峰上,书中的杰克·杜洛兹、现实中的凯鲁亚克在寂静的山顶对比山中的生活与城市中的生活。他回忆起他在家乡洛厄尔小镇的生活,除了回忆起妈妈为他准备美味早点的美好回忆之外,他也控诉了美国的疯狂工业化对于一个小城镇所带来的生态伤害。

> 我开始回想红磨坊的细节,它属于谢菲尔德牛奶公司,那家公司坐落在里士满山上,靠近长岛铁路的主干线。川流不息的工作车在红砖墙上留下了数不清的泥印,还有几部报废的工作车就停在附近。云朵从混浊的池塘上掠过,池子里满是火柴、罐头盒和其他的垃圾。当地人从旁边路过,带着周日行人的疲倦面孔。它仿佛意味着,工业化的美国将会被遗弃,并在一个漫长的礼拜日下午彻底锈掉。①

在第二部分中,凯鲁亚克在对荒凉峰的自然生态进行毫无保留的赞美的同时,也对人类破坏环境、砍伐森林的行为做出了无情的批判。

> 据我所知,所谓'林业署'只是一个幌子。一方面是极权政府为限制人类使用森林而采用的暧昧手段,告诉人们不能在森林里野营或者小便,你不可以这样,你可以那样……另一方面它则是伐木经济利益的幌子,整个伐木商业行为的最后结果,"苏格兰纸业"等诸如此类的公司年复一年地与林业署合作砍伐森林,而林业署则一再吹嘘森林的木材储量——似乎我也拥有人均拥有的那部分木材量,尽管我在森林里既不能扎营又不能撒尿。结果是全世界的人都在用这些美丽的树木擦他们的屁股。②

这是对于现代工业和商业文明的一种讽刺。政府部门借保护森林的名义规定普通人不能在森林里野营玩耍,迫使人们不能享受大自然的恩赐,同时却允许大量的商业砍伐,从而带来所谓的商业利益和工业发展。这些被砍伐的树木被用作各种商业用途,其中包括生产厕所用纸。正如凯鲁亚克所讽刺的那样:不能在森林里撒尿,却可以在城市的卫生间里用森林的树木造出的卫生纸来擦屁股,这是真正地保护森林、保护生态环境吗?这只是一种虚伪的文明。人类对于原始森林等自然生态的保护应该是让它们保持它们原有的面貌与宁静,你可以静悄悄地去欣赏自然的美景,去享受自然带来的健康与

---

① 凯鲁亚克.荒凉天使[M].娅子,译.重庆:重庆出版社,2006:31.
② 凯鲁亚克.荒凉天使[M].娅子,译.重庆:重庆出版社,2006:42.

美好，但请不要为了所谓的工业社会的发展去毁坏自然，不要因为商业利益的驱动去砍伐森林。在凯鲁亚克看来，森林其实也根本不需要所谓的防火瞭望，因为"至于闪电和山火，如果森林起火，每一个美国人又能损失什么呢？在数百万年的历史里，大自然又是如何处理这种生态循环的？在这样的月夜，我躺在床铺上思考着这样的问题，沉思着这个世界无边的恐惧"①。数亿年存在着的自然界有着自己的生存之道，有着自成一体的生态循环系统和食物链，地壳的运动、大陆的漂移、海洋的循环全都不以人的意志为转移，森林如果起火，也是自然循环的一个现象，无法给予认为的好坏的定义。现在社会也常常出现因为人的自以为是的对于自然的干预而导致生态失衡的现象，因为人类的私欲而造成的对于环境的过度开发、环境污染和物种灭绝更是目前全球人类所面临的一个严峻现实。人的恐怖才是自然界和这个世界所面临的真正的恐怖，是凯鲁亚克认为的"无边的恐惧"。这恐惧存在于世界的每一个角落，从荒凉峰到纽约到洛厄尔到唐人街到墨西哥，只要有人类的地方就存在人类的弱点，就存在恐怖，就存在对于自然的破坏。让一切成为虚空，让每个人都重返孩童般的纯净、有爱、快乐，世界上的恐惧才会消失。

凯鲁亚克在上卷第二部分"人世间的荒凉"中记录了在完成六十三天的山火瞭望任务后，杰克再次回到城市中的生活与遭遇。带着在荒凉山脉中、在荒凉峰之巅所得到的佛教顿悟，杰克回到旧金山，他想用他那由山中的林木、鸟兽、阳光、明月等自然万物孕育出来的思想去净化在旧金山颓废的老友的头脑，岂不知，他们并不接受，反而让他明白，在战火纷飞的现实社会和车水马龙的城市生活面前，他那关于孤独、关于永恒、关于万物虚空的领悟一钱不值。城市中的每个人都在混日子，在漫不经心中虚度光阴，"为琐事口角——在上帝面前茫然无措——甚至连天使都在明争暗斗——而我所领悟的道理正是——在这世界上，每个人都是天使"②。这一切令他感到悲哀，他为他对人性的过高期待而感到悲哀，对人类的尔虞我诈与愚蠢无知而痛心疾首，因为他领悟到人们的全部努力就是与死亡搏斗，最终一切只会沦为虚空，现实中的挣扎、恐惧、怒火、斗争、成功、自负等都毫无意义。"所有的圣人最后都会进坟墓，跟谋杀者和仇恨者一个样，尘土不会分辨善恶，照样吞噬所有的腐尸——无论他们生前做过什么。"③

下卷开头第一章节，即总第四十八章中，凯鲁亚克运用讽刺与象征的写作手法，对于

---

① 凯鲁亚克.荒凉天使[M].娅子,译.重庆:重庆出版社,2006:42.
② 凯鲁亚克.荒凉天使[M].娅子,译.重庆:重庆出版社,2006:65.
③ 凯鲁亚克.荒凉天使[M].娅子,译.重庆:重庆出版社,2006:68.

人类的战争与谋杀导致的世界灾难以及人性的邪恶进行了强烈的谴责与批评。

杰克·杜洛兹通过声明表示将坦白自己犯下的第一桩谋杀案来激起读者的阅读好奇心。而事实上,他的谋杀对象是三只老鼠,而且谋杀地点不是在城市,而是在雪山之巅。他非常详尽地叙述了老鼠死亡的过程,着重描写老鼠面对死亡时的感受以及自己在导致老鼠死亡过程中的痛苦心理,并进行了痛心疾首的忏悔。

> 在那雪山之巅,我犯下了谋杀罪——我谋杀了一只老鼠——啊,它长着两只小小的眼睛,正在恳求地看着我,它已经被我邪恶地刺伤了——我找到了它在立顿绿茶盒子里隐匿的藏身小窝,那里面满是绿茶末。我用棍子击中了它,用电筒照定它,移开茶包。它看着我,眼睛里充满恐惧的色彩,像人一样的恐惧——所有的生命都会在恐惧之下战栗发抖。它身上也带着小小的天使的翅翼,以及我赋予它的那一切;就在它的头顶,我给了它猛烈的一击。它当即毙命,眼珠爆裂,被绿茶末所覆盖——打死它的那一刻,我几乎哭了起来,一边忍不住叫了出来,"可怜的小生灵!"似乎这一暴行并非出自我的手——我走了出去,把它扔下了悬崖。①

老鼠也是生命,也会像人一样对于杀戮和死亡充满恐惧,所有的生命都会在恐惧之下战栗发抖。当"我"用木棒在它的头顶给予它致命一击的时候,它的眼睛里充满恐惧的色彩。"不要嘲笑——一只老鼠也有着它小小的跳动的心脏。那只我让它留在橱窗后面苟活的小老鼠,它真是'像人一样地'受惊了。""我"在杀死第一只老鼠的时候"几乎哭了起来,一边忍不住叫了出来,'可怜的小生灵!'",但是这份痛心与怜悯并不妨碍"我"淹死第二只和弄死第三只老鼠,尽管在内心不停地对自己的行为进行谴责,"准备死后将因为谋杀老鼠而被关在地狱,而我杀他的原因只是因为我害怕老鼠"②。

凯鲁亚克在短短的几百字中,两次强调在杀戮面前,老鼠"像人一样"的反应。由此可见,凯鲁亚克之意不在忏悔自己杀害老鼠的行为,而是借老鼠象征万物的生命,为人类在对自然的肆意破坏中致使其失去生命的一切生物而忏悔,为在一战和二战中死去的无数战士与平民的生命而哀悼,对发动战争的罪魁祸首进行无情的谴责与批判。同时,也通过"我"的外在行动和心理活动对于人类的虚伪、自私与伪善进行了鞭辟入里的挖苦与

---

① 凯鲁亚克.荒凉天使[M].娅子,译.重庆:重庆出版社,2006:66.
② 凯鲁亚克.荒凉天使[M].娅子,译.重庆:重庆出版社,2006:67.

讽刺，揭示"人类的本性充斥着杀戮"这一本质，警告人类如果继续如此肆意地发动战争与破坏自然，那么"教堂将轰然倒下，蒙古骑兵将朝欧洲版图撒尿，愚蠢的国王们在骸骨上打着饱嗝，而人们对所有一切都视若无睹；最后，地球将灰飞烟灭，化成一片原子尘埃——有如太初之时"①。一切归为虚空，人类所有阴谋、野心在自然面前，都只是自我愚弄、自我毁灭的一场游戏。

第二节 对敬畏自然的推崇

自然环境是人类社会赖以存在的基础和前提，是社会物质生活和社会发展的经常的必要的条件。自然环境或者说地理环境、自然条件、自然基础，它包括在历史上形成的与人类社会活动相互起作用的那些自然条件如地理位置、地形、气候、土壤、水文、矿藏、植物、动物等及其交互作用下形成的复杂的综合体。自然环境是人类创造活动的舞台，是人类创造活动重要的对象。自然环境通过人类劳动对社会发展起重要作用。自然环境具有自然、社会双重属性。以人类劳动为中介，自然环境在各个不同阶段对社会发展都产生重要影响。自然条件在经济上可以分为两大类：生活资料的自然富源和劳动资料的自然富源。地理环境是生产力系统的重要组成部分，是社会发展的内在力量。无论是远古时代，还是知识信息时代，人类都在自然环境的怀抱里生存，自然环境的重要作用是不容置疑的。因此，人类每走一步都要记住，人类是属于自然界和存在于自然之中的，人类对自然界的全部统治力量，就在于人类能够认识和正确运用自然规律。所以，人类必须敬畏自然，才能为自身发展保留充满诗意的栖居空间。

崇尚自然的斯奈德被称为"垮掉的一代"中的梭罗，而对曾一度对斯奈德推崇备至的凯鲁亚克自然深受其热爱自然的思想及行为的影响。在《达摩流浪者》中，斯奈德是主角贾菲的原型，是雷蒙即凯鲁亚克的精神导师。凯鲁亚克更是听取斯奈德的建议，去荒凉峰体验山火瞭望员与自然为伍的山间生活，写出了著名的《荒凉天使》。然而，对于自然的热爱与崇尚应该更早萌发于凯鲁亚克的早期生活体验。他在洛厄尔的小城镇中长大，家乡的河流和田野都给予他生命的滋养。20岁时跟随商船出海，体验海上的历险生活，对大海的热爱同样记录在他的早期著作《大海是我的兄弟》之中。

---

① 凯鲁亚克.荒凉天使[M].娅子,译.重庆：重庆出版社,2006：68.

一、海洋的力量

《大海是我的兄弟》的主人公比尔·埃弗哈特对于未知的大海与航海之旅充满期待,相对于纸醉金迷的纽约都市生活和死气沉沉的助教生涯,大海是浪漫幻想与冒险旅程的象征,是给予其精神力量的伊甸园,也是凯鲁亚克走进自然的第一步。凯鲁亚克借埃弗哈特观察韦斯利的视角展现了自己对于大海的向往与对城市生活的割裂:"韦斯利似乎在启航后便感到舒畅而满足了,仿佛离开港口就意味着一切忧虑终止,仿佛驶向大海就意味着一个和平与适意的新时代。多么简单的解决方案!只愿上帝保佑埃弗哈特,令他也能如此简单地找寻到自由,令他也能如此体面地摆脱烦恼,令他也能如韦斯利那般从大海那里获得慰藉和关爱。"①

凯鲁亚克笔下的大海是唯美的,也是危险的。可以是"一颗硕大的蓝宝石,其上点缀着闪耀的泡沫珠串"②,"浮着白沫的海浪在古老的曙光中闪现着绿色、蓝色和粉红,这个如普罗透斯般变化多端的海洋向上,向下,向着无尽的四面八方展现它的净化力"③,"没有哪里的日出如北大西洋海面上的这般带着粗犷的荣耀,激荡、冷冽的海水和刺骨的海风汇聚在一起,将清晨的阳光变为原始的色彩,这冷峻的胜景只有在更北的地方才会被超越"④。也可以是黑暗的,风浪会随时吞没一切:"船在海浪里开始颠簸,船尾缓缓地随着巨大的船身摇摆晃动。风在整个海面刮起一波带着暗绿色阴影的涟漪。四下里,海浪在顶部破裂,四散为白色的泡沫。"⑤海面上漂浮着的水雷,犹如"带刺的黑球,带着不可思议的破坏力和死亡的气息。"⑥ 当鱼雷打进轮机室,撞上歇斯底里、闷头蛮干的活塞的时候,无尽的海水自无尽的大海中涌进来,任何人类在这战火中如同漩涡中的一片落叶般迷失,死神将不期而至。不管是大自然的天然神力,还是人为的武器威胁,任何人类的挣扎在大海面前都是徒劳的、可笑的,自然的力量永远值得人类敬畏!在《杜洛兹的虚荣》中,凯鲁亚克对于大海的神秘与超自然的力量也有过精彩的描述。他再次把大海比作自己的兄弟,壮美的大海能够包容他的一切,让他感受到无拘无束的自由。而大海在暴怒

---

① 凯鲁亚克.大海是我的兄弟[M].董研,译.上海:上海文艺出版社,2014:174.
② 凯鲁亚克.大海是我的兄弟[M].董研,译.上海:上海文艺出版社,2014:192.
③ 凯鲁亚克.大海是我的兄弟[M].董研,译.上海:上海文艺出版社,2014:188.
④ 凯鲁亚克.大海是我的兄弟[M].董研,译.上海:上海文艺出版社,2014:198.
⑤ 凯鲁亚克.大海是我的兄弟[M].董研,译.上海:上海文艺出版社,2014:197.
⑥ 凯鲁亚克.大海是我的兄弟[M].董研,译.上海:上海文艺出版社,2014:188.

之时，也能够吞噬他的一切，让一切归于平静，一切的纷争、焦虑、羞耻与所谓的智慧都变得毫无意义。

多么壮观的地平线！大海是我的兄弟……从来没有到过大海的人不知道，当你外出到了真正的深海，那水是纯蓝的，没有一点点绿色，深蓝深蓝的，天气恶劣时，会有白色的泡沫，童贞女马利亚的颜色……想想大自然吧，想想她的生生死死。尽管蠕虫会逐渐侵蚀人体，焦虑的肉瘤会越长越大，但是人类的羞耻与大海老兄那样一个成天疯疯癫癫的老头的种种极度折腾之间有什么联系呢？……海风有时卷起滔天的浪头，排山倒海，溅起绒毛般的浪花，随后让它们退去，汇入在无边水域的怒潮之中。小浪潮，大浪潮，嘿，这海就像干柴烈火，煞是好看，本质上却是乏味的，正如现在的我一般，定然成了某种无声的、具有普遍意义的教训、智慧等，一切"那燃烧殆尽的"，"那不断变动的"马粪、大海及其所有的东西，它使你想到下面的食堂去喝三杯咖啡，或者三个警察，或者独自一人，告别漫无边际的宇宙，它毕竟是我们唯一拥有的兄弟，平静或狂怒，它的脸上眉头会皱起或舒展。对于这蜿蜒曲折的条条浪线，我能做些什么呢？作为一个康沃尔海商和布列塔尼人的后代，面对所有这些有趣的和狗屎般的东西像花朵一样四处显露，打那以后，一切都毫无意义，天哪，狼狗的大海。

…………

变化无常的大海，要么神圣要么邪恶，大海，除非我们拥有珊瑚礁的眼睛、以色列的手、菲尼亚斯的脚，并且在前庭里有着细微的触角，否则永远也看不见海底隐藏着什么。

多么荒唐的一潭水！[①]

海上日出与日落的壮美也出现在《孤独旅者》中的"海上厨房的懒汉们"一章中，凯鲁亚克以一个"卧室管理员"的海员身份乘坐"威廉姆·卡罗瑟斯"号商船出海。当商船航行在太平洋上的时候，凯鲁亚克经历了太平洋上神圣的日出和日落时分，同样也用同行船员的描述侧面烘托太平洋的可怕力量："很多晚上我睡在甲板的一张小床上，而乔治·瓦瑞斯基说，'你他娘的哪一个早上我醒来你可能就不在这儿了——该死的太平洋，你以

[①] 凯鲁亚克.杜洛兹的虚荣:杰克·杜洛兹历险教育记:1935—1946[M].黄勇民,译.上海:上海译文出版社,2014: 220-221.

为该死的太平洋是平静的海洋?有些夜里潮汐巨浪涌来,当你还在梦着女孩的时候,噗的一声,你就不见了——你被冲走了。'"①

而《大瑟尔》中的大海对于凯鲁亚克同样有着两面性。大瑟尔是一个海滨胜地,与太平洋相毗邻。浩瀚的太平洋给书中的杰克·杜洛兹以庇护心灵的慰藉。当他内心恐慌无助时,他就会拿着笔记本和铅笔来到海滩上,倾听大海的话语,记录他对于大海的爱恨情仇。在他创作的长诗《海——大瑟尔太平洋之声》中,有着亿万年历史的太平洋既如母亲一般包容与可爱,也如死神一般残酷与凶险。当他沉浸在海浪独有的节奏中时,他与大海融为了一体:"海是我的——我们是海——"②在他与现实的对抗中,与传统主流社会的博弈中,他被击打得遍体鳞伤,而大海,就是他疗伤的港湾:"哦!美丽的海洋,我——湿透了!推翻权威!又一次你接纳了我!"③

《达摩流浪者》中的大海又是温柔而自由的。当书中的主人公雷蒙在前往旧金山的途中,在圣巴巴拉的海滩短暂停歇时,这片海与沙滩为他提供栖息之地,海水荡涤他身上的尘土,沙滩让他流浪的心灵得以慰藉。

> 我生了一个大篝火,用削尖的木签子叉着热狗在火上烤,又把一罐豆子猪肉和一罐通心面放在赤红的炭火中加热。我喝着新买的葡萄酒,享受生平最怡人的夜晚之一。接着,我涉入海水中,浸了一会儿,然后站着仰望天上缤纷灿烂的夜空——好一个由黑暗和钻石所构成的观世音十方大千世界。"啊,雷蒙,"我愉快地对自己说,"只剩几英里路就到旧金山了。你又成功了。"真爽。我穿着游泳裤,赤着脚,蓬头乱发,在只有一个小篝火照明的黑暗沙滩上唱歌、喝酒、吐痰、跑跑跳跳——这才叫生活嘛!偌大的一片柔软的沙滩,就只有我一个人,自由自在而无拘无束,大海在我的旁边轻声地叹息着。④

二、山野的慰藉

此外,不论是在《孤独旅者》,还是在《达摩流浪者》,或者是在《荒凉天使》中,凯鲁亚克都对他在荒凉峰做山火瞭望员的六十三天间所见到的山中景象着墨甚多,山中的草

---

① 凯鲁亚克.孤独旅者[M].赵元,译.重庆:重庆出版社,2007:116.
② 凯鲁亚克.大瑟尔[M].刘春芳,译.上海:上海译文出版社,2015:217.
③ 凯鲁亚克.大瑟尔[M].刘春芳,译.上海:上海译文出版社,2015:230.
④ 凯鲁亚克.达摩流浪者[M].梁永安,译.上海:上海译文出版社,2008:5.

木、积雪、溪水、小动物、天空等意象都给他被城市所侵蚀的心灵带来了无限的慰藉之情。

正如凯鲁亚克在《孤独旅者》的自序中所写的："《孤独旅者》是一些已出版和未出版的片段的合集，收集在一起是因为它们有一个共同的主题：旅行……它的范畴和目的只是诗，或者说，自然的描述。"[1]《独自在山顶》是《孤独旅者》中的一篇，凯鲁亚克在其中的一个部分详尽平和地记录了他在荒凉峰度过的典型的一天：午夜时分惊醒能看到窗户外的一颗星星和远处霍佐敏山脉的黑色山形；早晨喜出望外地见到一个洁净晴朗的蓝色天空和像一团棉花糖覆盖了整个人间和整个湖泊的云彩；中午看到了美丽得令人难以置信的蓝色湖泊、绿色的树木、玩具一样的小溪和"度假者的钓鱼船在湖面和环礁湖上微微划出快乐的痕迹"[2]；下午是一天中最有乐趣的时间，"仰面躺在草地边上，观看云朵漂浮而过，或者摘蓝莓，顺手吃掉"[3]。日落时分，他会"在屋子下面为花栗鼠和野兔放了几锅吃剩的食物，在夜里我可以听见他们四处叮当乱响。家鼠也会从阁楼上爬下来吃一些。"[4]在前往荒凉峰的路上，他一度被路边美好的自然景象所吸引：

> 在马波山平静的山野里，河水是一条湍急的洪流。河边倒伐的树木为路人享受一段河流仙境提供了上好的座位，树叶在西北部和爽的风中微微抖动，似乎很欣悦；附近山顶林区最高的树木被低浮的云朵轻轻掠过而显得有些黯淡，似乎心满意足。云彩呈现出隐士或修女的脸，或者像悲哀的狗急于躲进地平线上的侧翼。小枝杈在河流汹涌的起伏中挣扎着，发出汨汨声。采伐的原木以每小时二十英里的速度冲击着。空气中有松树、锯屑、树皮、泥土和嫩枝的气味——鸟在水面上闪现，寻找着隐秘的鱼。[5]

《荒凉天使》一书"荒野中的荒凉"这一部分，也就是凯鲁亚克主要记录他在荒凉峰上生活的部分，凯鲁亚克除了描写了山上总体的景色之外，对于一些具体意象的精细描写，也体现了他对于自然的热爱和崇敬之感。

在第二十三章中，绿色的高山毛毛虫是主角。"绿色的松毛虫爬行在它的石南丛世界里，丑陋的足节倒正好跟环境相衬。它的头像一滴发白的露水，肥肥的身子差不多拉

---

[1] 凯鲁亚克. 孤独旅者[M]. 赵元，译. 重庆：重庆出版社，2007：6.
[2] 凯鲁亚克. 孤独旅者[M]. 赵元，译. 重庆：重庆出版社，2007：146.
[3] 凯鲁亚克. 孤独旅者[M]. 赵元，译. 重庆：重庆出版社，2007：148.
[4] 凯鲁亚克. 孤独旅者[M]. 赵元，译. 重庆：重庆出版社，2007：148.
[5] 凯鲁亚克. 孤独旅者[M]. 赵元，译. 重庆：重庆出版社，2007：140-141.

直了,倒挂着像一只南美洲食肉蚁,在摇摆着、摸索着、探寻着四周,然后把自己藏进了石南丛里——在这绿色的丛林,它成了绿色的一部分,吸吮着草叶的液汁。它扭动、窥探、把头伸向四面八方。它正躲在一片陈年石南灰色的针叶丛里,身上落满斑驳的阴影。有时,它停下来,一动也不动,像蟒蛇一样安静,无声地凝望着天空,昂着头小睡片刻。我向它吹口气,它就像管子似的打个滚,飞快地撤退,敏捷地隐蔽,同时又谦恭地准备接受来自上天的任何意外——我再吹了一口气,它变得无比地悲哀,不安地把头搭在肩上。我准备放过它,让它逃进看不见的地方,或者聪明地装死。它爬走了,不见了,石南丛微微摇动。我趴在地上再去找它,看到它的头上仍然悬着几颗浆果,它仍然倒挂着探头探脑,它仍然守着它那个小小的圈子。"①

  凯鲁亚克首先对它的外形进行了详细的描写:足节是丑陋的,绿色的身体与周围的石楠树融为一体,头像一滴苍白的露珠,身体肥胖。接着又生动描写了它的行动:身体直直地倒挂着,像一只南非的食蚁兽一样无所事事地晃荡着、搜寻着,摇摆着,然后又像一个小男孩一样向上卷起身体,伪装成树枝,藏在石楠树的枝节下面。凯鲁亚克吹口气戏弄这个毛毛虫,又于心不忍,让其爬走。逃跑的毛毛虫却仍然藏身在石楠丛中,仍然倒挂着,仍然无所事事地晃荡着。这一段描写生动有趣,写出了山野中的一员的悠闲,也写出了凯鲁亚克的悠闲与童心未泯,给读者勾画了一幅人与自然和谐相处的宁静画面。

  同时,倒挂的毛毛虫也可以理解成凯鲁亚克自己。佛教经文《心经》(*The Heart Sutra*)是凯鲁亚克最为喜欢的经文之一,其中的佛教概念"四颠倒",英文译文为"The Four Delusions"或者"viparyasa",其中"颠倒"也被通俗解释为"upside-down",意为人们在错误的地方寻找错误的东西,从而导致内心平静的丢失。学习坐禅冥想的凯鲁亚克经常用倒立来缓解大腿静脉曲张的症状,同时也用这个方法来换一个看世界的角度,从而获得新的体验和感悟,重获内心的平静。"我在院子里做着倒立,从这个角度望去,霍佐敏山不像是乘风破浪的帆船,倒像是悬浮在无边大海上的一个轻盈水泡。"②因此,倒立的毛毛虫是在山上的凯鲁亚克的象征,无所事事、悠闲自得、胡思乱想,努力想超然出世,却永远也摆脱不了灵魂上的痛苦。凯鲁亚克也把自己与毛毛虫相比:"我在想,我自己的旅行,我的旧金山和墨西哥之旅,是否也像它的一样悲哀,一样疯狂。但耶稣基督啊,不管

---

① 凯鲁亚克.荒凉天使[M].娅子,译.重庆:重庆出版社,2006:31-32
② 凯鲁亚克.荒凉天使[M].娅子,译.重庆:重庆出版社,2006:4.

怎么样，那都比倒挂在荒凉峰上的岩石上强多了。"①对于毛毛虫的精细描写，一方面体现了凯鲁亚克对自然万物的悲悯，另一方面也体现了他对自己困于荒野、困于世间的无奈。寿命只有几天时长的毛毛虫对于万古长存的自然界只是一个可以忽略不计的存在，但无论是人还是毛毛虫，无论生存周期的长短，对于宇宙而言都是过客，凯鲁亚克所感悟到的都是一样的悲哀与疯狂。

毛毛虫是个幼小的、脆弱的、任凭命运主宰的弱者形象，而熊则是庞大的、威武的、主宰命运与世界的形象。凯鲁亚克在第四十章中将熊比作观世音菩萨，其能够轻易将他撕碎，也可以将他拯救。"在这片颇具禅意的神秘之雾中，熊在某处昂首阔步——那来自原始蛮荒之熊。这一切，他的住房，他的后院，他的领土，巨熊国王能用他的爪子轻易撕碎我的头颅，把我的脊背像棍子一样折断。"②这连绵不断的山脉就是巨熊的世界，他主宰这一切，他统治这里已千年，见证了历史的变迁，目睹了印第安人的悲剧命运，见证了人类的荒唐，但他从不言说，也从不抱怨，只是守恒着这时间与空间。凯鲁亚克渴望得到这种无惊无喜、无欲无求的虚空永恒状态，但因为他略显懦弱、摇摆不定的性格却注定他得不到这种状态。他在山野与城市间徘徊，在佛教与天主教之间徘徊，也在出世与入世之间徘徊，他在这种徘徊中痛苦不已、怀疑自己，他渴望"走出迷雾"。他需要一个力量来主宰他，将他拉出这个徘徊的漩涡。在荒凉峰上，这个力量被赋予了巨熊，在他的信仰里，这个力量被赋予了菩萨。但无论是巨熊和菩萨，都只给他带来了短暂的抽离与释放，他性格上的弱点让他一次次又回到痛苦的漩涡，以至于只能用大麻、酒精和女性来麻痹自己。

月亮是阴柔的、悲伤的意象，凯鲁亚克将《荒凉天使》的整个第三十九章用来描写月亮在他眼中的模样和一步步从山峰升上高空的过程。

  月亮——她悄然出现于山冈之上，斜视万物，似乎十分鄙夷这个世界。她的眼睛大而悲伤，慢慢在天空展现出全貌。她没有鼻子，两颊如海，下颚斑驳，喔，这是一副多么古老而悲哀的满月之脸呀。浅浅的对你我发出一个惨淡的、谅解的笑容——她面色苍苍，像一个不事梳洗的女人——她的面颊似乎能够发声——"这就是我来到的地方吗？"她说，"奥—拉—拉，"她的眼角长出了皱纹，悬挂在峭壁上方，像一只失色的柠檬，显得如此悲哀——③

---

① 凯鲁亚克.荒凉天使[M].娅子,译.重庆:重庆出版社,2006:35.
② 凯鲁亚克.荒凉天使[M].娅子,译.重庆:重庆出版社,2006:65-66.
③ 凯鲁亚克.荒凉天使[M].娅子,译.重庆:重庆出版社,2006:52.

第四章 生态哲学

刚从山峰后面偷偷露出面庞的月亮是一轮圆月,忧伤、疲惫、迷茫,"像一个不事梳洗的女人",又像一个"失色的柠檬"①。凯鲁亚克写作方法的高明之处就在于他忠实记录下出现在他头脑中的每个意象、每个声音,不加修饰,因此他笔下的文字在意义上也许是不连贯的,但是呈现出的意象和意境却是奇特的、不寻常的,闪烁着天才的灵感与光辉。就如他对于月亮上的暗影的描写,采用了一系列美好奇特的意象进行比喻,比如"还没学会涂唇膏的小女孩在唇上染着不均匀的胭脂""天使在她的表面撒下幻象的花朵""新婚颂诗般圣洁的玫瑰花海""像稻草上那些巨大的蚊蝇"等等,凯鲁亚克不仅运用这些意象来帮助读者从视觉上进行想象,同时还从嗅觉和听觉方面对这些意象进行强化,如"芳香四溢"的玫瑰花海,",带着笑容似的嗡嗡叫着"的巨大蚊蝇等等。这种"通感"写法的运用让读者在感叹作者写作手法的奇妙同时,也深深地被山中月亮的形象所吸引,留下深刻的、美好的阅读体验,从而对大自然赐予人间的美景有着更深的认同感,触发心底对于自然的感恩和热爱的情感。升上了高空的月亮高贵、柔和,静静地俯视着万物,给整遍山野、整个夜色笼罩上银色清辉。月亮沿着自己的轨道悄然运行,亘古不变,人类的喜怒哀乐在这颗古老的星球面前都幻化为虚空,渺小到可以忽略不计。凯鲁亚克并没有在小说中刻意表现出对于自然生态的热爱,但是字里行间对于自然意象美妙的、传神的刻画,让读者对于他笔下的自然万物不由地心生敬畏之情、保护之欲。

在《达摩流浪者》中,他借贾菲(即加里·斯奈德)之口记录了荒凉峰的自然景色。此时的凯鲁亚克还没有前往荒凉峰做山火瞭望员,而斯奈德竭力劝说他前往体验这一工作。在斯奈德看来,在山中与自然融为一体,在旷野中聆听万物的呼唤,在星星中寻找狂喜,才能逃避如此荒谬的现代文明,即"每个人都是坐在电视机前面,同一时间看着相同的电视节目,想着相同的事情",以及每个人"蹲的都是白色的瓷砖马桶,拉的都是又大又臭的大便,就像山里的熊大便一样。但他们在用水把大便冲走以后,就当成自己完全没有拉过大便,而没有意识到,大海里的粪便和浮渣,其实就是他们生命的源头"②。在山野之中,才能领略到生命的纯净与本真,才能体会到天人合一的美妙境界,斯奈德对凯鲁亚克如是说:

> 当我望向孤凉峰的时候,只见它整个都被黑云盖住了,雷电像跳舞一样轰个不停。不过,夏天过后,孤凉峰就变得干燥和繁花处处。天气好的时候,我喜

---

① 凯鲁亚克.荒凉天使[M].娅子,译.重庆:重庆出版社,2006:60.
② 凯鲁亚克.达摩流浪者[M].梁永安,译.上海:上海译文出版社,2008:49

欢只穿着内裤和登山靴,到处寻找雷鸟的巢,或者爬爬山。我还被蜜蜂蜇过好几次……孤凉峰海拔有六千英尺那么高,可以望得见加拿大和奇兰高原。你在那上面可以看得到鹿、熊、穴兔、老鹰、鱼和金花鼠。雷,我保证那里一定会让你心花怒放的。①

而在凯鲁亚克后期的代表作《大瑟尔》中,大瑟尔美丽的自然景色是凯鲁亚克进行生态疗伤的场所。大瑟尔是被誉为"全球十大最美海岸公路"之一的美国加利福尼亚州一号公路的一个路段。这条公路沿着美国西海岸蜿蜒前进,拥有得天独厚的地理环境。公路的一边是高耸的山脉,一边是陡峭的悬崖,悬崖下是惊涛拍岸的太平洋,风景美不胜收。大瑟尔路段的西侧紧靠高山,时常云雾笼罩,晴朗时则常有隼鹰在上空盘旋。往东则是一派乱石崩云、惊涛裂岸,岸边到处是奇形怪状的巨石,被海水挖得千疮百孔,任由白浪在其间呼啸穿梭。而海天一色的湛蓝背景下则是另一番美景:在沙滩上悠然地晒着太阳的海豹、排成一排从水面掠过的海鸟、岸边随风摆动的绿草和烂漫的野花……美国诗人杰佛斯(Robinson Jeffers)在其诗歌《瑟尔角的女人》(1927)中描绘了这里壮丽的景色和19世纪来此定居的移民孤寂。美国作家亨利·米勒在同名散文集《大瑟尔》(1956)中通过对大瑟尔娴静、幽雅的自然景观和淳朴、敦厚的民风的描写,展示了自己心目中的理想境界。

凯鲁亚克由于敏感而脆弱的神经所产生的对于生命的痛苦思索与灵魂拷问,只能在大瑟尔天然的宁静中得到一丝缓解。被他命名为阿尔夫的骡子是他独居在大瑟尔时的伙伴,蓝鸟、浣熊、老鼠,都是他的朋友,小溪的宁静和太平洋的汹涌都给他带来身处大自然的美好体验。

成名后的困扰与酗酒导致的痛苦让他连夜逃离旧金山,在黑暗中前往大瑟尔中的朋友的小木屋。夜晚的山间是恐怖的,但是借着月光与灯光,凯鲁亚克还是进入了一片与城市迥异的梦幻之境,从地狱来到了天堂:"现在出现在我眼前的是一片梦幻般的草地,有漂亮而古老的牲畜圈的大门,还有装着铁丝网的金属栅栏。路就在左边,而这正是我最终的逃离之路。接着我爬过铁丝网,大步走在一条美妙的向右弯曲的小沙路上,路两旁是芳香馥郁的干枯石南花。我觉得自己好像突然间从地狱来到了熟悉而古老的人间天堂,啊呀,感谢上帝!"②朋友的小木屋条件简陋,没有纱窗,苍蝇蚊虫飞舞,雾气浓重,空

---

① 凯鲁亚克.达摩流浪者[M].梁永安,译.上海:上海译文出版社,2008:186.
② 凯鲁亚克.大瑟尔[M].刘春芳,译.上海:上海译文出版社,2015:11.

气潮湿,但是相对于他之前的生活环境而言,一切都非常美好:"你可以尽情欣赏梦幻般的午后。草地上面长满了石南花,一直延伸到峡谷的另一端",狂野的海岸、青翠的绿树、浓雾笼罩的山峰,让他紧绷的神经彻底放松。"最初几天的快乐将我淹没在这种令人头晕目眩的幸福中。"①

在这样美好宁静的自然景色中,凯鲁亚克完全忘记了他所经历过的外界的痛苦与折磨,忘记了时间,与自然彻底融为一体,享受着无忧无虑的、如童年般的快乐。他卷起裤腿像孩童般在溪水里筑起一个堤坝,忙活整整一天,浑然忘我。"就像印第安人独自一人在森林里精心加工独木舟一样,内心无比纯净,无比简单。"②处于短暂的快乐与单纯中的凯鲁亚克,目光所及之处皆是美好。巨大的山谷中的高大的红杉树、优雅地站在最高枝头上的小鸟、对面悬崖边上孤零零的小花、在溪流里混沌度日的小虫、层层叠叠的蕨类植物等等,山谷雨林中的这些生机勃勃的生命给他带来心灵上的洗礼,洗去了心灵之上的城市尘土与喧嚣,让他觉得自己"离垮掉的一代已经很远了"③。

城市的丑恶让他逃离到这里,虽然不久他又因忍受不了寂寞而回到城市,但是当他再次从城市逃离时,他会更加感受到大瑟尔中天人合一、万物千古永恒的美妙,为他备受折磨的神经提供了一个生态的修复场所。

对土地的态度上,凯鲁亚克不惜笔墨描写加洛韦的自然景观,用意在于他要突出加洛韦是一种"植物性"的存在,它深深地根植于土地,和自然打成一片,像植物一样在土地上成长、收获。加洛韦和自然的关系是友好的,因此在涉及对自然环境的描写时,随处可以见到那些充满着温情的词汇,如"安详""平缓""清新""柔软",相反,在涉及对商业化的加洛韦描写时,词语的感情色彩则完全不同,小镇的生意在夜晚是"鬼魅"的、"萧条"的,维多利亚的房子是"杂乱无章的""灰暗的",后院是"凌乱的"……充满了尖锐对比的词语色彩直接呈现了作者的褒贬。

人和自然的和谐存在于有机的循环中,人从自然中产生,最后归于自然,和自然发生的关系同时也转化成人与人之间关系的模板,生活在小镇之中的居民形成了一个充满人情味的熟人社区,这个社区里,每一个人都不是独立于他人的存在,他们互相联结,共同面对着生死。对这种关系最深刻的认知体现在小说开篇对墓地的描写上。充满了死亡

---

① 凯鲁亚克.大瑟尔[M].刘春芳,译.上海:上海译文出版社,2015:21.
② 凯鲁亚克.大瑟尔[M].刘春芳,译.上海:上海译文出版社,2015:27.
③ 凯鲁亚克.大瑟尔[M].刘春芳,译.上海:上海译文出版社,2015:23.

气息的阴暗墓地,在加洛韦是一个生的所在,这些死去的人的名字是"生命河流缓慢深沉的脉动",死去的人被后人记得,他们身上发生的事情在死后被整合进了加洛韦的生活中①。

凯鲁亚克对于山野的美景和山中的慢生活的着力描写反衬出他对于纽约等大城市充斥着钢筋水泥、灯红酒绿的令人窒息的城市生活环境的抵抗。他认为当今社会正遭遇空前的人类文化多样性的毁灭,而环境的破坏仅仅是大规模的人类文化遭到侵袭的一个方面。凯鲁亚克及其"垮掉派"友人在其文学创作中对于生态环境的关注以及其身体力行的环保行动,对于警醒世人的环保危机与提升人类的环保意识起到了很重要的作用,"生态哲学"也因此成为"垮掉哲学"的一个重要组成部分。

第三节 生态哲学思想的局限性

几千年以来,人类中心主义一直主导着人类文明的发展进程。毋庸置疑,这种价值观在改变人与自然的原始关系、提升人与自然的平等地位上曾起过决定性作用。但之后这种价值观逐渐变得极端化,充斥着人类利益居于绝对首要地位的论调。甚而,人类中心主义的生态伦理观认为,人与自然以及自然界的动植物之间并不存在直接的伦理关系,伦理关系仅存在于人与人之间,任何谈及人与自然界之间伦理关系的论断都毫无任何意义。

"人类中心主义"是一种价值论,是人类为了寻找和确立自己在自然界中的优越地位、维护自身利益而在历史上形成和发展起来的一种理论假设,这是人类中心主义者立论的基础。而在人与自然的关系上,人是主体,自然是客体,人处于主导地位,不仅对自然有开发和利用的权利,而且对自然有管理和维护的责任和义务,这是人类中心主义者的基本原则。人的主体地位,意味着人类拥有运用理性的力量和科学技术的手段改造自然和保护自然以实现自己的目的和理想的能力,意味着人类对自己的能力的无比自信和自豪,这也是人类中心主义的基本信念。

在这种观念指导下,征服和开发自然环境一度成为掌权者的主流话语,造成严重的资源浪费和环境破坏,如英国历史上著名的圈地运动、美国历史上众所周知的西部开发

---

① 李英莉.寻找与救赎:消费社会理论语境下的凯鲁亚克"在路上"系列小说研究[D].长春:吉林大学,2016:32.

等。美国的工业化虽然开始较晚,然而出乎意料的是,在仅仅一百年的时间里,美国的工业化生产水平迅速提高,并摆脱了欧洲工业强国的原料供应地的尴尬身份,并最终成为世界工业第一强国,在 20 世纪 50 年代完成传统工业化的进程。

上述几部着墨自然景色较多的小说都有共同的特点。第一,作者自身的经历和心理活动是小说的主要表现对象,自然处于次要、烘托主题的地位。第二,作者最终都屈服于现实,回归到城市,没有真正意义上地融入自然。这些特点反映出凯鲁亚克生态哲学思想所存在的局限性,即自然只是凯鲁亚克用来缓解自己精神焦虑、为虚空的灵魂寻找到的栖息之所,是为与传统文化格格不入而导致伤痕累累的身心进行生态疗伤的救护所,是敌不过现实的退避港湾,是被他利用的一种工具。他并没有恒久地热爱自然,只是短暂让自然为其所用,慰藉其心灵。在汲取完自然的力量获得满足后就弃自然而去,迫不及待地回归到乱哄哄的城市,继续写作,继续酗酒,继续被现实打败,然后再次逃回自然。如此周而复始,始终没有让生态诗学成为主导他生活与写作的思想,导致凯鲁亚克对于自然的思考始终没有达到加里·斯奈德的高度和深度,最终让现实中的自己毁灭在象征着城市与堕落的酒精里,而在上述几部代表作中,以凯鲁亚克为原型的主人公也各自与自然告别,回归喧嚣。

《在路上》里的西部荒野不再是被赞美的自然馈赠,而是一个让人烦恼的所在,萨尔第一次见到的梦寐以求的西部是一条发着腥臭气味的密西西比河,在以后穿越美洲大陆的过程中,凯鲁亚克对于西部的描写也处在一种阴暗的状态中。得克萨斯的荒野充满了滂沱的大雨和泥泞,"那年冬天的气候是得克萨斯和西部有史以来最恶劣的,大风雪袭击了旧金山和洛杉矶,牛群像苍蝇一样大批死亡。我们走投无路"。其实,这样的描写在 19 世纪的西部小说中并不少见,但是一个世纪之后,类似的描写在意义上已经发生了变化。19 世纪,西部恶劣的自然景观是衬托着开拓者的大无畏勇气的,而 20 世纪,西部恶劣的自然景观与人的战胜自然的勇气毫无关系,它仅仅是对已经逝去的西部精神的悲叹。西部小说中常常出现的枪、酒、马、女人、孤寂的大地都有了变形,爵士乐代替了枪,汽车代替了马,酒和女人依然存在,孤寂的大地至今热闹无比。那个曾经充满着动物和风沙的西部被工业化的石油镇取代,传统西部的地理样貌在和现代西部的地理样貌对比中,经常败下阵来。西部的森林、沼泽并没有改变,改变的是人对它们的态度,在经过斯塔克斯的森林时,萨尔感觉到了有毒蛇出没,越过了色宾河时,他觉得河是邪恶的,而他要赞颂的是高大的灯光建筑。"得克萨斯,博蒙特石油镇!巨大的储油罐和炼油厂赫然呈现在弥漫着油香的空气中"①。西部值得骄傲的是灯光,是灯光照亮并展现了一切,它驱走了黑暗,把文明、进步从黑暗深处拉出来。而现在,灯光是消费社会的华丽外衣,它多点聚集,璀璨地炫耀着存在,没有它,存在尽管在却犹如消失,是它把夜晚也变成了生机。闪动的灯光留给萨尔深刻印象的是一种美国式的丰盛,巨大的储油罐,巨大的石油镇,美国开拓荒野的勇气和力量在这里转化为美国工业成果的全面开花。在技术发展和消费风尚的双重作用下,西部发生了翻天覆地的变化,得克萨斯的小镇"仅仅几年前这里还是风吹草低,零零散散搭着野牛皮帐篷的地方。现在有了加油站,还有一九五〇年出厂的新式投币式自动唱机,外观装饰华丽,唱片十分精彩"②。

汽车、高大的灯光建筑、巨大的储油罐和炼油厂、投币式自动唱机和加油站属于工业文明,是科技高度发展的表现,是消费主义社会的产物,代表着工业社会对于自然的侵蚀,对于生态文明的破坏。但是,凯鲁亚克对此并没有强烈的批判倾向,他的生活离不开这一切,虽然他向往自然,在广袤的大地上流浪是他的追求,但他的流浪离不开烧着燃油的汽车,离不开酒吧的自动点唱机给他带来的精神上的愉悦,离不开酒精对他心理上的慰藉与麻痹。不管是在大瑟尔还是在荒凉峰,他只能短暂地在纯净的自然中逗留,他必定要回到灯红酒绿的工业社会,无论是洛杉矶还是纽约,都是他最终的肉身归宿。自然,只是他暂且疗愈的停留点,他不可能完全摒弃工业文明给他带来的肉身愉悦。

在《大海是我的兄弟》中,当比尔面对上下运动的巨大活塞时,他感受到的是活塞与自然力量的相互结合给人类带来了巨大的毁灭感:"比尔在这巨大的能量前呆立着。他开始感到恼火。理念在面对这些凶残的活塞时算什么呢? 这些活塞上下运动,凝聚了自然的力量,与自然合谋对抗人类柔弱的身体?"③他无法将自然放置在一个主体的地位,让人类最终放弃自我中心主义,尊重自然的规律,只能目睹自然为人所用,同时结合工业的力量,给人类带来灾难。对此,比尔只能半真半假地盼望着死亡发生,从而消解无法对抗机器的同时也无法融入自然的无力感与毁灭感。

《达摩流浪者》里的凯鲁亚克虽然崇拜贾菲,一直追随贾菲的脚步,但他对贾菲对于自然的极端沉醉与对于工业文明的极端厌恶还是有所怀疑的。"站在寒冷的院子里看着我妈妈时,我不期然想起了贾菲:'他为什么要那么痛恨有白瓷砖水槽的厨房呢? 人们即

---

① 凯鲁亚克.在路上[M].王永年,译.上海:上海译文出版社,2006:201.
② 凯鲁亚克.在路上[M].王永年,译.上海:上海译文出版社,2006:345.
③ 杰克·凯鲁亚克.大海是我的兄弟[M].董研,译.上海:上海文艺出版社,2014:195—196.

使不是过得像'达摩流浪者',也并不代表他们没有善良的心肠啊。要知道,慈悲才是佛教的根本精神。'"① 而现实生活中,他们也面临着如何调和文明与自然的矛盾,而斯奈德在对于环境保护与城市文明发展的多年研究中,探索出了调和这种矛盾的哲学态度,在城市中关注人类日常栖息的环境中的自然价值,关注城市中的自然生态。正如学者马特所言:

> 随着城市化进程的迅猛推进,人类在后现代世界中的自然经验濒临碎片化,后现代城市空间也成为文明与自然之间矛盾的聚焦场所。如何调和看似对立的两极,探寻城市生态议题的出路,成为环境哲学与文学书写面临的重要挑战,而这一点恰是斯奈德后现代城市叙事的重要维度。面对来自后现代城市空间的挑战,斯奈德反对将文明与自然对立,主张从万物相连的角度看待城市环境,关注人类的日常栖居地和城市自然的独立价值,呼吁人们通过进行生态实践来医治后现代社会的弊病。②

斯奈德能够基于他对于东方哲学"天人合一""万物相连"的理解,将文明与自然较为圆融地结合,关注城市中的自然生态,形成自洽的生态思想。但凯鲁亚克虽然给予了自然和生物应有的关怀和爱,但他始终无法认识到自然发展的内在规律,无法消解自然与文明的二元对立,无法彻底打破人类中心主义,只能无限徘徊于都市与山野之间,将一切痛苦理解为"虚空",失去对于生命意义追求的动力与信心,在酒精的麻醉与精神的崩溃中凄惨离世。

---

① 凯鲁亚克.达摩流浪者[M].梁永安,译.上海:上海译文出版社,2008:145.
② 马特.论加里·斯奈德的后现代城市建构与生态叙事[J].外国文学研究,2019(4):75-76.

第五章
"垮掉哲学"在中国的接受历程与中国当代青年的亚文化发展

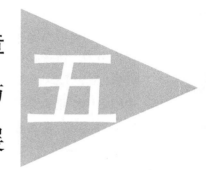

土地是印第安人的,而海浪是中国的。

——杰克·凯鲁亚克

  "垮掉的一代"与中国的渊源由来已久,对禅宗思想的接受上文已有论及,此处不再赘述。而在诗歌创作方面,"垮掉派"作家也从中国古代诗歌中获益良多。自 20 世纪 20 年代中国古诗影响英美诗坛的第一次高潮以来,埃兹拉·庞德(Ezra Pound)、艾米·洛威尔(Amy Lowell)等人翻译的中国古诗在英美文坛受到广泛的欢迎。庞德本人也深受中国古诗注重意象与意境塑造等典型特征的影响而成为意象派诗歌的代表人物。诗人以鲜明、准确、含蓄和高度凝练的意象生动形象地展现事物,并将诗人瞬息间的思想感情融化在诗行中,反对发表议论及感叹。美国诗人威廉·卡罗斯·威廉斯(William Carlos Williams)也是意象派的追随者,创作了大量精炼而意象鲜明的诗歌作品。作为垮掉派的先行者,肯尼斯·雷克斯罗斯(Kenneth Rexroth)在十九岁时就开始翻译杜甫的诗歌,并对李清照、朱淑真等女诗人也颇为关注,出版了《中国古诗 100 首》《兰舟:中国的女诗人》等诗歌译作。加里·斯奈德(Gary Snyder)则在《砌石与寒山诗》一书中收录了二十四首唐代诗僧寒山的诗歌译作,并将王维、陶潜等诗人的形象及风格写进他自己所创作的诗歌之中,形成其颇具生态主义思想的诗歌特色。而艾伦·金斯伯格(Allen Ginsberg)则与威廉·卡罗斯·威廉斯有着亦师亦友的深厚友谊,坦言其诗歌创作深受威廉斯的影响。他给威廉斯所写的一封表达崇敬之意的信件被威廉斯收录进了他的作品中,而金斯伯格深感受宠若惊。金斯伯格在 1984 年访问中国时,激情创作《中国组诗》,后收入其代表诗集《白色尸衣:1980—1985 年诗选》。凯鲁亚克则无论在小说创作还是诗歌创作中都或多或少渗透入中国元素,在中国古诗优美的意象与佛教禅宗的超脱中寄托对于生死与虚空的思考。也正因为这份渊源,中国读者与学界对于"垮掉的一代"有着特殊的情感联系,在表面的狷狂下,更愿意去挖掘"垮掉"思想的深层意蕴,参悟代表自由、爱以及救赎

第五章 "垮掉哲学"在中国的接受历程与中国当代青年的亚文化发展

的"垮掉哲学"。虽然接受之路并不平坦,但可喜的是,国内学界、出版界以及读者群对于"垮掉的一代"作品,尤其是凯鲁亚克作品及哲学思想的接纳与推崇与时俱进。

第一节 "垮掉哲学"在中国的接受历程

自1960年戈哈先生(本名李文俊)发表第一篇完整的"垮掉的一代"批评文章以来,我国学术界对"垮掉的一代"的研究与批评有了相当大的发展,评价基调也发生显著变化。本节围绕"变化及其成因、透过变化如何反映国内文学文化和政治生活的发展变化"等方面,以杰克·凯鲁亚克为研究对象,通过梳理和总结我国从20世纪50年代末和60年代初对其的完全否定到今天普遍接受的历程进行分析,了解我国读者对"垮掉的一代"的接受过程及其背景原因、在相应阶段我国文学与文化发展的粗略特征以及其对于接受过程的演变所起到的决定性作用。

这一认知变迁过程可分为三个阶段:一是从20世纪50年代末到60年代上半叶的完全否定阶段;二是20世纪80年代和90年代的否定和肯定并存阶段;三是从2000年至今的研究和翻译的普遍接受和繁荣阶段。

一、完全否定(20世纪50年代末至60年代上半叶)

1956年到1966年是新中国成立后全面建设社会主义的十年探索时期。在我国文学史上,这一时期的中国文学着眼于"为新型的社会主义国家创造一个和平的国际环境,以维护社会主义国家的利益"①。1949—1966年被称为"十七年文学"时期,主要特征是政治意识形态化,社会主义的现实主义"红色文学"是讴歌人民、革命和社会主义建设的主流文学。十七年里,为促进新中国社会主义文学的快速发展,我国译引大量外国文学作品。但由于当时的国际环境及国内各种因素,外国文学译介总体上以苏联等社会主义国家文学为主,对欧美资本主义国家的文学则有所限制,引进的作品中有一半来自苏联,来自美国的都是诸如马克·吐温《汤姆·索亚历险记》、纳撒尼尔·霍桑《红字》和赫尔曼·梅尔维尔《白鲸》等主题为批评资本主义或赞扬革命的少量书籍。

20世纪50年代末,人民文学出版社等一些重量级出版机构开始出版"内部参考"类

---

① 方长安.1949—1966年中国对外文学关系特征[J].中山大学学报(社会科学版),2005(5):12.

文学类图书(所谓的"黄皮书""灰皮书"),这些在资本主义阵营与社会主义阵营对峙、中苏矛盾和"反修"的政治背景下的特殊出版物主要提供给文艺界、宣传部门高层领导以及某些专家阅读,以便了解西方文学新作品、新现象及新动向。这些书都是被作为资本主义"反面教材"进行批判的,其"出版说明"中也主要是将政治批评话语、史实介绍和文本解读融为一体的。凯鲁亚克《在路上》(1962)就是其中一部。

在此政治文化背景下,关于"垮掉的一代"的相关文献也只有五篇,且对"垮掉的一代"主要以批判为主。1960年戈哈的《垂死的阶级,腐朽的文学——美国"垮掉的一代"》、翌年余彪的《美国的"垮掉的一代"》、1963年董衡巽、徐育新的《愤怒的青年与"垮掉的一代"——介绍当代资本主义世界的两个文学流派》等三篇文章的共同特点是:皆从政治意识形态的视角来评价作品,对凯鲁亚克及其作品持严厉的批判态度,视其为资产阶级文化的毒瘤,是资产阶级文化浸润出的"流氓",三篇文章中对作品本身的文学价值讨论不多。

戈哈在文中对"垮掉的一代"进行了严厉批评,并将他们称为"腐朽的资本主义"。直至20世纪70年代末,后继的批评者们也都坚持这一立场。在这篇文章中,"垮掉的一代"被视为精神错乱的流氓,具有滥用毒品、打架、偷窃、滥交等反社会行为。文章介绍了13位垮掉派作家和诗人。作为"垮掉的一代"的代言人,凯鲁亚克是第一个被介绍和着墨最多的一位,也被认为是其中最为糟糕的那一个。戈哈认为,《在路上》"全书几乎就是这样一份少年罪犯坦白材料的记录。他们与少年罪犯们稍有不同的,也就是没有犯出强奸、杀人和打家劫舍的案子来。难怪有些评论家把'垮掉的一代'叫做少年罪犯的'堂兄弟'了"①。除了《在路上》,凯鲁亚克的其他著作如《地下人》《达摩流浪者》《萨克斯医生》《玛吉·卡西迪》等都被认为是一个疯子的癫狂话语,毫无任何文学价值。

刊发戈哈这篇文章的《世界文学》,是一本重点介绍世界文学的资深中文刊物,于1953年由中华全国文学工作者协会首次发行,发表的文章对于中国读者和研究者对外国某一作家或作品的认识与态度有着极大影响。戈哈对"垮掉的一代"和凯鲁亚克的全盘否定就是一个很好的例子。多年来,他的立场影响了数代中国读者对"垮掉的一代"的看法。后来,余彪和董衡巽的文章遵循同样思路,且在措辞上更为严厉。准确地说,余彪的文章不是一篇真正的学术文章,而是一篇政治社论②。董衡巽则认为所有的垮掉派都是

---

① 戈哈.垂死的阶级,腐朽的文学:美国的"垮掉的一代"[J].世界文学,1960(2):151.
② 余彪.美国的"垮掉的一代"[N].光明日报,1961-07-22.

第五章 "垮掉哲学"在中国的接受历程与中国当代青年的亚文化发展

地痞流氓。他评论道:"例如'垮掉文学'的一个头目凯鲁阿克的小说《在路上》,里面全是一群流氓酗酒吸毒、狂乱的音乐、盗窃伤人等等。其中有一流氓,行径尤其无耻,则被其余流氓视为'英雄'。"① "流氓头目"指的是凯鲁亚克,而最"无耻"的要数另一主人公尼尔·卡萨迪了。准确地说,这篇文章不属于真正的学术批评,而是对资本主义文学的一种控诉。然而,我们不应低估这种谴责在这一时期对读者的效力。

在这一特殊的政治时期,虽然学界主流对"垮掉的一代"和《在路上》持完全否定的态度,但与《麦田的守望者》《等待戈多》等一批欧美的当代文学作品一起,《在路上》在部分青年之间隐秘传阅。诗人芒克曾回忆,1973 年,他与一位画画的朋友成立了一个"先锋派",决定仿照《在路上》一同去流浪②。这些由于意识形态原因而被完全否定文学价值的作品给那个时代的知识分子和年轻人打开了一扇窗户,影响了一代人的精神与思想。

20 世纪 80 年代,董衡巽和袁可嘉也均承认他们部分言论有失公允,只是出于政治上的权宜之计。1994 年,袁可嘉总结他在 1960—1964 年发表的文学批评类作品时写道:"这些文章是在'革命大批判'旗号下写的,有批判的正确的部分……也有不少过'左'的东西,主要是政治上上纲过高,混淆了学术与政治的界限,缺乏对作家和作品的具体分析和区别对待;盲目地全面否定他们反映现实的一面和艺术成就。这对我是一个深刻的历史教训。"③

"文革"期间,中国的文学翻译工作陷入百年以来的最低潮,从 1966 年 5 月开始,长达五年半的时间内没有一部外国文学译作出版。到"文革"中后期,文学翻译活动才逐渐有所恢复。这一时期公开发行的译作主要是再版或重译的苏联"革命作家"作品,也包括一些朝鲜、越南和阿尔巴尼亚等友好的社会主义或民族主义国家的应时新作④。而诸如《在路上》等"垮掉的一代"作家作品则被视为资产阶级的"毒瘤"和"牛鬼蛇神",不可能得以推介,相关的理论研究和文学批评也基本上处于空白期。因此,对于凯鲁亚克在国内认知研究的第一阶段终结于 20 世纪 60 年代上半叶"文化大革命"发生之前,第二阶段则重启于 20 世纪 80 年代初。

---

① 董衡巽,徐育新."愤怒的青年"和"垮掉的一代":介绍当代资本主义世界的两个文学流派[J].前线,1963(3):10-11,17.
② 王巧玲.那些黄色的精神之粮[J].新世纪周刊,2008(19):131-133.
③ 袁可嘉.半个世纪的脚印:袁可嘉诗文选[M].北京:人民文学出版社,1994:2.
④ 马士奎."文革"未出版的外国文学译作[J].博览群书,2011(2):120.

二、否定与肯定并存(20世纪80—90年代)

1978年12月党的十一届三中全会召开,标志着中国进入社会主义建设新时期,在文化领域,1979年召开的中国文学艺术工作者第四次代表大会对过去文化政策进行了调整,不再继续提文艺从属于政治的口号,还艺术民主与自由于作家、艺术家。邓小平在会议上指出"我们的文艺属于人民","文艺这种复杂的精神劳动,非常需要文艺家发挥个人的创造精神。写什么和怎么写,只能由文艺家在艺术实践中去探索和逐步求得解决。在这方面,不要横加干涉"[①]。这些积极政策的推行为中国年轻学者、作家的文学研究和创作打开了新的大门。随着改革开放,大量的西方现代主义作品和理论被引入我国。"据不完全统计,1978年至今,我国翻译出版了四千余种外国文学作品,其中很大部分是西方现代派作品。"[②]

20世纪80年代初期,我国学界对文学理论与文学批评也进行了全面的"拨乱反正"与批判反思,从政治意识形态批评逐步转向社会性文学批评;80年代中后期则进一步向文学审美批评发展,向文学自身回归,开展了诸如"文学主体性"之类的理论讨论,对文学本质进行深入探讨,文学批评取得了空前突破与繁荣,主要体现在:"第一,文学批评由'文革'式的政治批判到新时期初期的社会性文化批评,再到1980年代中期的审美批评转向;第二,文学批评方法的多样化。"[③]上述转向也反映在对"垮掉的一代"作品的文学批评研究中:越来越多的评论家关注到杰克·凯鲁亚克作品本身的文学意义和学术价值,虽然仍有一些负面声音,但已日趋柔和,在仍然批判其思想立意不高的同时,也肯定了其作品的艺术独创性与巨大影响力。

董衡巽、李文俊(戈哈)以及其他三位学者在20世纪70年代末至80年代中期编写并出版了《美国文学简史》中文版(两卷本)。其中,第一卷于1978年出版,第二卷于1982年编撰、1986年出版。该版本被认为是中国外国文学研究的重大成就,多年来一直被多所高校作为教材使用。董衡巽曾在1987年的一次接受采访中说,因为第一卷是在"文革"末期编撰的,一些作家因为当时"左"倾政策而受到不公平的评判:"他们是文学家,不

[①] 邓小平.在中国文学艺术工作者第四次代表大会上的祝辞[M]//中共中央书记处研究室文化组.党和国家领导人论文艺.北京:文化艺术出版社,1982:181-190.
[②] 袁可嘉.中国与现代主义:十年新经验[J].文艺研究,1988(4):60.
[③] 彭海云.艰难的旅程:30年中国文学批评的回眸与反思[J].楚雄师范学院学报,2012(1):20.

第五章 "垮掉哲学"在中国的接受历程与中国当代青年的亚文化发展

是政治家,评论文学家必须首先考虑他们在创作方面的开拓。"①他的发言反映了我国学界对西方现代主义和后现代文学批评态度的总体变化,其中包括对"垮掉的一代"评论风向的转变。

然而,要跳出惯常思维模式并非易事,这个时代的文学批评虽然不像以前那般意识形态化,但仍然主要集中在作品主题上。一部作品反映和揭示"现实"的程度仍然是评判它的重要标准。《美国文学简史》第五章第二节标题是"现实主义和自然主义"。在这一节中,杰克·凯鲁亚克和他的同行们不再被贴上"西方腐朽资本主义的流氓"的标签。相反,编者肯定凯鲁亚克和金斯伯格是重要的美国作家。作为"垮掉的一代"代表人物,凯鲁亚克"从个人反抗的角度描述和反思了20世纪50年代美国社会的种种弊端"②。而金斯伯格"打破了'新批评'的束缚,恢复了惠特曼的传统,为一代人创造了新的诗歌风格"。然而根据编者的说法,凯鲁亚克的小说仍然不属于"思想或艺术层面的高级小说",金斯伯格则"没有积极的理想"③。

这一阶段可以查询到的以凯鲁亚克为研究主体的论文有17篇,其中时任中国社会科学院外国文学研究所研究员的赵一凡发表的《"垮掉的一代"述评》(1981),开启了我国学界对"垮掉的一代"和杰克·凯鲁亚克的认知新视角。这篇文章基调避免了仅从意识形态的角度来评价杰克·凯鲁亚克的作品,他分析了"垮掉的一代"的起源和发展,考察了该流派的社会哲学背景、代表作家、写作方法、成就和对后世的影响。他将"垮掉的一代"描述为"丑小鸭",认为他们成长在一个充满"异化、反动政治高压和保守文化"的战后社会,不满和反叛情绪在年轻人中被压制了几十年,在20世纪50年代爆发。他认为,垮掉分子——一群生活在地下社会的丑小鸭——通过怪异的外表、行为和言语抵制20世纪50年代的传统社会,"逐渐形成了他们的独特的生活哲学,以及一种同高雅文化鲜明对立的'地下文化'"④。

虽然赵一凡仍然对凯鲁亚克的《在路上》评价不高,认为小说"杂乱无章地记述了作者同一个少年教养所出身的无赖搭车旅行,周游全国的见闻。他们沿途打短工、偷东西,结识种种社会渣滓,又害怕同任何职业和社会关系建立固定联系,总是不停地变换环境,

---

① 佚名.本刊访《美国文学简史》主要编写者[J].美国研究,1987(3):148.
② 董衡巽,朱虹,施咸荣,等.美国文学简史:下册[M].北京:人民文学出版社,1986:378.
③ 董衡巽,朱虹,施咸荣,等.美国文学简史:下册[M].北京:人民文学出版社,1986:481.
④ 赵一凡."垮掉的一代"述评[J].当代外国文学,1981(3):145.

漫无目的地向前流浪"①。但是他称赞凯鲁亚克所代表的这一场文学反叛运动,是"一场标新立异并在短期内达到了预定目标的大胆革命"②,代表战后复兴的西方现代派文学潮流,不仅为后来出现的现代小说和实验诗歌扫清了障碍,而且迫使美国高雅文化向大众文化让步,在艺术、音乐、戏剧等领域促进了所谓的"大众文化"的繁荣。

20世纪80年代至90年代是我国青年文化快速变化与发展的繁荣时期,越来越多元的社会文化促使人们,尤其是青年一代深入思考人生的价值与意义。1980年5月,《中国青年》杂志上刊登了一封署名"潘晓"的长信,引发了一场持续半年多全国范围内的"潘晓讨论——人为什么要活着"。这场讨论"呈现着其时具有较强意义充实感需求的青年们精神状况的两面性:一方面是强烈的苦闷感、虚无感、破坏性的愤世嫉俗;另一方面是对这种状态的强烈不满、不甘,对意义感明确、强烈、饱满人生的充分渴望"③。20世纪90年代我国商业文化与消费主义的盛行,让物质富足的青年人陷入了另一种焦虑感与虚无感,"精神身心陷入了更严酷也更危险的困难情境"④。

在这一背景下,对以《在路上》为代表的"垮掉"文化的再次关注与肯定,从一定程度上满足了青年人"追求自由、反抗世俗"的精神需求。华西医科大学教授文楚安(1941—2005)在20世纪80年代末对凯鲁亚克和金斯伯格的大力推介与正名,对于当时中国青年亚文化的发展产生了深远影响。

1997年,文楚安于哈佛大学访学一年,专门研究"垮掉文学"。在去美国前,他翻译了《在路上》一书,但该书在访学结束后才出版。这是《在路上》第二个完整的中译本。此前,漓江出版社出版了陶跃庆、何晓丽《在路上》的全译本(1990)。文楚安译本曾风靡一时,很快售罄,并分别在2001年、2002年再版。随着该书的热卖,"在路上"成为年轻人流行的表达方式,并为他们提供了追求精神自由的标志。一位年轻读者写信给文楚安:"感谢你把这本书译成这么激动人心的文字,把它带到我们中间,你是否知道现在中国,有一大群地下青年,操着电琴,在笨嘴拙舌但又无比努力地说出自己的理想和失望……"⑤ 1997年,文楚安发表论文《"垮掉一代"传奇:凯鲁亚克和〈在路上〉》。文章不仅对人物形象和主题思想进行正面意义的挖掘,也对凯鲁亚克独创的写作手法"自发式写作"进行了

---

① 赵一凡."垮掉的一代"述评[J].当代外国文学,1981(3):146.
② 赵一凡."垮掉的一代"述评[J].当代外国文学,1981(3):149.
③ 贺照田.当前中国精神伦理困境:一个思想的考察[J].开放时代,2016(6):114-115.
④ 贺照田.当前中国精神伦理困境:一个思想的考察[J].开放时代,2016(6):117.
⑤ 文楚安."垮掉一代"及其他[M].南昌:江西教育出版社,2010:167.

研究与评价。文章第一部分对凯鲁亚克的生平和小说创作进行客观概括和介绍。第二部分对《在路上》进行分析:"狄安及其伙伴的玩世不恭在当时的确惊世骇俗,但绝不能由此简单地认为是'颓废''堕落',而是具有深刻的现实意义。"①文章称赞凯鲁亚克的"自发式写作"打破了传统语言规范,记录意识的自然流动而又不失去控制,这样的写作方法对后继作家产生了很大影响。另一篇文章《"垮掉运动仍在继续"——凯鲁亚克故乡纪行》写于1997年赴美后,记录了访学期间,文楚安出席在马萨诸塞州立大学洛厄尔分校举行的"'垮掉一代'文学研讨会"的情形及在凯鲁亚克故乡洛厄尔考察凯鲁亚克公园和墓地的经历。文章表达了对这位伟大美国作家的尊敬:"'在路上'已成为一种特殊的话语,它象征着追求自由、勇于冒险、不循规蹈矩、不知疲倦的人类精神和创造力。在这个意义上,《在路上》这部小说同《荷马史诗》中的'奥德赛'和马克·吐温的《哈克贝利·芬历险记》一样超越疆界、年代,具有永久的魅力。"②

赵一凡对"垮掉派"文学革命性的正面肯定标志着我国学术界对"垮掉的一代"的评价从完全否定到部分接受的转折,也标志着评价标准从社会性向文学性的转变。而文楚安先生则更进一步,从凯鲁亚克个人经历、写作艺术、作品所具有的重大文化意义等角度,力证以凯鲁亚克为代表的"垮掉的一代",不仅仅只是一种文化现象,更是一种文学现象。垮掉派作品凭借其自身文学特色在西方后现代文学发展史上占据一席之地,而非仅仅因为其惊世骇俗、博人眼球的亚文化特性。在他的努力下,"我国外国文学研究界不仅对美国20世纪这一重要的文学、文化流派有了更为全面的了解,而且'垮掉'派作家们也逐渐成为学者和研究生们认真研究的对象"③。他的研究让中国读者对"垮掉的一代"有了更新的、更深层次的认知,并激励了一批学者纷纷投入其研究之中,国内对于"垮掉的一代"的文学批评逐渐走向以肯定为主的研究视角。文楚安本人也被公认为20世纪90年代该领域最为重要和最具影响力的学者。

三、研究和翻译的普遍接受和繁荣(2000年至今)

21世纪以来,世界多极化、经济全球化深入发展,社会信息化、文化多样化持续推进,和平、发展、合作、共赢成为时代的发展主流。我国对于来自异域的思想与文化表现出更

---

① 文楚安."垮掉一代"及其他[M].南昌:江西教育出版社,2010:64.
② 文楚安."垮掉一代"及其他[M].南昌:江西教育出版社,2010:79.
③ 文楚安."垮掉一代"及其他[M].南昌:江西教育出版社,2010:序言4.

加开放与包容的姿态,给"垮掉的一代"文学在国内学界的普遍接受与研究的繁荣创造了宽松的文化环境。同时,民族文化自信的逐渐增强也让越来越多的学者采用客观公正的学术态度和推陈出新的学术视角来评价这一文学与文化现象。

在文化政策方面,1996 年,党的十四届六中全会《关于加强社会主义精神文明建设若干重要问题的决议》就指出,要遵循文化发展的内在规律,发挥市场机制的积极作用。2014 年,《国务院关于加快发展对外文化贸易的意见》出台,进一步鼓励"统筹国际国内两个市场、两种资源,加强政策引导,优化市场环境,壮大市场主体,改善贸易结构,加快发展对外文化贸易,在更大范围、更广领域和更高层次上参与国际文化合作和竞争,把更多具有中国特色的优秀文化产品推向世界"[①]。上述政策的推行,不仅大大促进了我国优秀特色文化的高水平、高质量外输,同时也促进了电视、电影、音乐、出版物等领域涉外产品的大量涌现。

2000 年以前,杰克·凯鲁亚克所有著作中,只有《在路上》被译成中文。文楚安等学者在 20 世纪 80 年代至 90 年代对"垮掉的一代"的"拨乱反正",使得国内越来越多的年轻人成为"垮掉派"作品,尤其是凯鲁亚克作品的粉丝,凯鲁亚克作品的中译本有着一定的市场需求。政治环境的宽容、文化政策的鼓励、读者的需求、市场的主体作用与凯鲁亚克及其垮掉派作品在中国初步得到正面接受的契机相结合,使得"垮掉派"作品的翻译,特别是凯鲁亚克的作品翻译在 2000 年后蓬勃发展。翻译的繁荣进一步刺激了对其作品研究的热度。据不完全统计,在 2000—2021 年间,共有 20 余本凯鲁亚克作品的中译本、近 10 本相关研究专著与 400 余篇学术论文出版或发表。

首先在原作翻译方面。2006—2015 和 2020 年,是杰克·凯鲁亚克作品翻译的井喷时期。前 10 年的繁荣得益于上海译文出版社的大规模推介。上海译文出版社于 2006 年拿下杰克·凯鲁亚克系列作品版权,邀请国内优秀译者进行翻译。2006 年至 2015 年,梁永安的《在路上》(2006)和《达摩流浪者》(2008)、金绍禹的《"垮掉的一代"》(2007)和《麦琪·卡西迪》(2014)、艾黎的《巴黎之悟》(2010)、林斌的《梦之书》(2013)、岳峰和郑锦怀的《科迪的幻象》(2014)、毛俊杰的《吉拉德的幻象》(2014)、陈广兴的《特丽丝苔莎》(2014)、黄勇民的《杜洛兹的虚荣》(2014)和《孤独旅者》(2015)、金衡山的《地下人·皮克》(2015)、刘春芳的《大瑟尔》(2015)等陆续出版。人民文学出版社也出版了凯鲁亚克

---

① 国务院关于加快发展对外文化贸易的意见[A/OL].(2014-03-17)[2020-05-07]. http://www.gov.cn/zhengce/content/2014-03/17/content_8717.htm.

另3部著作的中译本,即牛皮狼的《而河马被煮死在水槽里》(2012年)、陈珊的《俄耳甫斯诞生》(2012年)和莫柒的《镇与城》(2013年)。另外,重庆出版社推出了娅子翻译的《荒凉天使》(2006)和赵元翻译的《孤独旅者》(2007),上海文艺出版社出版了董研翻译的《大海是我的兄弟》(2014)等。凯鲁亚克系列作品中译本的集中推出,满足了普通读者对进一步阅读经典凯鲁亚克其他作品的朴实愿望,同时也为研究者全面了解凯鲁亚克的写作特点和写作思想提供了丰富的研究资料。

2020年初,七个新版《在路上》中译本的集中面世让凯鲁亚克再次引起学术界的关注。其中一个版本是陶跃庆和何晓丽基于其30年前译本的再译,其他版本则都是不同出版社邀请新的译者进行的全新翻译。由于21世纪文化产业和数字技术的蓬勃发展,出版物已经从纯粹的印刷文字转变为出版多媒体合集,不仅包含文字,还包含丰富多彩的地图、歌词、二维码等。2020年1月1日由江苏文艺出版社出版、姚向辉主编的版本,包含了228条文化信息注释,1张手工制作的凯鲁亚克旅行路线彩色地图,3张嬉皮士风格的插图,甚至扫码还可听杰克·凯鲁亚克写的《在路上》的原始歌曲,契合了新时代青年人的审美需求。

2020年《在路上》翻译出版热潮背后的原因大致有三:第一,凯鲁亚克的著作版权进入公版时期,没有版权使用费和无需获得原作权利人授权的便利使得更多出版社瞄准了《在路上》这一经典之作,以求借助这位具有影响力的作家及其作品占据出版市场的一定份额。第二,2019年是杰克·凯鲁亚克逝世50周年,中国学者用自己的译文向这位"垮掉之王"致敬,并提醒当代中国年轻人铭记"在路上"的精神:追求自由、勇于冒险、不循规蹈矩、不知疲倦的人类精神和创造力。第三,根据更为原始的英文原作进行再译,力求纠正旧版本中存在的错误或缺失部分,给中国读者一个更完整、更真实、更贴近原作的译本。《在路上》众多中文译本的涌现表明,中国学者和读者对凯鲁亚克以及"垮掉的一代"的热情不减,《在路上》的经典地位不可撼动。

其次在研究专著方面。在肖明瀚、文楚安等学者的研究基础上,国内学者对于垮掉派作家进行了更为系统和深入的研究,部分博士生选择将凯鲁亚克作为博士论文的研究对象进行深层次研究,并优化为著作出版。具有代表性的有张国庆《"垮掉的一代"与中国当代文学》(2006)和陈杰的《本真之路:凯鲁亚克的"在路上"小说研究》(2010)。其他较有代表性的专著包括钟玲的《中国禅和美国文学》(2009)、文楚安的《"垮掉的一代"及其他》(2010)、李顺春的《美国"垮掉的一代"和东方佛禅文化》(2011)和谢志超的《自由主义传统的书写者:杰克·凯鲁亚克》(2018)等。较为重要的研究译著包括巴里·杰福德

(Barry Gifford)和劳伦斯·李(Lawrence Lee)合著的《垮掉的行路者——回忆杰克·凯鲁亚克》(*Jack's Book*:*An Oral Biography of Jack Kerouac*)(华明、韩曦等译)(2000)、比尔·摩根(Bill Morgan)的《垮掉》(*Beat Generation*)(龙余译)(2012)等。

通过更广泛地阅读凯鲁亚克系列作品,中国学者对于其创作有了更为全面的了解,研究视角也得以从单纯的写作手法和社会文化意义的研究转向比较影响研究。武汉大学张国庆在他的博士论文《"垮掉的一代"与中国当代文学》中比较了"垮掉"文学与1976年后的中国诗歌与小说。他的论文开创了一个新的研究领域,加深了中国读者对这两种文学之间关联性的认识。在他的论文中,杰克·凯鲁亚克和威廉·巴勒斯的小说被选为主要研究对象。通过研究具有代表性的小说《在路上》《镇与城》《达摩流浪者》《裸露的午餐》《垃圾》等,张国庆总结了这些小说的共同主题——异化、探索、反叛、性、宗教和逃离等,认为这些主题也属于中国的一个重要文学流派——盛行于20世纪80年代和90年代的先锋派文学。

对"垮掉派"写作风格与主题的模仿和西方现代主义的接受以及"文革"带来的创伤,激发了大批作家以惊人的坦诚记录自己的生活,丰富了中国现代主义文学的发展。比如获得2019年诺贝尔文学奖提名的残雪的《黄泥街》、刘索拉的《你别无选择》以及王朔的《顽主》及"顽主"人物系列作品等。这些作家关注的主题同样是"垮掉派"读者所熟悉的主题——精神疏离、迷惘、反叛、黑暗和性等等。张国庆在文中还特别提到了1989年由北京师范大学出版社出版的名为《世纪病:别无选择——"垮掉的一代"小说选粹》的作品集。其中收录的不是美国"垮掉"派作家的作品,而是当代中国作家创作的小说。在这本书中,中国的"垮掉的一代"指的是小说中的人物,而不是作家本人。"'垮掉派'式人物在中国当代小说中的出现,体现了美国'垮掉派'文学对中国文学影响的进一步加深。"[①]

"垮掉的一代"对于禅宗佛教的推崇和研究,也在一定程度上体现了中国文化对于西方世界的影响,使得中国读者从情感上对凯鲁亚克等"垮掉派"作家的作品产生一种亲近感与认同感,为从事比较文学与文化研究的中国学者提供了一个新的研究视角,这也是中国学者接受和推崇凯鲁亚克的一个重要因素。

北京大学著名比较文学学者乐黛云以禅宗等中国文化对西方的影响为主题,编著了"中学西渐"丛书。在丛书的总序中,她指出:"近年来,西方文化显示了对他种文化的强烈兴趣,特别是对中国文化的兴趣。他们首先把中国文化作为一个新的参照系,即新的

---

① 张国庆."垮掉的一代"与中国当代文学[M].武汉:武汉大学出版社,2006:255.

'他者',以之作为参照,重新反观自己的文化,找到新的认知角度和新的诠释。"[1]另一位致力于中美文学比较研究的香港著名学者钟玲认为,从20世纪中期开始,禅在美国已成为一种流行宗教和生活方式。中国禅宗和日本禅宗出现在许多美国作品中。她在《中国禅和美国文学》(2009)中列举了"垮掉的一代"喜欢禅宗的两个原因:一是"垮掉的一代"认为财富上的成功并不等于拥有有意义的生活。他们反抗美国主流资本主义文化,因此转向"他者"寻求反主流文化。其中一种可能的反主流文化就是来自亚洲的禅宗。他们对禅宗感兴趣的另一个原因是中国古代疯狂禅癫的形象,如唐代隐士寒山和拾得等,在"垮掉的一代"的思想中根深蒂固。他们钦佩禅癫的精神,并模仿他们离经叛道的行为来发泄压抑的情绪[2]。

  李顺春的《美国"垮掉的一代"和东方佛禅文化》(2011)继续探讨这一话题。他认为,对于"垮掉的一代"来说,禅宗只是对天主教、犹太教等原始宗教的暂时补充:禅宗给了他们一种不同的思维方式,启发他们创作带有异国元素的作品。凯鲁亚克尤其如此。他认为,天主教为他的心理学提供了深刻基础,并建立了认知模式。对凯鲁亚克来说,禅宗最终只是一个有趣的概念,在他生命的最后阶段被他抛弃。凯鲁亚克信奉天主教。他对佛教禅宗的兴趣,只是在他根深蒂固的信仰之外,寻找一些不同的宗教元素。然而,他对佛教的研究使得他的哲学、生活方式甚至散文都发生了巨大变化。"在其影响下,'垮掉的一代'及其稍后的嬉皮士开始喜爱佛教禅宗,从而使异质文化中的佛教禅宗渐渐在美国本土生根并绚丽地绽放"[3]。这也是垮掉派作品在21世纪后获得中国读者和学界普遍接受与认同的影响因素。

  其他值得提及的研究著作包括四川大学陈杰的《本真之路:凯鲁亚克的"在路上"小说研究》(2010)和东华大学谢志超的著作《自由主义传统的书写者:杰克·凯鲁亚克》(2018)。陈杰运用存在主义的本真哲学和佛教思想去探讨作品,加深对小说的认识和分析,通过细读文本分析《在路上》和《达摩流浪者》这两个具有代表性的小说来界定凯鲁亚克的"在路上"小说风格[4]。而谢志超从"自传体小说的继承者、路上小说的开拓者、禅宗思想的践行者和自发式写作风格的推动者"四个方面将凯鲁亚克的生活经历和他的系列小说结合起来,展现了一个相对完整的作为作家的凯鲁亚克形象,更为系统、全方位地向

---

[1] 钟玲.中国禅与美国文学[M].北京:首都师范大学出版社,2009:总序3.
[2] 钟玲.中国禅与美国文学[M].北京:首都师范大学出版社,2009:44.
[3] 李顺春.美国"垮掉的一代"与东方佛禅文化[M].成都:四川大学出版社,2011:72.
[4] 陈杰.本真之路:凯鲁亚克的"在路上"小说研究[M].成都:四川大学出版社,2010.

中国读者介绍了凯鲁亚克①。两相比较,笔者认为《本真之路:凯鲁亚克的"在路上"小说研究》更关注凯鲁亚克的写作特点与作品的哲学内涵,是一部学术专著。而《自由主义传统的书写者:杰克·凯鲁亚克》则借助一本本小说中的故事和作者的生平串起凯鲁亚克的一生,更像是一部凯鲁亚克的中国版人物传记。但毋庸置疑,两部作品都为中国读者更全面、深刻地了解凯鲁亚克提供了清晰而又多元的解读,也丰富了国内学界的研究。

而在学术论文方面,通过大数据来分析 2000 年以来的 42 篇直接以杰克·凯鲁亚克为研究主题的 CSSCI 期刊收录论文可知,《在路上》《达摩流浪者》《孤独旅者》等"在路上"系列小说仍然是研究的主要文本,"在路上"精神、文化意义、禅宗元素仍然是研究的主要领域,如王海燕的《从〈在路上〉看"垮掉派"的文化身份困境》(2008)、肖明瀚的《垮掉一代的精神探索与〈在路上〉的意义》(2010)、陈杰的《从〈达摩流浪者〉看凯鲁亚克对佛教思想的接受》(2010)、徐翠波的《〈孤独旅者〉与凯鲁亚克的文化记忆》(2011)、李英莉和付景川的《凯鲁亚克小说〈在路上〉中意识形态的双螺旋结构》(2016)、孔小纲的《出版繁荣与文学作品的经典化路径——以凯鲁亚克小说〈在路上〉为例》(2020)等。

随着凯鲁亚克其他作品中译本在 2010 年后的陆续推出,研究作品也相应有所增多,《大瑟尔》《特丽丝苔莎》《吉拉德的幻象》《麦琪·卡西迪》等作品纷纷进入研究者的视野。同时,随着"跨学科""新文科"等教育改革理念的提出和迅速发展,文学研究也转向"跨界发展"。近两年,凯鲁亚克作品的研究视角有所拓展,符号学、消费社会理论、国别研究及哲学理论等都被应用到作品研究中,将其他学科的理论与人文经典文本相结合,力求产生具有创新性的研究成果。具有代表性的论文有刘春芳的《革命的第二天——〈大瑟尔〉中精神反叛的悖论》(2011)、李英莉的《凯鲁亚克小说中的消费社会意识》(2015)、孔小纲和杨金才的《〈达摩流浪者〉中禅宗书写的符号学研究》(2019)、宋玮和王立新的《杰克·凯鲁亚克的墨西哥书写》(2020)等。

其中《大瑟尔》译者刘春芳所著的《革命的第二天——〈大瑟尔〉中精神反叛的悖论》客观评价了以凯鲁亚克等为代表的"垮掉的一代"所为之奋斗的"垮掉革命"的历史意义,是专门论述《大瑟尔》思想价值的第一篇学术论文。篇名来自丹尼尔·贝尔(Daniel Bell)在《资本主义的文化矛盾》(1989)中的名言:"但真正的问题出现在'革命的第二天'。"她说,"当垮掉派意识到自己拼命追求的反抗方式并不能解决实际问题,也不可能带来真正的慰藉与自由,反而造成他们从未想到的混乱局面时,他们痛苦不堪。同时,令垮掉派们

---

① 谢志超.自由主义传统的书写者——杰克·凯鲁亚克[M].北京:中国社会科学出版社,2018.

更无所适从的是,他们对这种无意间导致的混乱局面毫无办法。对于倔强的物质欲望的迅速回归,社会规范调整姿态后的迅速收复,他们能做的只有让自己沉浸在酒精带来的幻觉中"①。对于凯鲁亚克和他的"垮掉"的伙伴来说,打破规则并不容易,但建立新规则更难。经过多年的斗争,他们未能建立起一个新世界,只能再从"地下世界"走出来,回到了他们曾经反抗过的传统社会。"垮掉的一代"没有能带来一场彻底的"垮掉革命",凯鲁亚克也无法将自己从崩溃的神经与残酷的现实中救赎出来,只能用自己的悲剧结局在青年亚文化的发展史上留下悲情的一笔,给一代青年人带来启示的同时更带来警醒。

另一具有创新性观点的文章当属李英莉的《凯鲁亚克小说中的消费社会意识》(2015)。作者在文中并没有沿用凯鲁亚克研究的传统视角,如"在路上"精神的论证与演绎、小说文本中禅宗思想的挖掘与比较、亚文化视角的批判与推崇等,而是另辟蹊径,用消费社会理论来观照凯鲁亚克的小说,认为"凯鲁亚克写新旧世纪之交的痛苦和迷茫并非他的最终目的,他的目的在于要建立美国新的价值观。在消费社会理论的框架下,凯鲁亚克的小说呈现的并非对美国主流社会的批判,相反,他积极投身于美国的消费社会中,为二十世纪五十年代的文坛奉献了一个新美国"②。这一观点与以往普遍认为"凯鲁亚克通过他的小说创作表达对二战后'虚伪、冷漠、腐败、堕落'的美国社会的强烈反抗与批评"的观点有所不同。文章观点是否能为学者所普遍接受有待商榷,但在打破凯鲁亚克及"垮掉的一代"研究的思维桎梏、创新研究视角与研究结论方面有一定的参考价值。

凯鲁亚克作品中译本的大量推出以及学术研究的繁荣,体现了我国读者和研究学者对于其作品的持续关注和研究兴趣,一方面证明了其作品的经典性和流行性,另一方面体现了新时期我国文化政策的自信开明与开放包容以及文学与文化研究兼收并蓄、力求创新的积极姿态,贯彻了中国特色社会主义文化建设思想民主性的基本特点,即合理吸收外国文化中一切好的东西,使有中国特色社会主义的文化成为海纳百川、兼容并包的博大体系。

四、发展趋势

从二十世纪五六十年代的全盘否定与批判再到 21 世纪的理性看待与接受,杰克·凯鲁亚克及其作品在中国读者的认知中历经曲折。在此过程中,国际环境的风云变幻、

---

① 刘春芳.革命的第二天:《大瑟尔》中精神反叛的悖论[J].外国文学评论,2011(4):97.
② 李英莉.寻找与救赎:消费社会理论语境下的凯鲁亚克"在路上"系列小说研究[D].长春:吉林大学,2016:42.

我国外交政策与文化政策的历时演变以及大批优秀学者的积极推动，是凯鲁亚克及其"垮掉派"同伴的文学价值在中国逐渐得到客观理性认识的主要原因。但目前国内学界对于凯鲁亚克的研究仍然存在着一些根深蒂固的问题，譬如：如何打破研究思维定式避免人云亦云的重复研究，如何开拓除小说外的凯鲁亚克的诗歌、信件、佛学著作等领域的研究，如何进一步对凯鲁亚克的写作风格与文学思想进行全面而客观的解读、构建相对完整的研究体系，等等。笔者认为，可以从以下四个方面来解决上述问题：

第一，需打破研究思维固化、研究对象单一的弊端，创新研究视角，规避重复研究，形成相对独立的研究观点，提高研究成果的质量，避免就《在路上》《达摩流浪者》等作品进行一轮又一轮"炒冷饭"性质的同质研究，基于"跨学科"的研究理念，从"新文科"的研究视角，结合心理学、社会学、区域国别研究等理论，挖掘包括但不限于《在路上》等小说作品新的文学与社会内涵。同时，将研究对象拓展至诗歌、书信集、传记等领域，扩大研究范围。尤其是传记比较研究，将是一个有新意、有意义的研究角度。凯鲁亚克的传记作品有数十本之多，其中，凯鲁亚克研究权威之一安·卡特斯(Ann Charters)撰写了第一本凯鲁亚克传记 *Kerouac*：*A Biography*(1973)。此外凯鲁亚克的情人、尼尔·卡萨迪的妻子卡洛琳·卡萨迪(Carolyn Cassady)撰写的 *Heart Beat*：*My Life with Jack ＆ Neal*(1976)从亲密爱人的视角记录了一个单纯善良、敏感脆弱的凯鲁亚克。吉拉德·尼科西亚(Gerald Nicosia)的 *Memory Babe*：*A Critical Biography of Jack Kerouac*(1983)长达800页，被认为是美国"最重要的一部凯鲁亚克及'垮掉一代'研究专著"①。其他影响较大的传记有巴里·杰福德和劳伦斯·李的 *Jack's Book*：*An Oral Biography of Jack Kerouac*(1978)、蒂莫西·亨特(Timothy Hunt)的 *Kerouac's Crooked Road*(1981)、以及汤姆·克拉克(Tom Clark)的 *Jack Kerouac*：*A Biography*(1984)等等。对各个版本的传记进行比较研究，一方面可以更为全面立体地了解真实的凯鲁亚克，从而结合他各阶段不同的生活轨迹与思想状态，更好地理解其作品的意蕴与内涵，另一方面，通过比较研究各个传记所采用的不同的写作角度与写作手法，可以开辟凯鲁亚克研究的新视角。

第二，需加大除小说外凯鲁亚克其他作品的引进与翻译力度。凯鲁亚克的二十余本小说基本都已有中文译本，但其他文体的作品鲜有译介。其诗歌集 *Mexico City Blues*，*Scattered Poems*，*Book of Sketches*(1952-1957)，*Pomes All Sizes*，*Heaven and Other Poems*，*Book of Blues*，*Book of Haikus* 等都有其独特的诗学特点与艺术价值。凯鲁亚

---

① 文楚安."垮掉一代"及其他[M].南昌：江西教育出版社，2010：87.

克在潜心研读佛学禅宗书籍时所创作的心得感悟,如 *The Scripture of the Golden Eternity*、*Some of the Dharma* 等,是解读凯鲁亚克小说及诗歌作品中宗教元素的重要依据。此外,凯鲁亚克与友人大量的书信来往对于理解其更为真实的思想轨迹与作品内涵有着重要的参考价值。结集成册得以出版的书信集有 *Selected Letters:1940—1956*、*Selected Letters:1957—1969* 等。上述作品的引进与翻译,将有助于我国读者全方位了解凯鲁亚克的作品全貌,同时有助于国内学者更为全面、更为客观地对其作品写作风格与文学价值开展更深层次的研究。

第三,需加强对国外学者研究凯鲁亚克作品的相关著作的研读、引进与翻译。"垮掉的一代"现象及凯鲁亚克研究一直是美国学术界的研究热点。"通过美国埃莫里大学(Emory University)图书馆网站检索 1950 年至今的以'垮掉的一代'为主题关键词的出版信息并进行统计,正式出版的学术著作共 71 部。检索主题关键词'凯鲁亚克',正式出版的学术著作共 74 部"[①]。此统计数字足见美国学者对于"垮掉的一代",尤其是对于凯鲁亚克的重视与推崇,而国内对如此大量的研究著作译介寥寥。如能对其中影响力与学术价值较大的作品加以引进,如哈桑·梅勒伊(Hassan Melehy)的 *Kerouac:Language,Poetics,and Territory*(2016)、伊萨卡·格维茨(Isaac Gewirtz)的 *Beatific Soul:Jack Kerouac on the Road*(2007)以及詹姆斯·T. 琼斯(James T. Jones)的 *A Map of Mexico City Blues:Jack Kerouac as Poet*(1992)等,则有助于国内学者对凯鲁亚克文学作品认知的不断深化,通过吸收不同的研究观点,加深对于诗歌等其他文体作品的研究与理解,从而促进构建相对全面而客观的凯鲁亚克研究学术体系。

第四,出版社应扩大翻译选本范围,提高翻译质量,避免重复翻译,把译介视线更多投向未有中文译本的作品。凯鲁亚克的原著自不必说,其他上述研究专著及传记也应更多地被介绍到国内以促进凯鲁亚克的相关研究。正如前文所提及的,凯鲁亚克逝世 50 周年后的第二年,《在路上》的中文译本集中涌现,多达近 10 种。2022 年是凯鲁亚克诞辰 100 周年,当代世界出版社于 2022 年 3 月 1 日推出《达摩流浪者》最新译本以庆祝。其他诗集、书信集迄今则鲜有译介,研究著作只有比尔·摩根的《垮掉》等少许译本,华明等所译的《垮掉的行路者——回忆杰克·凯鲁亚克》也是为数不多的中文译介传记。而同样是这本传记,南京大学出版社将于 2022 年 4 月推出蒋怡的新译本,书名更译为《杰克之书:他们口中的凯鲁亚克》。重译再版有助于提高翻译质量,但在某种程度上是一种重复

[①] 孔小纲.出版繁荣与文学作品的经典化路径:以凯鲁亚克小说《在路上》为例[J].社会科学战线,2020(11):266.

劳动,欠缺新意,限制了读者的阅读视野与研究者的研究范围。出版社可借 2022 年凯鲁亚克诞辰 100 周年之际,推出更为全面的凯鲁亚克作品与相关著作以飨读者,而非仅仅是对几本经典著作的一再重印与再译。

总之,凯鲁亚克在中国的研究需要广大学者们从更具创新性的角度去挖掘其不同类型作品的深层次内涵,吸收国内外最新的研究成果,厘清作品中的积极因素与消极因素,去芜存菁,结合当下,立足现实,为我所用,形成客观的文学评价和文化解读,推动杰克·凯鲁亚克及"垮掉的一代"的研究水平及高度更上一层楼。

第二节 "垮掉哲学"与中国当代青年的亚文化发展

亚文化(sub-culture),特别是青少年亚文化,是主流文化之外一支不可忽视的文化支流,尤其是在网络文化盛行的今天,其活跃性和重要性正日益引起社会的关注与重视。青年人的行为、思想所体现出的文化特征不仅包含着与主文化相通的价值与观念,也有属于自己的独特的价值与观念。美国社会学家萨拉·桑顿(Sarah Thornton)在《亚文化读本》中指出,亚文化具有社团的特性,但又有着天生的反抗性质,是一种追求与主流成人社团相异的社会团体[①]。二战后美国所兴起的"垮掉派"文化是"青年亚文化"的典型体现,代表了游离于主流之外的社会青年人群体对后世的西方文化产生的深远影响,其强大的影响力也波及了若干年后的东方青年。

一直以来,中国社会流传着一种说法,认为中国"80 后""90 后"的青年是"垮掉的一代",消极、颓废、堕落、不思进取。确实,由于时代的原因,国内二十世纪六七十年代的文学评论给"垮掉的一代"文学尤其是对杰克·凯鲁亚克《在路上》扣上了腐朽的资产阶级文学的帽子,也从很大程度上给"垮掉"(beat)一词定性,影响深远。"垮掉的一代"就是酗酒、滥交、堕落、吸毒、反叛的代名词。自从 80 年代起,"垮掉的一代"文学作品与其所代表的青年亚文化对中国的青年一代产生了深远的影响。由于长期以来各种媒介对于"垮掉的一代"的惯性认知,"70 后""80 后"甚至"90 后"的青年接触到的大都是垮掉派作品和其所代表的亚文化的表面的一些现象。当代中国青年作家作品中所表现的虚无与反叛、娱乐明星中的吸毒事件、网络世界的集体自嘲与恶搞、丧文化的流行等等,可以说是垮掉

---

① 马中红.西方后亚文化研究的理论走向[J].国外社会科学,2010(1):138.

派亚文化表层特征对于中国当代青年的亚文化发展产生影响作用的直接体现。

毋庸置疑,"垮掉的一代"所代表的亚文化有其消极的一面,但也不能一叶障目,全盘否定,忽视其积极的一面。作为一种文化现象和文学现象,垮掉派在西方文化和文学史上占有重要的地位。他们希望通过文学的力量来与社会霸权抗争,提倡自由、平等、环保,反对越战,反对种族歧视,反对性别歧视,祈望救赎苦难中的人们。迪克·赫伯迪格(Dick Hebdige)在《亚文化:风格的意义》一书中写道:"垮掉的一代创造了一种精通文学的、舞文弄墨的文化,宣称对先锋派艺术(抽象派绘画、诗歌、法国存在主义)颇感兴趣,摆出一副四海为家、放荡不羁的四顾茫然的姿态。"[1]他在书中也引用古德曼(Goldman)的说法:"垮掉的一代起初都是一些满腔热情的中产阶级大学生,比如凯鲁亚克,他被城市和他所继承的文化所窒息,希望能够去往远离尘嚣、充满异国情调的地方,在那里,他可以活出'人样',可以写作、抽烟与思考。"[2]

一、"垮掉哲学"的积极内涵

从20世纪80年代开始,以文楚安教授为代表的中国新一代学者一直在努力为其正名,推崇在"垮掉"表象下存在着的反叛精神以及对自由的追求。文楚安教授在《"垮掉一代"及其他》一书中指出,以凯鲁亚克的长篇小说《在路上》(On the Road)、艾伦·金斯伯格的长诗《嚎叫》(Howl)和威廉·巴勒斯的长篇小说《裸露的午餐》(Naked Lunch)为代表的垮掉一代作家和作品已经成为"融入美国乃至西方社会——文化生活中的现象和哲学思想,就如同人们所说的存在主义、某种宗教信仰一样"[3]。

文楚安认为垮掉哲学的内涵主要体现在"继承美国超验主义传统,崇尚思想行动自由,敢于向不合理的社会体制连同其意识形态提出挑战……重精神生活轻物质主义,藐视权威,无所畏惧,勇于探索和冒险等。"[4]

《在路上》的主人公迪安·莫里亚蒂这一人物形象的塑造代表了垮掉一代人物对于自由的追求、对于本真自我的向往。受"垮掉的一代"的影响,很多年轻人纷纷效仿《在路上》一书的主人公迪安和萨尔的自由之旅,在路上恣意驰骋,只为寻求、探索渴望已久的自由和生命的终极意义。

---

[1] 赫伯迪格.亚文化:风格的意义[M].陆道夫,胡疆锋,译.北京:北京大学出版社,2009:64-65.
[2] 赫伯迪格.亚文化:风格的意义[M].陆道夫,胡疆锋,译.北京:北京大学出版社,2009:60.
[3] 文楚安."垮掉一代"及其他[M].南昌:江西教育出版社,2010:68.
[4] 文楚安."垮掉一代"及其他[M].南昌:江西教育出版社,2010:174.

本·贾艾莫(Ben Giamo)在《凯鲁亚克,言与道:作为精神追寻者的散文家》(*Kerouac, the Word and the Way: Prose Artist as Spiritual Quester*, 2000)一书中追踪凯鲁亚克思想的变迁,尤其是精神追求的变化,他认为凯鲁亚克早期的小说不是无道德感的,相反,他吸收了惠特曼的精神内核,在一个开放的道路上去寻找真正的归宿。"贾艾莫以道路、小镇、城市三个空间为依托,肯定了凯鲁亚克打破传统的限制去追求精神自由和个性张扬的努力。他认为,凯鲁亚克小说中的人物所做的一切都是要摆脱传统和时间的框架来建立新的自我",实现自我救赎①。

因此,《在路上》不仅是一部记录一群疯狂的年轻人寻欢作乐、行为乖张的公路小说,也是一部记录这群人如何在浪迹天涯、放荡不羁中进行自我救赎的心灵史诗。虽然说他们经常在穿越美国的沿途寻找各种感官刺激,他们真正的旅途却在精神层面。

除了《在路上》,凯鲁亚克在其他作品中也表现了"垮掉的一代"对于社会桎梏的挣脱与对于自由的追求,如《孤独旅者》和《荒凉天使》。凯鲁亚克在《孤独旅者》的自序中写道:"十八岁读了杰克·伦敦的传记后,我决心也要成为一名冒险家,一个孤独的旅行者。"于是他一直在路上,走遍美国,浪迹墨西哥,游历欧洲。这些足迹串起的是一个追求人生自然本真状态的作家的诗意人生,绝不仅仅是对于流浪、堕落、无所事事的宣扬。《在路上》《孤独旅者》等路上作品体现出"垮掉的一代"追求人的自由和探索人的存在精神,揭示了"垮掉的一代"本质上是探索的一代,他们在不停地追寻属于他们这一代人的价值观念。

此外,凯鲁亚克独创的"自发式写作"的创作方法是一种高度自由的写作方法,以真实的情绪冲动来创作。这种写作方法与"垮掉的一代"追求自我精神存在的实质是一脉相承的,他们对生命本真的追求,对人精神自由的渴望,在这样的创作方法中表达得淋漓尽致。总之,凯鲁亚克的作品和创作方法所体现出的勇于探索、敢为人先、追求精神与灵魂自由的自由哲学是"垮掉哲学"的核心,也是中国当代青年所最值得借鉴之处。

20世纪50年代,禅宗在西方思想界和文化界盛行。"垮掉的一代"以禅宗为武器对抗中产阶级价值观和基督教的精神羁绊,通过禅宗观察社会,看待世界,寻求精神上的出路②。1954年,凯鲁亚克开始研究佛教,期望能从中得到生活的答案。《荒凉天使》中的凯鲁亚克在荒凉峰上作为山火瞭望员的日子里,坐禅是他排解寂寞与痛苦的主要方式。

---

① 李英莉.寻找与救赎:消费社会理论语境下的凯鲁亚克"在路上"系列小说研究[D].长春:吉林大学,2016:89.
② 陈小红."垮掉一代"禅之旅[J].广州大学学报(社会科学版),2013(4):84.

坐禅冥想使得他顿悟到"万有为空","我已经悟到,这个世界只不过是随出生而来的梦幻,我们所能做的就是回到欢喜解脱,回到佛性根本——我们都明白,那就是原初快乐的根本"[①]。这样的顿悟让他得以从尘世的烦扰中解脱,心灵得以升华,从小我上升为"为众生祈福,为自己的信仰祈福"的达摩。

《达摩流浪者》是凯鲁亚克献给寒山的一本著作,主人公贾菲与雷蒙这两位"达摩流浪者"的原型就是斯奈德和凯鲁亚克。在禅宗佛教思想的指引下,他们在马特峰与荒凉峰度过与世隔绝的六十多个日日夜夜,他们在超然寂静中体会着生命的直觉、纯净与唯美。《达摩流浪者》记录着凯鲁亚克和他的伙伴们沉浸在禅宗超拔、宁静、与世无争、及时享乐的世界里的喜悦与心灵的升华,"年轻人背着背包,面带微笑,四处流浪。就像中国伟大的诗人李白那样在月光下饮酒,爬山祈福"。

对于以凯鲁亚克为代表的"垮掉派"作家来说,参禅礼佛的方式在一段时期内解除了他们在现实世界里的压抑,让他们在"空幻"的佛教教义中解放自我,在山野中获得直接的生命体验,以人最基本的生命存在为基础探索新的生活方式,在入世后能以全新的视角和超脱的心态看待世事百态,形成新的信仰、新的价值观念、新的人与人之间的关系,这是"垮掉哲学"的又一重要体现。

从凯鲁亚克的个人角度来讲,对于他来说,"写作是一场反抗虚无感和绝望感的战争,它们经常淹没他,无论他的生活看上去多么安稳"[②]。在写作一本书和另一本书之间的空隙里,凯鲁亚克的大部分时间都在历险。他在纽约、旧金山、墨西哥城以及欧洲各国之间流浪,以获得创作的素材和激情。他的所有作品都是半自传式的,他的流浪小说基本是他旅行日记的整合。他在流浪中找寻自我,找寻一个作家的灵感,找寻战胜虚无和绝望的自我救赎之路。

二、"垮掉哲学"的积极内涵对于中国当代青年的亚文化发展的正面意义

有学者指出,在探讨当代青年某种亚文化的时候,应该抛弃对青年亚文化的偏见,更多地反思媒体是否利用以及如何利用了青年亚文化的特异性。当年的英国伯明翰学派(当代文化研究中心,CCCS)对青年亚文化也持有同情、支持、理解的态度,这也应是今天

---

① 凯鲁亚克. 荒凉天使[M]. 娅子,译. 重庆:重庆出版社,2006:28.
② 凯鲁亚克. 荒凉天使[M]. 娅子,译. 重庆:重庆出版社,2006:序言 2.

谈论青年亚文化的基本态度。《人民日报》微博在2015年4月公布了调查总结出的中国"90后"青年的九个特征，其中就包括"独立、有个性；讲原则、重规则；关注社会问题，渴望成为身边社会问题的解决者"等。这是主流媒体对于青年文化的肯定，也是对于长期以来对"90后"青年负面评价的反拨。

当代中国社会的人们为了生存而努力工作，而每天八小时所做的工作并不是自己所喜欢的，灵魂和身体是分离的。他们没有勇气做他们喜欢的事、身心合一的工作，因为这样的工作也许不能给他们带来丰富的物质，会受到身边人的嘲笑。他们没有勇气用一段时间去做工，一段时间用赚来的钱去享受生活，去做自己喜欢的事，然后再去做工，如此循环。有一份稳定、收入高的工作是当今社会判断一个人是否成功的标准，而不是这份工作是否体现这个人的价值和兴趣。他们日复一日、年复一年地处于生存的漩涡，上班、下班、照顾家庭、养育孩子、小房子换大房子、小车换豪车、还贷永远在路上……人们追求着貌似精致的生活，但很少有自己的精神文化生活，没有时间去追求艺术和精神层面的发展。太多的禁忌，太多的顾虑，太多的物质追求，让大部分的中国人活得很累，无暇顾及自己的内心，无法释放自我，不知道自己真正想做的是什么，不知道自己真正的价值所在。这种表面的精致生活的追求与拼命维持，正成为中国中产阶层的不可言说的痛。表面的光鲜亮丽将逐步掩盖不了内心的荒芜迷茫。

这种现象和美国二十世纪五六十年代中产阶级的价值观相似，所谓的 WASPs——白人精英阶层的价值判断标准。在他们眼里，那时的"垮掉者"（beats），"嬉皮士"（hippies）都是下层人士、边缘人员、社会的不稳定因素，是他们所要批判的对象。而这些"垮掉者"恰恰是在当时盛行于西方社会的禅宗佛教思想的影响下坚定了这样的价值观，他们活在当下，不关注过去与未来，执着于自己喜欢的事业和生活方式。杰克·凯鲁亚克作为"垮掉的一代"的代表，就遵循着这样的价值观和生活方式。写作是他的挚爱，他觉得自己就是为写作而生，生活的窘迫不是问题，可以打零工，可以接受朋友的资助。这些在精英阶层看起来是羞耻的行为，在他看来只是让他得以活着的方式，无法写作、无法成为公众认可的作家才是他认为最为羞耻的事情。

作为"垮掉的一代"的第一代人，杰克·凯鲁亚克、艾伦·金斯伯格、威廉·巴勒斯并不是在禅宗佛教思想的影响下形成这样的价值观，而是美国二十世纪五六十年代社会的发展、战后的社会文化让他们有了逃离精英阶层价值判断标准和合乎基督教教义的生活方式的想法，他们这么做了，但是他们得不到社会的认可，失去了可以为自己行为证明的理论或者思想根据，而禅宗佛教思想的出现，恰恰迎合了他们为自己行为正名的需求，也

第五章 "垮掉哲学"在中国的接受历程与中国当代青年的亚文化发展

为他们看似离经叛道的行为提供了思想上的依据，让他们找到了一种基督教以外的新的信仰。而他们的追随者，可以说不仅是对他们生活方式的模仿，在很大程度上在他们的影响下接受东方宗教的影响，从而形成了具有东方哲学特征的、在美国历史上具有重要意义的垮掉一代的亚文化现象。

真正的"垮掉者"是具有生产性的，他们工作，无论是做木工、铁路工人，还是森林防火瞭望员，他们赚钱养活自己，然后专心于自己的文学和艺术创作，写出影响深远的小说和诗歌，在更大程度和范围内扩大自己所秉持的价值观和生活方式的影响力，从而形成一种运动、一种潮流、一种文化，打破白人精英中产阶级的价值观垄断，提供给人们尤其是青年一代更多的价值选项，让他们不用为与主流文化的不合拍而质疑自己，只要不伤害自己，不违法乱纪，活出自己又何妨。多年的在主流社会眼中的"不务正业"，也许正是不朽巨著的潜伏期。不急功近利，才能孵化出行业的引领者。中国多年来缺乏文学艺术界大师的原因之一，应该就是主流价值观不鼓励特立独行的行为方式和思想潮流，不允许"无所事事"者的存在，把他们视为失败者，从而让很多将来可能诞生的大师怀疑自己、否定自己，从潜在的大师变为庸碌的普通一员。

而很多"垮掉者"的追随者，他们只是模仿者，耽于表面现象的低级效仿，流浪，却漫无目的，没有像凯鲁亚克一样带着随时随地记录所见所闻所想的小本子。吸食大麻，只为了追求快感，而没有像金斯伯格一样写出诗歌《嚎叫》，像威廉·巴勒斯一样写出《瘾君子》(Junky)。在酒吧欣赏爵士乐，只能跟着节奏摆动身体，而没有像尼尔·卡萨迪一样获得写作的灵感，像凯鲁亚克一样总结出像爵士乐一样即兴发挥、自由流动的"自发式写作"的方法。他们只是无所事事、奇装异服，到处标新立异，没有生产创作，没有真正体现"垮掉者"的存在价值和合理性，成为精英阶层抨击垮掉运动的一个攻击点，也是"垮掉的一代"臭名昭著的原因之一。

正如《近三十年中国青年文化研究的嬗变与反思》一文中所指出的："我们应在提高通俗文艺的精神内涵和相应的法规建设方面多下功夫，并且加以借鉴过往成功经验，才能更好地解决后现代文化思潮对青年文化的影响以及青年审美文化世俗化的问题。"作为后现代文学的代表之一，凯鲁亚克作品中所体现的垮掉哲学蕴含着"热爱自由、勇于探索、企望和平、关注生态"等积极因素，对于中国青年亚文化的发展具有一定的正面启发与引导作用。通过对于垮掉哲学积极因素的宣扬，希望能够改变当代青年对于垮掉一代的刻板印象，也希望他们通过了解垮掉偶像积极向上的另一面，将亚文化的负面影响和正面影响厘清，吸收正能量，形成向往自由、勇于探索、敢为人先、关注环保的价值取向与文化导向，从而服务于社会主义核心价值观所引领的主流文化。

参考文献

中文文献：

[1] 金斯堡. 我们这一代人：金斯堡文学讲稿[M]. 惠明,译. 北京：人民文学出版社,2021.

[2] 吉福德,李. 垮掉的行路者：回忆杰克·凯鲁亚克[M]. 华明,韩曦,周晓阳,译. 南京：译林出版社,2000.

[3] 摩尔. 垮掉：关于"垮掉的一代"的最完整的冒险史[M]. 南京：江苏人民出版社,2012.

[4] 陈杰. 本真之路：凯鲁亚克的"在路上"小说研究[M]. 成都：四川大学出版社,2010.

[5] 陈杰. 从《达摩流浪者》看凯鲁亚克对佛教思想的接受[J]. 外国文学研究,2010(3)：106-113.

[6] 陈小红. "垮掉一代"禅之旅[J]. 广州大学学报(社会科学版),2013(4)：84-88.

[7] 戴文静. 近三十年中国青年文化研究的嬗变与反思[J]. 中国青年研究,2017(1)：80-87,44.

[8] 霍夫曼. 美国当代文学：上[M]. 王逢振,等译. 北京：中国文艺联合出版公司,1984.

[9] 丹尼尔·贝尔. 资本主义文化矛盾[M]. 赵一凡,蒲隆,任晓晋,译. 北京：生活·读书·新知三联书店,1989.

[10] 邓建新. 转瞬即逝的莲花：杰克·凯鲁亚克与佛教[M]. 北京：中国社会科学出版社,2013.

[11] 邓小平. 在中国文学艺术工作者第四次代表大会上的祝辞[M]//中共中央书记处研究室文化组. 党和国家领导人论文艺. 北京：文化艺术出版社,1982：181-190.

[12] 赫伯迪格. 亚文化：风格的意义[M]. 陆道夫,胡疆锋,译. 北京：北京大学出版社,2009.

[13] 佚名. 本刊访《美国文学简史》主要编写者[J]. 美国研究,1987(3)：147-155.

[14] 董衡巽,朱虹,施咸荣,等. 美国文学简史：下册[M]. 北京：人民文学出版社,1986.

[15] 董衡巽,徐育新. "愤怒的青年"和"垮掉的一代"：介绍当代资本主义世界的两个文学流派[J]. 前线,1963(3)：10-11,17.

[16] 董扣艳. "丧文化"现象与青年社会心态透视[J]. 中国青年研究,2017(11)：23-28.

[17] 付成双.从环境史的角度重新审视美国西部开发[J].史学月刊,2009(2):107-118.

[18] 方长安.1949—1966年中国对外文学关系特征[J].中山大学学报(社会科学版),2005(5):12-17.

[19] 戈哈.垂死的阶级,腐朽的文学:美国的"垮掉的一代"[J].世界文学,1960(2):147-157.

[20] 国务院关于加快发展对外文化贸易的意见[A/OL].(2014-03-17)[2020-05-07].http://www.gov.cn/zhengce/content/2014-03/17/content_8717.htm.

[21] 贺照田.当前中国精神伦理困境:一个思想的考察[J].开放时代,2016(6):108-122.

[22] 黄蓓,张红霞.国内外青年亚文化研究述评[J].中国成人教育,2017(12):81-83.

[23] 黄开红.于"自由"处觅自由:论《在路上》的追梦精神[J].外国文学研究,2015(1):111-117.

[24] 费尔曼,卡登堡.《垮掉的一代和愤怒的青年》序言[J].孙梁,译.国外社会科学文摘,1959(6):17-21.

[25] 江宁康.美国文学经典与民族文化创新:1945—2010[M].北京:人民出版社,2014.

[26] 凯鲁亚克.大海是我的兄弟[M].董研,译.上海:上海文艺出版社,2014.

[27] 凯鲁亚克.吉拉德的幻象[M].毛俊杰,译.上海:上海译文出版社,2014.

[28] 凯鲁亚克.杜洛兹的虚荣:杰克·杜洛兹历险教育记:1935—1946[M].黄勇民,译.上海:上海译文出版社,2014.

[29] 杰克·凯鲁亚克.玛吉·卡西迪[M].金绍禹,译.上海:上海译文出版社,2014.

[30] 凯鲁亚克.科迪的幻象[M].岳峰,郑锦怀,译.上海:上海译文出版社,2014.

[31] 杰克·凯鲁亚克.特丽丝苔莎[M].陈广兴,译.上海:上海译文出版社,2014.

[32] 凯鲁亚克.在路上[M].王永年,译.上海:上海译文出版社,2006.

[33] 凯鲁亚克.在路上[M].文楚安,译.桂林:漓江出版社,2001.

[34] 凯鲁亚克.在路上[M].陶跃庆,何小丽,译.上海:上海人民出版社,2020.

[35] 凯鲁亚克.垮掉的一代[M].金绍禹,译.上海:上海译文出版社,2007.

[36] 凯鲁亚克.孤独旅者[M].赵元,译.重庆:重庆出版社,2007.

[37] 凯鲁亚克.荒凉天使[M].娅子,译.重庆:重庆出版社,2006.

[38] 凯鲁亚克.达摩流浪者[M].梁永安,译.上海:上海译文出版社,2008.

[39] 凯鲁亚克.地下人·皮克[M].金衡山,译.上海:上海译文出版社,2015.

[40] 凯鲁亚克.大瑟尔[M].刘春芳,译.上海:上海译文出版社,2015.

[41] Jing.人生其实太过于简单[EB/OL].(2006-11-13)[2020-05-07].https://book.douban.com/review/1087548/.2006-11-03.

[42] 腊克司劳斯."垮掉的一代"与美国[J].周煦良,译.现代外国哲学社会科学文摘,1959(6):21-23.

[43] 孔小纲.出版繁荣与文学作品的经典化路径:以凯鲁亚克小说《在路上》为例[J].社会科学战线,2020(11):263-267.

[44] 孔小纲,杨金才.《达摩流浪者》中禅宗书写的符号学研究[J].湖南科技大学学报(社会科学版),2019(2):39-45.

[45] 李公昭.20世纪美国文学导论[M].西安:西安交通大学出版社,2000.

[46] 李顺春.美国"垮掉的一代"与东方佛禅文化[M].成都:四川大学出版社,2011.

[47] 李维屏.乔伊斯的美学思想和小说艺术[M].上海:上海外语教育出版社,2000.

[48] 李英莉.凯鲁亚克小说中的消费社会意识[J].外国文学动态研究,2015(5):42-49.

[49] 李英莉.寻找与救赎:消费社会理论语境下的凯鲁亚克"在路上"系列小说研究[D].长春:吉林大学,2016.

[50] 李英莉,付景川.凯鲁亚克小说《在路上》中意识形态的双螺旋结构[J].当代文坛,2016(2):105-108.

[51] 铃木大拙,弗洛姆,德马蒂诺.禅宗与精神分析[M].洪修平,译.沈阳:辽宁教育出版社,1988.

[52] 刘春芳.革命的第二天:《大瑟尔》中精神反叛的悖论[J].外国文学评论,2011(4):87-98.

[53] 刘玉兰."垮掉的一代"之"在路上"情结[D].青岛:青岛大学,2008.

[54] 刘艳华,陈友艳."垮掉的一代":二十世纪五六十年代美国社会的一面镜子:杰克·凯鲁亚克《在路上》解读[J].名作欣赏(文学研究),2006(5):95-97.

[55] 马士奎."文革"未出版的外国文学译作[J].博览群书,2011(2):120-123.

[56] 马特.论加里·斯奈德的后现代城市建构与生态叙事[J].外国文学研究,2019(4):75-88.

[57] 马中红.西方后亚文化研究的理论走向[J].国外社会科学,2010(1):137-142.

[58] 迪特曼."垮掉的一代"文学名著[M].北京:中国人民大学出版社,2007.

[59] 满盈,张梦军.凯鲁亚克笔下的女性形象解读[J].短篇小说(原创版),2005(4X):5-7.

[60] 美国《巴黎评论》编辑部.《巴黎评论》作家访谈:1[M].黄昱宁,等译.北京:人民文学出版社,2012.

[61] 迪克斯坦.伊甸园之门[M].方晓光,译.上海:上海外语教育出版社,1985.

[62] 彭海云.艰难的旅程:30年中国文学批评的回眸与反思[J].楚雄师范学院学报,2012(1):19-25.

[63] 萨特.存在主义是一种人道主义[M].周煦良,汤永宽,译.上海:上海译文出版社,2005.

[64] 萨特.存在与虚无[M].陈宣良,等译.2版.北京:生活·读书·新知三联书店,1997.

[65] 宋玮,王立新.杰克·凯鲁亚克的墨西哥书写[J].文学与文化,2020(2):28-35.

[66] 王海燕.从《在路上》看"垮掉派"的文化身份困境[J].当代外国文学,2008(1):146-151.

[67] 王巧玲.那些黄色的精神之粮[J].新世纪周刊,2008(19):131-133.

[68] 文楚安."垮掉一代"及其他[M].南昌:江西教育出版社,2010.

[69] 武光,李晓丹.天使《在路上》:解读凯鲁亚克笔下的女性形象[J].兰州学刊,2009(7):165-167.

[70] 吴方.论《在路上》多义性主题及杰克·凯鲁亚克的创作方法[D].上海:上海师范大学,2008.

[71] 吴亮,章平,宗仁发.意识流小说[M].长春:时代文艺出版社,1988.

[72] 谢志超.自由主义传统的书写者:杰克·凯鲁亚克[M].北京:中国社会科学出版社,2018.

[73] 肖明翰.垮掉的一代的反叛与探索[J].外国文学评论,2000(2).

[74] 徐翠波.《孤独旅者》与凯鲁亚克的文化记忆[J].外国语文,2011(4):20-24.

[75] 徐小跃.禅与老庄[M].杭州:浙江人民出版社,1992.

[76] 许淑芳.多重界限的"垮掉":论"垮掉派"文学的生成与传播方式[J].外国文学研究,2014(6):143-150.

[77] 杨雷.撕掉90后的伪标签![J].中国青年,2015(14):21.

[78] 余彪.美国的"垮掉的一代"[N].光明日报,1961-07-22.

[79] 郁敏.中国古诗对加里·斯奈德诗歌创作的影响[J].内蒙古农业大学学报(社会科学版),2009(3):341-342.

[80] 袁可嘉. 中国与现代主义:十年新经验[J]. 文艺研究,1988(4):60-68.

[81] 袁可嘉. 半个世纪的脚印:袁可嘉诗文选[M]. 北京:人民文学出版社,1994.

[82] 乔伊斯. 青年艺术家的画像[M]. 黄雨石,译. 北京:外国文学出版社,1998.

[83] 张国庆. "垮掉的一代"与中国当代文学[M]. 武汉:武汉大学出版社,2006.

[84] 张明明. 十一届三中全会后中国对外政策的调整[J]. 国际关系学院学报,2012(1):71-76.

[85] 赵一凡. "垮掉的一代"述评[J]. 当代外国文学,1981(3):144-153.

[86] 郑辉,杨恒雨. 我国外交政策的演变与启示[J]. 四川行政学院学报,2019(6):5-16.

[87] 中共中央办公厅. 中国共产党第八次全国代表大会文献[M]. 北京:人民出版社,1957.

[88] 鱼儿的智慧. 唐朝:禅学的黄金时代[EB/OL]. [2021-10-16]. https://book.douban.com/review/13935023/.

[89] 钟玲. 中国禅与美国文学[M]. 北京:首都师范大学出版社,2009.

[90] 朱立元,李钧. 二十世纪西方文论选[M]. 北京:高等教育出版社,2002.

英文文献:

[91] Begnal M. "I dig Joyce":Jack Kerouac and Finnegans Wake[M]//Philological quarterly. Michigan:University of Lowa,1998:1.

[92] Charters A. Kerouac:a biography[M]. New York:The Phoenix Boskshop,1973.

[93] Clark T. Jack Kerouac:a biography[M]. New York:Marlowe & Company,1984.

[94] Allen D M. The new American poetry,1945—1960[M]. New York:Grove Press,1960.

[95] Donahue J J. Visions of Gerald and Jack Kerouac's complicated hagiography[J]. The Midwest Quarterly,2009(1):27-44.

[96] Ehrenreich B. The hearts of men:American dreams and the flight from commitment[M]. Garden City, N. Y.:Anchor Press/Doubleday,1983.

[97] Giamo B. Kerouac,the word and the way:prose artist as spiritual quester[M]. Carbondale:Southern Illinois University Press,2000.

[98] Ginsberg A. Allen verbatim[M]. New York:McGraw-Hill,1974.

[99] Ginsberg A,Morgan B. The best minds of my generation:a literary history of the

beats[M]. New York:Grove Press, 2017.

[100] Hemmer K. Encyclopedia of beat literature[M]. New York: Facts On File,2007.

[101] Kerouac J. Desolation angels[M]. New York:The Berkley Publishing Group,1965.

[102] Kerouac J. The last word[J]. Escapade,1959(6):72.

[103] Kerouac J. The scripture of the golden eternity[M]. New York: Totem Press, 1960.

[104] Kerouac J. Vanity of duluoz[M]. New York:Penguin Group,1979.

[105] Lenrow E, Burkman H. Kerouac sscending:memorabilia of the decade of On the Road[M]. Newcastle Upon Tyne: Cambridge Scholars Publishing, 2010.

[106] Maher P, Jr. Empty phantoms:interviews and encounters with Jack Kerouac [M]. New York:Thunder's Mouth Press,2005.

[107] Miles B. Jack Kerouac the king of beats:a portrait[M]. London:Virgin Publishing Ltd. , 1998.

[108] Tonkinson C. Big sky mind:buddhism and the beat generation[M]. New York: Riverhead,1995.

[119] Watts A. Beat zen, square zen, and zen[M]//Mann R D. Alan Watts—in the ACADEMY:essays and lectures. Albany: State University of New York Press, 2017:143-149.

[110] Saroyan A. Beat America——what did we learn from Ted Berrigan, Jack Kerouac, and Allen Ginsberg? [EB/OL]. [2009-07-15]. https://www. poetryfoundation. org/articles/69330/beat-america.